भिखना पहाड़ी

भिखना पहाड़ी

रमेश चंद्र

प्रभात
प्रकाशन

प्रकाशक

प्रभात प्रकाशन प्रा. लि.

4/19 आसफ अली रोड, नई दिल्ली–110002

फोन : 011–23289777 • हेल्पलाइन नं. : 7827007777

इ–मेल : prabhatbooks@gmail.com ❖ वेब ठिकाना : www.prabhatbooks.com

संस्करण

प्रथम, 2023

BHIKHNA PAHARI

Stories by Shri Ramesh Chandra

Published by **PRABHAT PRAKASHAN PVT. LTD.**

4/19 Asaf Ali Road, New Delhi-110002

ISBN 978-93-90372-03-4

समर्पण

माँ और बाबूजी

बाबूजी से छिपाकर मुझे अपनी हँसुली (तब औरतों के गले में पहना जानेवाला चाँदी का आभूषण) देते हुए माँ बोली—जा, अपनी जिंदगी जी ले। इससे मिले पैसों से मैंने मुंबई की ट्रेन पकड़ ली। बहुतों की तरह मैं भी हीरो बनने गया था। स्वीकारता हूँ, मैं सफल न हो सका। अरसे बाद जब लौटा तो घर क्या, गाँव में भी पैर रखने की हिम्मत न हो रही थी। जिंदगी के कई साल रेत की तरह मुट्ठी से फिसल चुके थे। 'भिखना पहाड़ी' कहानी में जिस बहरे बाबूजी का जिक्र मैंने किया है, ठीक उसी तरह मेरे साथ भी हुआ। मैं बाबूजी को पकड़ देर तक रोता रहा।

मैं हारकर लौटा था, लेकिन बाबूजी ने हार नहीं मानी। उन्होंने नए सिरे से सोचने और जीवन जीने के लिए तैयार किया।

—रमेश चंद्र

दो शब्द

आज सच में मेरे लिए सौभाग्य का पल है कि श्री रमेश चंद्र के कहानी-संग्रह के लिए कुछ लिखने का मौका मिला। मैं बचपन से ही प्रेमचंद की कहानियों का दीवाना रहा हूँ। उसके बाद मुझे शायद कोई लेखक मिले हों, जिनकी कहानियों को पढ़कर, जिनकी रचना को पढ़कर सुपर-30 के उन बच्चों की याद आती हो, जो गरीबी से, अभाव से, भूखे पेट रहकर संघर्ष करके भी कुछ देखना चाहते हैं, कुछ बड़ा करना चाहते हैं। लेकिन प्रेमचंद के बाद श्री चंद्र ही मुझे एक लेखक मिले। मैं कह सकता हूँ कि आप वर्तमान युग के प्रेमचंद हैं। इसे कहने में मुझे कोई अतिशयोक्ति नहीं होगी। मैं गर्व के साथ कह सकता हूँ कि जिस तरह ये कहानियाँ लिखते हैं, देश की समस्याओं को उभारते हैं, देश में तमाम गरीबों की आवाज बनते हैं, मध्यम वर्गीय, निम्न-मध्यम वर्गीय परिवार की तड़प और बेचैनी, कुछ अच्छा करने की छटपटाहट को उभारते हैं, वह काबिले तारीफ है। शब्दों से तो आप खेलते हैं। शब्दों के जादूगर हैं आप! कई बार आपकी कहानियाँ पढ़ने के बाद मन एकदम विचलित हो जाता है। लगता है कि मुझे सुपर-30 को और बड़ा करना चाहिए और कुछ विशेष करना चाहिए। क्योंकि हर कहानी में आप कोई-न-कोई उम्मीद दिखाते हैं। कई बार मेरे रोंगटे खड़े हो जाते हैं। दर्दनाक स्थिति को देखकर, हाशिए पर पड़े लोगों की बेबसी को देखकर। लेकिन धीरे-धीरे कहानी जब आगे बढ़ती है, हमारी धमनियों में खून तेजी से दौड़ने लगता है और अंत में इतना जोश भर जाता है, जैसे इस कहानी के नायक, नायिका विजेता न बन रहे हैं, बल्कि लगता है कि मैं ही विजेता बन रहा हूँ। कई बार जब मैं निराश होता हूँ, तो आपकी कहानियाँ पढ़ता हूँ। सुपर-30 के बच्चों को आपकी कहानियाँ पढ़ने

के लिए प्रेरित करता हूँ। बच्चे पढ़ते हैं और सफलता हासिल करते हैं। सच कहूँ तो आप एक बहुत अच्छे लेखक हैं। मैं तमाम पाठकों से गुजारिश करूँगा, बल्कि विनती करूँगा—भाई-बहनो! आप एक बार जरूर पढ़ें। चंद्रजी की कहानियों को पढ़कर देश को समझें, वर्तमान परिदृश्य को समझें और उसमें आपका क्या योगदान हो सकता है, यह समझें। अगर आप निराश हैं, हतोत्साहित हैं तो कृपया एक बार जरूर इस कथा-संग्रह को पढ़ लें। हो सकता है, आपकी जिंदगी नई हो जाए। हो सकता है, आप उस ऊँचाई पर पहुँच जाएँ, जिसकी आप कल्पना भी न किए हों और यह कहानी-संग्रह आपको उस मुकाम तक पहुँचा दे। कितनी तारीफ करूँ। मैं थक गया हूँ शब्दों को ढूँढ़ते-ढूँढ़ते, लेकिन ढूँढ़ नहीं पा रहा हूँ। सिर्फ इतना कहूँगा कि जरूर पढ़ें और अपने जीवन में बदलाव लाएँ।

शुभकामना सहित।

—**आनंद**, गणितज्ञ
संस्थापक, सुपर-30

लेखकीय

वर्ष 1976 में बहुतेरे सहपाठियों के साथ मैंने भी श्रीकृष्ण उच्च विद्यालय कैलगढ़, सिवान (बिहार) में दाखिला लिया। मध्य विद्यालय का मेधावी छात्र होने के नाते तबके जमे जमाए साहू जैन उच्च विद्यालय, मीरगंज या हाई स्कूल बड़हरिया में आसानी से प्रवेश मिल जाता। लेकिन मैंने कैलगढ़ में ही पढ़ने का फैसला किया। इसके दो कारण थे। अव्वल तो माँ नहीं चाहती थी कि मैं दूर जाऊँ। दूसरा सबसे बड़ा कारण यहाँ हर साल सरस्वती पूजा में आयोजित होनेवाला नाट्य समारोह था। लेखक-निर्देशक स्व. केदारनाथ पांडेय हुआ करते थे। कई महीने पहले से ऐतिहासिक पृष्ठभूमि के नाटकों की तैयारी शुरू हो जाती थी। लेकिन नाटक में भूमिका मिलना आसान नहीं था। मैंने तो इसी निमित्त यहाँ प्रवेश लिया था। कुछ शिक्षक-पुत्रों को राजा-महाराजा बने पात्रों के इर्द-गिर्द दरबान बने खड़े कई बार देखा था। सच तो यह है कि मैं भी उनमें से एक दरबान बनना चाहता था। संवाद अदायगी वाली भूमिका प्रायः नवम एवं दशम के छात्र ही पाते थे। लेकिन इस बार उद्देश्यों पर पानी फिर गया। रिहर्सल शुरू हो गया और मुझे कोई भूमिका नहीं मिली। जिस आस-उम्मीद से यहाँ दाखिला लिया था, वह पूरी न हो पाई। लिहाजा अपने पिता से पैरवी कराई और दरबान बनने में सफल हो गया। नाटक था, 'वीर शिवाजी'। खुद गुरुदेव ने लिखी थी। बहरहाल रिहर्सल शुरू हुआ। शिवाजी की भूमिका श्री ओमप्रकाश 'अश्क' कर रहे थे, जो आगे चलकर नामी पत्रकार और कई सारे समाचार-पत्रों के संपादक बने। शुरुआती सप्ताह तो संवादों का शुद्ध-शुद्ध उच्चारण करने में बीत गया। तीन सप्ताह बाद मंचन था। जब सबों ने अपने-अपने संवाद याद कर लिए तो अभिनय की बारीकियाँ बताई जाने लगीं। ऐसे दो सप्ताह चला। मेरा एक टुकड़े का संवाद था, "हुजूर, कोई मोहतरमा आपसे मिलना चाहती हैं···" जो प्रथम अंक में ही समाप्त हो जाता

था। वैसे गैसबत्ती में मटियातेल भरवाना और दरी बिछवाना···सब मेरे ही जिम्मे थे। गाहे-बगाहे परमा भाई पिऊन के पीछे-पीछे चाय के लिए भी जाता था। एक बालसुलभ भय भी था कि कहीं काम में कोताही हुई तो पार्ट छिन जाएगा। सब मजे से चल रहा था। लेकिन एक दिन वह हुआ, जिसकी कोई उम्मीद नहीं थी। मुझे तो कतई नहीं। नाटक की पांडुलिपि कहीं खो गई। ओमप्रकाशजी की देख-रेख में वह रहती थी। पांडुलिपि एक थी, जिसके खो जाने पर रिहर्सल अवरुद्ध हो गया। क्रोधित होकर पांडेयजी ने कहा, 'भागो यहाँ से···अब नाटक नहीं होगा।' सबकी सिट्टी-पिट्टी गुम। अब क्या किया जाए? समस्या गंभीर थी। जब पांडुलिपि ही नहीं तो रिहर्सल कैसे हो? सभी खामोश। मैंने ओमप्रकाशजी के कान में कहा, भैया, मुझे संवाद याद हैं। रिहर्सल किया जाए। वे मुझे गुस्से में ताके, 'तुम्हें अपना न याद है, यहाँ सबको अपने-अपने संवाद याद हैं। पूरी पांडुलिपि चाहिए।' मैंने कहा, मुझे पूरी पांडुलिपि और सबके संवाद याद हैं और मैंने शुरू से बोलना शुरू किया। पांडेयजी अपने कमरे में जा चुके थे। कुछ शिक्षक भी उनके साथ हो लिये थे। जब मैंने नाटक के दो दृश्यों को हू-ब-हू सुना दिया तो ओमप्रकाशजी को विश्वास हो गया। वे बजरंगबली का सुमिरन कर, दबे पाँव पांडेयजी के कमरे में गए और जाकर अनुरोध किया—सर, चला जाए···हम लोग रिहर्सल करेंगे। पांडेयजी ने पांडुलिपि माँगी। 'सर, पांडुलिपि तो नहीं मिली, लेकिन इसको पूरा नाटक याद है। यह सब सुना देगा।' अश्कजी बोले। पांडेयजी ने नीचे से ऊपर तक मुझे देखा और कमरे से बाहर आ गए। उस दिन मैंने ही रिहर्सल कराया। सभी गुरुजनों ने मेरी पीठ थपथपाई।

दूसरे दिन रिहर्सल में ही पांडेयजी ने घोषणा कर दी कि सहनायक की भूमिका मैं ही करूँगा। और इस तरह 'वीर शिवाजी' का बखूबी मंचन हो गया। मुझे आज भी याद है—नकद तेरह रुपए बतौर ईनाम भी मिले थे। बाद में जान पाया कि नाटक का उद्‌देश्य महज मनोरंजन नहीं था। इसके दूरगामी परिणाम थे।

आज यह पुस्तक आपके हाथ में है। कुछ अच्छा लगे तो उसे मेरे गुरुजनों का आशीर्वाद माना जाए। कहीं कोई कमी नजर आए तो बताया जाए। सर झुका स्वीकार करूँगा।

—रमेश चंद्र

9430203718

अनुक्रम

भिखना पहाड़ी

आज आयोग से रिजल्ट आनेवाला था। गई शाम नेट की तिलस्मी दुनिया ने तहलका मचा दिया था। कइयों की आखिरी पारी थी। अगरचे सेंचुरी-पास का स्कोर बना तो मार ली बाजी और हो गए हाकिम, वरना गए काम से। फिर तो बी.एड. ही विकल्प बचता है। धड़कनें बढ़ गई थीं। पूरी रात हनुमान चालीसा पढ़ते बीती। दस बजे कैफे उफान पर आ गए! पहले नेट की रफ्तार ठीक-ठाक रही, बाद में धीमी गति का समाचार बन गया। खैर, बारह बजते-बजते कुछ के पौ बारह जरूर हो गए। चंद चमकते सितारे निकले, बाकी जुगनू की तरह अँधेरों में खो गए। कहीं मिठाइयाँ बँटी, कहीं मातम पसरा। कुछ अखबार की सुर्खियाँ बने, कुछ तंग कमरों की तन्हाई में समा गए।

रमन भी औंधे मुँह गिरा था। हताशा हौसले पर हावी थी। ओफ, कितने सपने साथ लाया था! चलते समय बाबूजी बोले थे—"बेटा, पैसों की चिंता मत करना, धुरे-धुर बेच के पढ़ा देंगे।" और सचमुच वो डटे रहे। पहले चँवर-चाँचर उठे, फिर डीह का नंबर आया। इतने साल पटना में रखकर पढ़ाना कोई मामूली बात न थी, वो भी एक मामूली किसान के लिए, जिसके गन्ने की गरिमा गायब थी, जिसे अरहर ने आहत कर रखा था, जिसका अबरा आलू अकेला पड़ गया था। खैर, उसने भी तो कोई कोर-कसर न छोड़ी। रात को दिन करके पढ़ा। नयनों को नींद मयस्सर न हुई। चालीस तक पहाड़ा, पचास तक वर्गमूल, सब जुबानी याद थे। योजना व क्रॉनिकल कंठों पर बिराजते। कभी सर-सिनेमा नहीं गया। कभी सोहबत न बिगाड़ी। कटिहार के करीम भाई कहते थे, "बाबू, ई भिखना पहाड़ी है। सँभल के न चले तो भीख मँगा देगी। इहाँ पढ़ाकू बेरोजगारों से ही लोगों का रोजगार चलता है। क्रेसर व कैप्सूल कोर्स के फेर में न आना। सेल्फ स्टडी पर फोकस करना। वरना महेंद्रू से मुसल्लहपुरहाट, सब्जीबाग से सुल्तानगंज, खाली लौजे बदलते रहोगे, किस्मत न

बदलेगी।" उसके साथ भी तो यही हुआ, किस्मत न बदली। कभी चार, कभी तीन, कभी दो नंबर से दगा दे गई। पॉलिटी में तो महारत हासिल थी। उसके नोट्स से पढ़े कई साथी आज सहरसा, सुपौल व सारन में साहेब हैं। भिखना पहाड़ी से गुजरते समय पलट के नहीं ताकते। कभी गाड़ी रुकती भी तो हाकिम की जगह हुक्काम ही उतरते। आदमी इतना बेमुरव्वत क्यों हो जाता है भाई?

☐

ईद के दिन पप्पू पूर्णियावाले को माँड-भात खाकर कोचिंग जाते देख आँखें नम हो आईं। बेचारा दानापुर की दौड़ में जब पाँच मिनट में सोलह सौ मीटर दौड़ा तो लगा कि हाँफते-हाँफते खून फेंक देगा। उहाँ जीतने के लिए आदमी को भूत बनना पड़ता है। कई दिन जर-बुखार से छटपटाता रहा। 'अब यहाँ अम्मा थोड़े बैठी है, जो ठंडे तेल से सर सहलावे!' याद करते सिहरन-सी होने लगी। उसके अपने हिस्से की होली अकसर बेरंग लौट जाती। दीवाली तो हर बार दगा दे जाती। राखी आती तो खूब रुलाती। जिस दिन स्टॉफ सेलेक्शन की परीक्षा थी, उसी दिन बहन का ब्याह पड़ गया था। यह मानकर नहीं गया कि क्या पता यही परीक्षा पार लगा दे! दूसरे दिन जब घर पहुँचा तो बहन बारात सहित विदा हो गई थी। उस दिन बहुत रोया। "सपने हैं साहेब, पीछा तो करने पड़ेंगे···!" और इन्हीं सपनों का पीछा करते-करते सात साल गुजर गए। स्याह बाल सफेद होने लगे। इम्तहान देते-देते अब उसी का इम्तहान होने लगा था। शायद अब न उठ सके। हारा जुआरी अब क्या दाँव लगाए? रमन ने साँसों को समेटा, भरपूर नजर कमरे को देखा, जैसे आखिरी बार देख रहा हो। मय दीवारें जी.के., जी.एस. व फॉर्मूलों से पटी पड़ी थीं। फिर झटके से उठ खड़ा हुआ। लॉज मालिक के पास गया और कमरे की चाभी सौंपते हुए बोला, "अंकल, जा रहा हूँ।" "तेरा सामान व किताबें?" अंकल ने आश्चर्य से पूछा। "किसी जरूरतमंद को दे दीजिएगा, वरना गंगा मइया के हवाले।" "लेकिन बेटा, अभी तो तेरे पास एक चांस है। हिम्मत क्यों हार रहे हो? फिर घर जाकर करोगे क्या?" "बाबूजी के साथ खेती में हाथ बँटाऊँगा।" और··· पलकों पर आए आँसुओं को पोंछता निकल गया।

गांधी सेतु पार करते-करते साँझ हो आई। पूरी रात का सफर था। भोरे-भोर पहुँचेगा। बाबूजी जागे मिलेंगे। मइया का पल्लू तो पनाह दे देगा, बाकी बाबूजी से नजर कैसे मिलाएगा? बहरे बाबूजी भले कान से न सुनें, लेकिन आँखें तो आसमान देख लेती हैं। गाँव के लोग सत्तर सवाल करेंगे। जेहन जकड़ने लगा। सोचने की सलाहियत जाती रही। उधर सड़क खाली देख ड्राइवर ने रफ्तार बढ़ा दी।

□

सुबह सात बजे गाँव की सीमा पर बस रुकी। सामने नेमी काका दिख गए। वे भारी बतगूँजन मनई थे। सात गाँव की खबर एक की साँस में सुना देते थे। देखते ही बोले, "अरे बबुआ, कुछ मर-मिठाई लाए हो कि हाथे डोलाते चल दिए? शामपुर में त काल्हे से सदाबरत चल रहा है।" रमन पाँवलगी कर खड़ा हो गया। "जा-जा, घर जा। खूब धूमधाम से बारात निकलिहो। आ हाँ, अबकी पियरी जरूर पहनइहो… !" बंदे को कुछ न बुझाया। चाल तेज कर ली उसने।

□

आज बाबूजी की तबीयत ठीक न थी। खाट पर पड़े थे। माँ पैर दबा रही थी। रमन आया और पायताने खड़ा हो गया। मइया देखी तो निहाल हो गई। पति को झकझोरकर उठाई। बाबूजी करवट फेरते बोले, "बाईस साल से बारह घंटे काम करके बूढ़ा बाप खेतों से न हारा और जवान बेटा साते साल में किताबों से हार गया! धत, सीढ़ा व गोंएड़ सलामत हैं बुरबक! जा, हाथ-मुँह धो ले।" फिर आँखों में आए आँसुओं को छुपाते हुए उन्होंने करवट बदल ली। माँ रमन को लिये आँगन में चली गई। पूरी रात की थकावट पर बाबूजी के दो शब्द भारी पड़ गए। माँ बोली, "रात तेरे लौजवाले अंकल ने फोन कर सारी बात बता दी। जानकर बाबूजी को भारी सदमा लगा। इसलिए नहीं कि तू नौकरी न पाया, बल्कि इसलिए कि तू हिम्मत हार आया।" फिर बैग रखती बोली, "कोई बात नहीं बेटा, दुनिया भले एक दरवाजे में ताले जड़ दे, लेकिन भगवान् कई दरवाजे की कुंजियाँ कभी एक साथ फेंक देता है। जा, नहा ले। और हाँ, एक बात तो बताना ही भूल गई, तेरे ममहरवाले शंकर की बेटी भारी नमर से निकल गई है। सगरी शामपुर में लड्डू बँटाया है। अबकी बहिनौरा जाना तो शामपुर होते आना। शंकरजी के भाई कह रहे थे, बचवा को देखे जमाना हो गया।" और माँ दूध गरम करने चली गई।

तीन साल की बातें तीसवें साल तक बमुश्किल ही याद रहती हैं। कुछ धुँधली सी तसवीर उभरी—उस दिन बेला के साथ वह कंचे खेल रहा था। एक चूक हुई बंदे से। बेला झन्ना उठी और थप्पड़ रसीद कर दिया। जनाब चिल्ला उठे। मइया भागी आई और बेटे को गोद लिये उसकी माँ के पास ओरहन देने गई, "तूँ कहती है, मेरे बेटे से बेला का ब्याह करेगी! तनि देख त ई कईसे मारी है?" बेला की माँ हँसते हुए बोली, "त ठीके न है, जितने जल्दी हिक्के-हवाले कर ले, उतने बढ़िया।" फिर दोनों माँएँ हँसने लगीं, "बहू तो अभिए से शासन करने लगी!" उधर बेला टुकुर-टुकुर ताक रही थी। और सचमुच एक दिन शंकर आकर शगुन के सात रुपए

दे गए। साथ में किलो भर पंचमेल मिठाई भी थी। तब रमन सारा गाँव मिठाई खाते घूमा और संगी-साथियों को बारात की दावत दे आया। वक्त पंख लगा परवाज करता गया···! स्वर्णिम काल तो समाप्त हो गया, आज संघर्षों पर भी पूर्ण विराम लग गया। काश, यह स्वप्न होता!

□

रात के नौ बज रहे थे। रमन बाबूजी के पास बैठा था। तभी माँ फोन लिये भागी आई। बेटा, "देख तो ई किसका फोन है?" रमन मोबाइल पर कान सटा लिया। स्वर साफ होने लगा, "नमस्कार, क्या मैं रमनजी से बात कर रही हूँ?" "जी, बिल्कुल। लेकिन आप हैं कौन?" रमन बोला। "नहीं पहचाना? मैं बेला बोल रही हूँ। तनि फोन माँजी को दीजिए।" फोन माँ की तरफ बढ़ाते हुए रमन बोला, "माँ ई···ई बेला बोल रही है।" फिर कुछ देर तक माँ और बेला बातें करते रहे। बाबूजी के कान तो बहुत पहले बैठ गए थे, आज बंदे के कान भी बैठ गए! आँखें विश्वास न कर पाईं। लेकिन यह सच था। बेला रिश्तों की थाती को आज भी सँजोए बैठी थी। पटना में पढ़ते हुए जब अपने घर बात करती तो यहाँ का भी समाचार लेती रहती। अपनी रौ में रमा रमन माँ और बेला के बीच पकती खिचड़ी से अनजान ही रहा। बाबूजी व माँ के चेहरे पर तो मुसकान उभरी, लेकिन बंदा गंभीर हो गया। रात करवट बदलते बीती। टाट के साथ मखमल को मिलाया नहीं जा सकता। बेला बुलंदियों पर थी, बंदा फर्श पर बिखरा था।

□

भोरे-भोर नेमी काका आ धमके और बोले, "बचवा, शुभ काम में देरी का? बज जाए शहनाई। नाच-बाजा, पर-पाहुन, सर-शामियाना की सगरी चिंता तू मुझ पर छोड़ दो। यूँ चुटकी बजाते कर लूँगा। कहो तो शामपुर जाकर दिन-बार रोप आँऊ?" रमन झटके से खड़ा हुआ, "नहीं काका, ई बेमेल शादी नहीं हो सकती।" काका बोले, "का कह रहा है बचवा, का बेला तेरे लायक नहीं है?" "नहीं काका, मैं···बेला के लायक नहीं हूँ।" और रमन हट गया वहाँ से। कहते हैं कि नेमी काका पर नारद भगवान् का पहरा पड़ा रहता था। शाम होते-होते बात शामपुर पहुँच गई। गुस्से में उबलती माँ ने आज खाना न बनाया। ठीक नौ बजे फिर फोन आया। माँ ने ही उठाया—"ले, बात कर या फोनवे कुंच के फेंक दे।" रमन ने माँ के तेवर देखे और फोन ले लिया। उधर बेला ही थी। बोली, "जनाब, दिन रखने बाबूजी को भेज रहे हैं या मैं ही बारात लेकर आ जाऊँ?" आवाज तल्ख थी। "वैसे आजकल लड़कियाँ भी खूब बारात लेकर जा रही हैं। सोच लीजिए।" और फोन कट गया।

□

नेमी काका का फेंका पासा सही खाँचे में बैठा। और···शादी हो गई। यह पहली बारात थी, जिसमें दूल्हा छुईमुई-सा गया और दुलहन शान से आई। औरतें कानाफूसी करने लगीं, "बाप रे, आज अईसन त काल्ह कइसन?" पहली दफा इस आँगन में खुशियों की धमक सुनाई पड़ी। बहन-बहनोई खूब नाचे। फुफेरी भौजाइयों ने बिना नेग लिये कोई विधि न होने दी। मइया ने भी खूब लुटाए। गोंडाई गोनियारवाली फुआ के हवाले हो गई। नकबेसर बिना नेमतपुर वाली ननद रूठी रही। जब ली तभी माटी कोड़ी। दिनभर दुलहन को देखने के लिए ताँता लगा रहा। बारह घंटे का दिन अब चौदह घंटे थोड़े खींचता! समय पर रात हुई।

□

ममेरी भाभी ने रमन का रास्ता रोक लिया, बोली, "भारी ओहदेवाली दुलहन पाए हो देवरजी! नेग भी भारी लगेगा, तभी अंदर जा पाओगे। बोलो, क्या देते हो?" रमन खोड़ा-पहाड़ा रटने लगा। फिर हिम्मत कर बोला, "भाभी, आप तो मास्टरनी सी पूछ रही हो, कहो तो कोई कविता सुना दूँ?" "ससुराल में जहाँ सुनानी थी, वहाँ से तो नाक कटवाकर आ गए। अब यहाँ कविता सुनाओगे? अच्छा न्यूटन का तीसरा नियम तो जानते होगे?" "हाँ, वही न, क्रिया के बराबर व उलटी प्रतिक्रिया होती है?" "भोले देवरजी, कभी इसे किताबों से निकाल आम जिंदगी में भी अपनाना। और सुन, आज नाक मत कटवाना।" फिर बलात् उसे अंदर ठेल हँसती चली गई। बंदा अब अंदर था। आहिस्ते से ऐसे बैठा, जैसे विलंब से पहुँचा छात्र क्लास में बैठता है। फिर दमी साध ली। जैसे देह में साँसें-प्राण न हों। इम्तहान अभी पीछा नहीं छोड़ रहा था। कुछ देर ऐसे ही बैठा रहा। फिर हिम्मत कर गला साफ किया, "जी, मैं आ गया हूँ।" दुलहन कुछ न बोली। बंदा फिर मौनी बाबा बन गया। हसीन लम्हे भागे जा रहे थे। अबकी बची-खुची ताकत जुटा, तनिक जोर से बोला, "जी, मैं-मैं आ···आ गया हूँ!" दुलहन को हँसी आ गई। फिर सँभलते हुए बोली, "तो··· ?" रमन बोला, "तो···तो, मेरा मतलब है, मैं आ गया हूँ।" "वो तो मैं देख रही हूँ," दुलहन फुसफुसाई। "लेकिन आप तो घूँघट में हैं, फिर देख कैसे रही हैं?" "तो हटा न दीजिए घूँघट, ताकि ठीक से देख सकूँ···!" पेच फिर फँस गया। हजरत उठे, फिर बैठ गए। बेला जानती थी कि बंदे को समझाना और पाँच कोस पैदल चलना बराबर है, सो उसने खुद घूँघट उठा लिया। रमन देखा तो देखता ही रह गया। बेला गजब की सुंदर थी। बड़ी फुरसत में भगवान् ने बनाया था। अफसाने कहती आँखें, कमान-सी तनी भौंहें,

पतले-प्यारे होंठ, नाक-नक्श सुंदर साँचे में ढले हुए। अपलक निहारता रहा। बेला तो बेला ही थी। उसके आने मात्र से घर-आँगन महक उठा था। लेकिन दूसरे ही पल लगा, बेला के चेहरे पर कई चेहरे चढ़ते जा रहे हैं। कभी रोबदार पुलिस ऑफिसर का चेहरा, कभी गंभीर अधिकारी का सख्त चेहरा… ! हिम्मत न हुई कि हाथ बढ़ाए। बेला बोली, "हुजूर, मेरी मुँह दिखाई… ?" और सचमुच उसने बच्चों-सा हाथ फैला दिया। रमन बोला, "मेरे पास खुद के सिवाय कुछ भी नहीं, क्या दूँ?" बेला ने पति की बेबस आँखों में झाँका, लगा वो बरस जाएँगी। सो उठी और रमन की बाँह पकड़ बगल में बैठा ली। फिर बोली, "कोई जरूरी नहीं है कि आज ही मुँह दिखाई दी जाए, आप बस वादा कर दीजिए, मैं ले लूँगी।" रमन ने अपने हाथ बेला के हाथ पर रख दिए। साँसें सामान्य होने का नाम न ले रही थीं। सो दुलहन ही बोली, "कुछ पूछना हो तो पूछ लीजिए, वरना रात खात्मे के साथ यह अधिकार हमेशा के लिए हमारा हो जाएगा।" बंदा अचकचा गया। क्या पूछे? कहीं उन्नीस-बीस हो गया तो गए काम से! एक बार फिर खामोशी पसर गई। एक सवाल जो जेहन में जकड़ा हुआ था, क्या वही पूछ ले? बेला चेहरे पढ़ना जानती थी, सो बोली, "बेहिचक पूछिए।" रमन ने इधर-उधर देखा। वहाँ दो के सिवाय तीसरा नहीं था। सारी ऊर्जा समेटकर बोला, "बेला, आज आप कामयाबी की जिन बुलंदियों पर हैं, वहाँ एक से बढ़कर एक रिश्ते नंगे पाँव चलकर आते, शानदार जीवनसाथी मिलता, फिर आपने मुझ जैसे गरीब बेरोजगार के साथ रिश्ते की पहल क्यों की?" यह सवाल बेला को अंदर तक हिला गया, पलकों पर आँसू छलक आए, बोली, "मेरे भोले साजन, तनिक सोचो, तब भरोसे की चादर चाक न हो जाती? जिस रिश्ते को बाबूजी ने बचपन में ही जोड़ दिया था, उसे कामयाबी की दहलीज पर आकर लात मार देती तो फिर कौन बाप अपनी बेटी को गाँव से निकाल पटना पढ़ने भेजता!" और सचमुच बेला दिवंगत बाबूजी को याद कर रो पड़ी। रमन से भारी चूक हो गई। सोना चौबीस कैरेट का था। वही बेवकूफ जौहरी निकला। पछतावे के आँसू बह चले। शायद यह किसी जोड़े की पहली रात होगी, जिसकी सुहाग सेज सिर्फ आँसुओं से बिछ गई। उसने बेला की गोद में सिर रख दिया। मतवाली रात खामोशी से गुजर गई। एक बात जरूर हुई—'प्यार का नन्हा पौधा जब नमी पाया तो लहलहा उठा।'

□

थके-माँदे लोग आज देर से जागे। आठ बज गए थे। ममेरी भाभी ने कमरे का जायजा लिया। रमन, बेला नहीं थे। घोर आश्चर्य हुआ। इतना सवेरे गए कहाँ?

भागकर चारों तरफ देखा, कहीं न दिखे। फिर मइया को बताया। वो भी परेशान। अजीब हालात बन गए। आँगन में सारी औरतें जमा हो गईं। तरह-तरह के अनुमान लगने लगे। अनहोनी की आशंका घर करने लगी। मइया भागी और ओसारे में जाकर पति को देखी। वे नेमी काका व दिगर जनों से बातों में मशगूल थे। बहरे पति को धीरे से कह भी न सकती थी, सो खींसें निपोरकर रह गई। पति की नजर पत्नी पर पड़ी। मुसकराते हुए मूँछों पर ताव फेरा। पत्नी और जल गई। इतने में ट्रैक सूट पहने बेला दौड़ती आई और सभी के पाँव छुए। जान में जान आई। फिर माँ पूछ बैठी, "बहू, रमन कहाँ है?" "वो तो चले गए।" "कहाँ?" सारी औरतें चौंकी। बेला बोली, "जी पटना। पी.टी. की डेट आ गई है, सो जाना जरूरी था।" फिर वो आँगन में चली गई। सभी एक-दूसरे का मुँह ताकने लगे। बाबूजी ने फिर मूँछों पर ताव फेरा। मइया तो जलकर अंगार हो गई। उधर…बस पूरी रफ्तार से भागी चली जा रही थी। कंडक्टर ने किराया माँगा। "भाई, भिखना पहाड़ी उतार देना।" पाँच सौ का करेंसी नोट बढ़ाते रमन बोला। कंडक्टर हँसा, "बाबू, ई तो अगमकुआँ होते सीधे मीठापुर स्टैंड जाएगी।" "ठीक है, जब अगमकुआँ आए तो जगा देना। बड़ी नींद आ रही है।" फिर उसने अलसाई आँखें बंद कर लीं। सतरंगी सपने साथ सफर करने लगे…!

□

हफ्ता होने को आया। जब पउनी-पसारी, हित-नात निकल गए तो घर सूना हो गया। ननदोई से विनती कर बेला ने ननद को रोक लिया। धीरे-धीरे बेला की महक आँगन पार जाने लगी। भोरे-भोर पी.टी. शू पहन जब दौड़ने निकलती तो दर्जनों लड़कियाँ साथ होतीं। सपनों की साझेदारी होने लगी। किसान की ग्रैजुएट बेटी ने आसानी से गृहस्थी सँभाल ली। कंप्यूटर पर सधे हाथ कुट्टी भी काट लेते। बैलों को जब नइकी बहुरिया के हाथ का सानी-पानी मिला तो माहे भर में चिकनाई आ गई। सास फूली न समाती। ससुर तो ठाढ़ी-चिका खेलने लगे! बेरोजगारी से बिखरा परिवार पटरी पर आने लगा। दुलहनिया जब पियरी माटी से घर-आँगन लीपती तो गाँव की औरतें मुँह में आँचल डाल हँसतीं। तारीफें होतीं व नजीर दिए जाते। तीन ही माह में बेला इलाके की इज्जत व पंचायत की प्रतिष्ठा बन गई। जब ड्यूटी जॉइन करने जाने लगी तो सारा गाँव उमड़ पड़ा। बात खुशी की थी। लेकिन लड़कियों का रो-रोकर बुरा हाल था। आज बहू बेटी बन विदा ले रही थी। सास के आँसू थमते न थे। ससुर चेहरा छुपाकर रोते। नेमी काका तो बउके बन गए। समय का पंछी बैठता कहाँ, उसने फिर से उड़ान भर ली…!

□

अपनी मेहनत की बदौलत बेला महकमे में तेज–तर्रार डी.एस.पी. के रूप में ख्यात हुई। घर और बाहर में उसने गजब का संतुलन साधा। दरमाहे की आधी रकम सास–ससुर की सेवा में जाती। चौथाई रमन के लिए काफी थी। बची रकम ईमान की तरह हिफाजत में रहती। बैलों के लिए फूस की जगह खपड़े का छप्पर आ गया। बिजली आई तो टह–टह अँजोरिया छाई। ससुर के कान में सुनने की छुटकी मशीन लग गई। अब सूई भी गिरती तो चिहुँक जाते। बात–बात में टोकने लगे। उनकी यह आदत मइया को फूटी कौड़ी न सुहाती। उधर रमन ने नए सिरे से तैयारी शुरू की। सबल और निर्बल पक्षों की पहचान हुई तो बड़ी राहत मिली। जमीन जोती हुई थी, खरपतवार हटी तो फसलें लहलहाने लगीं। पी.टी. आसानी से निकल गई। कहना न होगा, इस सफर में एन.सी.आर.टी. ने खूब नेह–नाता निभाया। अब चढ़ाई शिखर की थी। यहाँ थोड़ी सी चूक खाई में धकेलने के लिए काफी होती है। आखिरी चांस होने के चलते रिस्क नहीं लिया जा सकता था। समय कम था, चुनौतियाँ ज्यादा। समर शुरू हो गया। रात के ठीक ग्यारह बजे बेला का फोन आता। पाँच मिनट के साढ़े चार मिनट विषय–वस्तु पर होते, आधे मिनट मनोबल बढ़ाती। नतीजा, जेहन से हारने का खौफ जाता रहा। अब सिर्फ जीतने का जुनून था। और···इसी जुनून ने मेंस क्लियर करा दिया। यहाँ तक का सफर देखा–सुना था। अब बिना कॉपी–कलमवाली परीक्षा थी। सोचकर ही सिहरन होने लगी। यहाँ के चंद सवाल जिंदगी पर सवालिया निशान खड़े किए हुए थे। एक बार फिर वायवा का भूत सवार होने लगा··· !

कटिहार वाले करीम भाई की जिंदगी किसी हातिमताई से कम न थी। स्ट्रगलर्स की बड़ी मदद करते। हजरत लास्ट अटेंप्ट तक अड़े रहे। कामयाबी तो न मिली, जूनियर्स के गाइड जरूर बन गए। फिर उन्हें उन राहों पर चलने से रोक दिया, जिन पर सफलता नहीं चलती। यह बड़ी बात थी। दार्शनिक–से दिखनेवाले करीम भाई को दर्शनशास्त्र ने दिशा न दिखाई थी। बढ़ी हुई दाढ़ी और बड़ी बाँह का कुरता! दूर से भी करीम भाई करीब ही लगते। हर सफल लड़का इनका शुक्रगुजार था। कतिपय स्पावायल जीनियस भी कहते।

रमन नहाकर निकला ही था कि करीम भाई आ गए। बैठते ही बोले, "कैसे हो बरखुरदार?" रमन बाअदब खड़े होते हुए बोला, "क्या कहें भैया, मंजिल के इस मोड़ पर आकर छँट जाना जानलेवा लगता है। अंदर से कँपकँपी हो रही है। ऐसी ही फीलिंग पिछली बार भी हुई थी।" करीम भाई की अनुभवी आँखें रमन को निहारने लगीं, "क्यों, आजकल बहू तेरी क्लास नहीं लेती?" "न भैया, वो अभी नेटवर्क से बाहर है। पहाड़ी पोस्टिंग है न! कभी–कभार कोई मैसेज आ जाता है।" फिर करीम

भाई लंबी साँस ले बोले, "मुझसे भी यही चूक हुई थी। कभी अति उत्साह से भर गया, कभी निराशा के खँडहर में उतर गया। कभी बढ़िया स्कोर पर इतराने लगा। कभी माथा पकड़ बैठ गया। सच मानो, मैं अपनी हार के लिए तैयार हो रहा था। भूल गया कि संपूर्ण तैयारी एक समर्पित विद्यार्थी की लंबी पूजा है, इबादत है। 'अगर इस बार भी न हुआ तो क्या होगा?' के चक्कर में फँस गया। बढ़ती चिंता जेहन कुंद करने लगी। दूसरों को पीछे छोड़ने के चक्कर में खुद पीछे छूट गया। काश, अपने अंदरूनी नजरिए को बदला होता तो शायद आज बाहरी पहलू भी बदल गए होते। लेकिन तुम ऐसी गलती न करना, खेल पर ध्यान देना, रन पर नहीं।"

रमन अबोध बालक की तरह सुनता रहा। करीम भाई बोलते गए—"गुजरे वक्त में सुधार की कोई गुंजाइश नहीं बचती। हाँ, इससे सीख लेकर मुस्तकबिल को जरूर सँवारा जा सकता है। लल्ला, चौराहे का सिग्नल हर बार लाल न रहेगा।" अब इससे ज्यादा स्पावायल जीनियस क्या कहे! रमन ने गौर किया, करीम भाई के होंठों पर एक फीकी मुसकान उभरी। फिर वे रुके नहीं। रमन ने बाँह पकड़ चाय का अनुरोध किया, लेकिन वे निकल गए। इधर बातें सीधे सीने में उतरीं। आँखें बंद कीं। लगा, जकड़ा जेहन हलका हो रहा है। वक्त तेजी से खिसका।

□

आयोग के गेट पर रमन को छोड़ते हुए करीम भाई बोले, "अगरचे कल नहीं होता तो बस आज होता। और, सिर्फ आज से काम नहीं चलता। हमें कल में चलना होगा। अंदर जाओ प्यारे, तेरा कल तेरा इंतजार कर रहा है।" फिर कंधों पर हाथ रख सिर से पाँव तक निहारा, "यार, तू तो अभिए से एकदम गजटेड ऑफिसर लगता है।" रमन हँस पड़ा, झुककर करीम भाई के पाँव छुए और चला गया। करीम भाई ने देखा, जाते कदमों में गजब का कॉन्फिडेंस उतर आया था। मुसकराए और वापस हो लिये।

□

अपनी बारी आते ही रमन कमरे में दाखिल हुआ। सामने चार जोड़ी आँखें सिर व सीने का एक्स-रे करती नजर आईं। ये इंटरव्यू बोर्ड के सम्मानित सदस्य थे। एक सज्जन ने मुसकराकर कुरसी की तरफ इशारा किया। रमन ने धन्यवाद कहा, साँसों को संतुलित किया और बैठ गया। बोर्ड बड़ा सहज लगा। उसने भी खुद को सहज बनाए रखा। सार्वजनिक सेवा के लायक उसकी क्षमता, मानसिक सजगता, विषय-वस्तु को समझकर उसे विश्लेषित करने की योग्यता, स्पष्ट एवं तार्किक अभिव्यक्ति, निर्णय लेने की क्षमता में संतुलन, सामाजिक सरोकार व लीडरशिप पर बहुत देर तक

बातें होती रहीं। ज्ञान की गहराइयों का सोनोग्राफी करते विद्वत्जन सबकुछ निकाल ही लेते हैं। यहाँ भी यही हुआ। घड़ियाल ने घंटे पर जब चोट मारी तो समय का अहसास हुआ। एकाध सवाल पर हाथ जोड़ क्षमा माँग ली, जिन पर स्पष्टता न थी। एक सदस्य बड़ी देर से नजर गड़ाए हुए थे। उनका एक भी सवाल न हुआ था। इंटरव्यू खात्मे पर जाने की बारी आई तो उन्होंने रोक लिया, "मि. रमन, आपके बाएँ हाथ में क्या हुआ?" बाल-सुलभ मुसकान के साथ रमन बोला, "श्रीमान, इसमें हलका फ्रैक्चर हो गया था। लेकिन अब ठीक है। थोड़े दिन में प्लास्टर कट जाएगा।" "लेकिन यह हुआ कैसे?" उत्सुकतावश पूछा गया। रमन बताता चला गया, "उस दिन सब्जी लेने निकला था। भिखना पहाड़ी व बाजार समिति के बीच गुजरनेवाली नहर के किनारे एक बूढ़ी दादी सब्जियाँ बेचा करती थी। वह सस्ते दाम पर ताजी सब्जियों के लिए जानी जाती थी। 'बेटा' कहकर विद्यार्थियों को बुलाती तो वे खिंचे चले आते। उधार-बाकी भी चलते रहते। रोज की तरह उस दिन भी अपने काम में मशगूल थी। उसकी नन्ही पोती वहीं खेल रही थी। खेलते-खेलते अचानक नहर में लुढ़क गई। तभी किसी बगलगीर की नजर पड़ी, वह जोर से चिल्लाया। चारों तरफ अफरातफरी मच गई। बच्ची तेज धार में डूबते-उतराते बहने लगी। लोग 'बचाओ-बचाओ' चिल्लाने लगे। कुछ नहर किनारे दौड़े। लेकिन कोई नीचे न उतरा। कुछेक घटना की रिकॉर्डिंग भी करने लगे। छाती पीटती दादी बदहवास हो गई। जिंदगी और मौत के बीच का फासला तेजी से कम होने लगा। इसी बीच किसी शख्स ने छलाँग लगा दी। कुछ देर की जद्दोजहद के बाद उस बच्ची को सही-सलामत निकाल लिया। जब बाहर आया तो भारी भीड़ जमा हो गई। गंदे पानी से चेहरा स्याह पड़ गया था। लेकिन पहचाननेवालों की आँखें धोखा नहीं खा सकतीं। यह रमन था। ईश्वर का लाख-लाख शुक्र, बच्ची बच गई। रमन उसे गोद में लिये सब्जीवाली दादी के पास आया। दादी न्योछावर नजरों से अपलक निहारती रही। बड़ी मुश्किल से होंठ खुले, 'बेटा, तूने बहू की कोख उजड़ने से बचा ली। मैं गरीब तुझे क्या दे सकती हूँ? हाँ, बीते तीस रमजान के तीसों रोजे तेरे हवाले करती हूँ!' फिर उसने आँचल फैला दिया—मौला! तू सुन रहा है न? इतना कह दादी मुझसे लिपट गई और बहुत देर तक रोती रही। सबकी आँखें भर आईं। प्राथमिक उपचार के बाद बच्ची ठीक हो गई। दूसरे दिन अखबारों ने प्रमुखता से छापा—'जान पर खेलकर जान बचानेवाला फरिश्ता कौन था?' करीम भाई ने सुना तो दौड़े आए, देखा कि बंदे का बायाँ हाथ नहर में पड़े पत्थर से टकराकर फ्रैक्चर हो गया था···!" रमन अपनी रौ में कहता चला गया। भूल गया कि परीक्षा में है। उधर बोर्ड के सदस्यों ने मेजें थपथपाईं और

रमन को गौर से देखा। बात दिल से निकली थी, सीधे दिल में उतरी। सभी मुसकराए और डॉक्यूमेंट्स समेटने को बोल दिए।

□

भिखना पहाड़ी का काम तमाम हो गया था। अब यहाँ रहने के कोई मायने न थे। उधर बाबूजी भी पैर तुड़वाकर खाट पकड़े थे। सो उसी शाम करीम भाई से मिला और दूसरे दिन गाँव की बस पकड़ ली। शाम होते-होते घर पहुँचा। मइया ने जब देखा तो कपाल पीट ली, "बाप पैर तुड़वाए बैठे थे, बेटा बाँह तुड़वाकर चला आया। हुँह, सावन से भादो भला कम काहे रहे! बहन की छोटी बिटिया बीमार थी, सो वह छटपटाकर रह गई, न आ सकी थी।"

अलबत्ता, सेवा-टहल व घर का काम सँभालने ममेरी भाभी आ गई थी। सुनते ही बाहर आई और रमन के हाथ से बैग ले आँगन चली गई। रमन बाबूजी को हाल-समाचार सुनाता रहा। बाबूजी अब रिकॉर्ड की तरह रटने लगे, "पता करो, बहू का फोन क्यों नहीं आता? आजे शामपुर जाओ। कहीं वहाँ फोन आया हो!" रमन ने समझाने की बहुत कोशिश की, लेकिन वे न माने, दूसरे ही दिन शामपुर भेज दिया। वहाँ भी कोई फोन न आया था, सो वापस आ गया। खुद भी कोशिश की, लेकिन मोबाइल हमेशा की तरह स्विच ऑफ ही मिला। चिंता बढ़ने लगी। बाबूजी अब ज्यादा जोर देने लगे, "बहू के पास हो आओ।" दो दिन गुजर गए। बाबूजी जिद पर अड़े रहे। एक रात तो खाना ही छोड़ दिया। नतीजा, सभी भूखे सोए। सुबह होते ही रमन नेमी काका के साथ दो-चार लोगों को बुला लाया। सभी ने समझाया, लेकिन बाबूजी न माने। रमन ने मन बनाया, उसे जाना होगा। सो सुबह-सबेरे निकल गया। बाबूजी को तसल्ली हो गई। लेकिन यह क्या, बंदा घंटे भर बाद ही लौट आया! नजर पड़ते ही लाल-पीले होने लगे, "रे, कुछ गड़बड़ तो नहीं है? तू गया जाने के लिए गया था, फिर वापस क्यों आ गया? कुछ छुपा तो नहीं रहा कि तेरा जाने का मने नहीं है?" मइया ने सुना तो कपाल पकड़ बैठ गई। पीछे भाभी भी आई। बाबूजी नॉन-स्टॉप बके जा रहे थे। तनिक रुके तो रमन बोला, "मैं जैसे ही बस स्टॉप पहुँचा कि फोन की घंटी बजी—'हैलो, मैं बेला बोल रही हूँ। आप कैसे हैं? माँ-बाबूजी कैसे हैं? आप बोलते क्यों नहीं? सब ठीक तो है?' मैं बोला, 'क्या बोलूँ, यहाँ सबकी साँसें टँगी हुई हैं, बाबूजी जिद धइले हैं, मैं गया आ रहा हूँ।' बेला खिलखिलाकर हँसी, 'अरे, इसमें परेशान होने की कौन बात है? 'ऑपरेशन क्लीन आउट' खत्म हो गया। मैं हेड क्वार्टर लौट आई हूँ। आज छुट्टी के लिए एप्लिकेशन डाल रही हूँ। प्लीज, लौट जाइए। मैं फिर फोन करती हूँ।' और फोन कट गया।" रमन एक साँस

में बेला से हुई सारी बात सुनाता चला गया। बाबूजी की अनुभवी आँखों ने देखा, बंदा झूठ नहीं बोल रहा है। रही-सही शंका शाम को तब खत्म हो गई, जब बेला का फोन आया और उसने सबसे बातें कीं। अब अकसर बेला का फोन आने लगा, लेकिन उसके आने का प्रोग्राम लंबा खिंचता चला गया। ऐसे तीन माह गुजर गए। उधर भाई-भैवदी तरह-तरह की अफवाह फैलाने लगे। कोई कहता, 'बड़े ओहदे पर बैठी शहरी बहू अब का गाँवे आएगी?' दूसरा जोड़ देता, 'भाई, देखना न, किसी दिन साँझलौके मोटर से आएगी और रमना को बइठा भोरे-भिनुसारे उड़ जाएगी।' तीसरा कड़ी-में-कड़ी मिला देता, 'लेकिन रमना उहाँ करेगा का? अरे करेगा का, बरतन-बासन करेगा, फिर लइका खेलाएगा।' अंत में सभी इस नतीजे पर पहुँचते, 'बुढ़उ के तकलीफे लिखा है। ढेर पढ़ाना-लिखाना भी बेकारे है। धत, घर के सेवई आ ईदगाह के कुतुबा, दोनों गया… !'

□

उस दिन रमन बाबूजी के पैर का प्लास्टर कटवाकर शाम होते घर लौटा। देखा, दरवाजे पर मोटर खड़ी है। मइया का चहका चेहरा जिज्ञासा बढ़ा रहा था। भाभी आरती का थाल लिये थी। गाँव की ढेरों लड़कियाँ घेरा बाँधे खड़ी थीं। तब तक नेमी काका व भाई-भैवदी के बहुते लोग आ गए। सुर्ख लाल जोड़े में बेला उतरी। उसने सबसे पहले मइया व भाभी के पैर छुए। आगे बढ़ जब बाबूजी के पैर छुए तो उनके चेहरे की खोई रौनक लौट आई। दिल खोलकर आशीष दिए। भाभी बेला को लिये आँगन में चली गई। पीछे लड़कियों का ताँता लग गया। दरवाजे पर भीड़ बढ़ने लगी। हर जुबान पर बेला ही थी। रमन भीड़ में अकेला रह गया। किसी ने पलटकर न देखा, यहाँ तक कि बेला भी नहीं। अजीब सी अनुभूति हुई। उधर आँगन में चहल-पहल बढ़ने लगी। मइया भाग-भागकर आँगन की बात बाहर सुनाती रही कि कैसे बहू ने ट्रेनिंग पूरी की, कैसे पहाड़ी पोस्टिंग पर बहादुरी के साथ काम किया! बाबूजी बार-बार मूँछों पर ताव देते रहे। आज पैर का दर्द व कोहरनी छूमंतर हो गए। रमन कोने में बैठा रहा। इसी बीच नन्हे नालंदा वाले का फोन आया, "यार, कुछ समाचार मालूम है?" रमन चौंका, "क्यों, क्या हुआ?" "तुम भी किस दुनिया में रहते हो? खबर मिली है कि आयोग ने रिजल्ट दे दिए। यहाँ नेटवर्क जाम है, तुम्हें जानकारी मिले तो प्लीज शेयर करना। अभिए से कलेजा बैठा जा रहा है। पाँच दिन बाद शादी है। अगरचे रिवर्स गेयर लगे तो गए काम से। मउर भी बेरोजगार के मुड़ी मुश्किले से चढ़ता है। ससुर रिजल्टो को आजे आना था!" फिर उसने फोन रख दिया। सारे शरीर में सुरसुरी समा गई। रमन ने गौर किया कि तीन बजे की तीन मिसकॉल करीम

भाई की थी। होश उड़ गए। तुरंत कॉल बैक किया। मोबाइल ऑफ था। बेचैनी बढ़ने लगी। फिर नेट सर्च किया। हाय रे दुर्भाग्य, नेट का गोला ऐसे चल रहा था, जैसे धरती सूरज की परिक्रमा कर रही हो। हलक सूखने लगा। धड़कता दिल कुछ ज्यादा ही धड़कने लगा। क्या करे, कहाँ जाए? जिंदगी की गठरी खुल चुकी थी। बंदा वहीं पस्त पड़ गया। रात आज तेजी से भाग रही थी। सभी खा-पीकर सो गए। घड़ियाल ने जब बारह के घंटे मारे तो उसे किन्हीं कदमों की आहट सुनाई पड़ी। फिर दो गरम हाथों का स्पर्श मालूम हुआ। "क्यों, आज भोजन न करेंगे या हमसे ही रूठे हैं?" मिसरी की डली लगी यह प्यारी आवाज बेला की थी। उसने हाथ पकड़ रमन को उठाया। बेचारा आज्ञाकारी बालक की तरह पीछे-पीछे चल दिया। कमरे में खाने की प्लेटें सजाती बेला बोली, "जिंदगी में पहली बार साजन संग खाने का सौभाग्य मिला है। प्लीज, साथ दीजिए।" रमन बेला को निहारता रहा। बेला बोली, "ऐसे क्या देख रहे हैं? खाना खाइए न!" बंदा नजरें नीची किए बोला, "आधी भूख तो रिजल्ट के सस्पेंस ने ले ली, आधी आपको देखकर जाती रही। ऐसे में अब कोई क्या खाए?" "मैं आपकी परेशानी समझ सकती हूँ। रुकिए, देखती हूँ।" पास पड़े मोबाइल को उठाया। कहीं नेट का अता-पता न था। दोनों एक-दूसरे को ताकने लगे। बेला से रहा न गया, उसने रमन का हाथ पकड़ खाने पर बैठा दिया। भोजन का पहला निवाला उठा ही था कि बंदे का फोन बज उठा। कॉल कटिहारवाले करीम भाई का था। भारी उत्तेजना से रिसीव किया, "जी भैया, कैसे हैं?" "रे, तू···कैसा है?" "ठीक हूँ भैया, आपकी मिसकॉल देखी, बहुत ट्राई किया, लेकिन फोन बंद था।" "हाँ यार, मजबूरन बंद करना पड़ा। अब जिसका हो गया है, उसको बताते समय सीना चौड़ा हो जाता है, बाकी उन बेचारों को कुछ कहते कलेजा फट जाता है, जो इस बार भी लूज कर गए। यहाँ भी दोपहर से नेट फेल्योर था। मुझसे रहा न गया, आयोग कार्यालय चला गया। वहाँ भारी भीड़ थी। आदमी-पर-आदमी चढ़े थे। बड़ी मुश्किल से दस-बीस रिजल्ट नोट कर पाया।" रमन की बेचैनी आसमान छूने लगी, "बताइए न भैया, मेरा क्या हुआ?" बेला ने रमन के हाथ से मोबाइल ले उसे स्पीकर पर लगा दिया। आवाज गूँजने लगी, "उ चौदह जने, जो तीन तेरे तेईस में रहते थे, गरीब पापा के पैसे से हर ओपनिंग शो में दिखते थे, इस बार कहीं न दिखे। अब नाम क्या बताना, तू खुदे समझदार है। हाँ, परसों पप्पू पूर्णियावाले का रिजल्ट भी आया। बंदा अबकी बाजी मार ले गया। बन गया सिपाही। ललकी टोपी चढ़ गई माथे।" रमन खुद को रोक न सका, "भैया, मे···मे···मेरा क्या हुआ?" "बताता हूँ भाई! मजे की बात है—गोविंद, गोपालगंजवाला बढ़िया रैंक लिया है। नन्हे, नालंदावाले का फोन आए तो बता

देना, अबकी मउर का मुहूर्त सही है। ससुर का सतरह मिसकॉल आया है। और हाँ, ट्यूशन पढ़ाकर पढ़ने रही चंपारनवाली चंपा गरीबी को मात दे हाकिम बन गई।" फिर करीम भाई कइयों के रिजल्ट बताते चले गए। रमन अपने बारे में फिर पूछने जा रहा था, तब तक बेला ने इशारे से रोक दिया। मन मसोसकर रह गया। उधर करीम भाई कहे जा रहे थे—"तेरे रोल का मिलान कई बार किया। कहीं दिख ही न रहा था। फिर लिस्ट के नीचे से देखना शुरू किया। दस रोल पढ़ता, तब तक कोई पीछे से धक्का दे देता। सब गड़बड़ा जाता। धक्का खाता रहा, लेकिन हटा नहीं। नीचे से देखते-देखते ऊपर तक चला गया, लेकिन… !" रमन अब रुक न सका, जोर से चीखा, "क्या हुआ… ?" "वही तो कह रहा हूँ। अच्छा ये बता, बाबूजी कहाँ हैं ?" "वो बाहर सो रहे हैं।" "बहू कहाँ है ?" "वो सामने बैठी है, आज ही आई है।" सस्पेंस के साथ धड़कनें भी बढ़ गईं। करीम भाई फिर बोले, "जा पगला, जाकर उस देवता के पाँव छू ले, जिसने तेरी मेधा पर तुझसे ज्यादा भरोसा किया। और हाँ, बेला के ऋण से तू सात जनम उऋण न हो पाएगा। रे लक्ष्मण, उस उर्मिला को न भूलना!" फिर करीम भाई की आवाज रुकने लगी! भर्राए स्वर में बोले, "रे भगोड़ा, अबकी तूँ भाग न सका। आयोग ने तुझे नंबर एक पर टाँक दिया है। दुआ काम कर गई उस सब्जीवाली दादी की… ! सलाम करता हूँ भाई, तूने इस स्पावायल जीनियस की भरम रख ली। कल मैं भी कटिहार के लिए रुख्सत हो रहा हूँ। इंशाअल्लाह, फिर कभी मुलाकात होगी… !" और फोन कट गया। बेला ने रमन की बहती आँखों में देखा, उसका साजन सोना नहीं था, वह तो हीरा निकल गया! आगे बढ़ पति की पेशानी चूम ली। रमन बेला का हाथ पकड़ सिसकने लगा। मतवाली रात एक बार फिर आँसुओं के सैलाब में डूबने लगी। बेला ने देखा कि आँसुओं से तर-ब-तर पति के चेहरे पर गजब की रोशनी थी। ओफ, गजब की मुँह दिखाई दे दी पति ने! सिसकियाँ जब कमरे के बाहर गईं तो भाभी जाग गई। खिड़की से झाँका। अंदर का नजारा डर पैदा कर रहा था। जब रहा न गया तो दरवाजा खटखटाई। दोनों खुद में लौटे। बहू ने दरवाजा खोला। भाभी ने देखा कि भोजन जस-का-तस पड़ा था। दोनों अभी भी सिसक रहे थे। आँसू पोंछ बेला बोली, "आइए भाभी!" फिर उसने रमन की बड़ी कामयाबी को धीरे से बता दिया। भाभी खिलखिलाकर हँसी। फिर उसने दोनों के मोबाइल उठा लिये। दरवाजे को बंद करते हुए बोली, "देवरानी, मेरा देवर तो भोला-भाला है, तू समझदार है। अब चौबीस घंटे बिजली रहने का मतलब यह थोड़े है कि सगरी रात बत्ती जलाई जाए!" और उसने बाहर से ही स्वीच ऑफ कर दिया। कूप अँधेरा छा गया। अंदर ठहाके गूँज उठे। अपने कमरे में पहुँच भाभी फोन

रख ही रही थी कि बेला के मोबाइल पर एक कॉल आ गई, "मैं गया से गरिमा बोल रही हूँ।" भाभी बड़े प्यार से बोली, "इस रूट की सभी लाइनें फिलवक्त व्यस्त हैं!" उधर गरिमा के ठहाके गूँज उठे!

आज की रात ऐसे गुजर गई, जैसे सुपरफास्ट हलके हाल्ट को ठेंगा दिखा सर्र से निकल जाती है। भोर होते ही मइया, भाभी, बेला व रमन बाबूजी को घेर लिए। बेला ने आगे बढ़ बाबूजी के पाँव छुए। बाबूजी आशीष देते हुए बोले, "बहू, अब इसको इतनी जल्दी कहीं न भेजना। तब चला गया था न, त बहुते अखरा।" बेला बोली, "बाबूजी, इनको तो जाना ही होगा।" "कहाँ भेजोगी बहू, इ बुड़बक कहाँ, का करेगा?" मइया से रहा न गया, झमक के बोली, "बुड़बक इ नहीं, बुड़बक आप हो। मेरा लाल तो चम्पीयन निकल गया।" समाचार सुन बाबूजी उछल पड़े। बेटे को खींच गले लगा लिया। आज चाहकर भी बाबूजी आँसू न छुपा सके। फिर कूदकर खड़े हुए और गाँव की तरफ भागे। मइया बोली, "अरे, इ लंगड़-गोड़ लिये बिना लाठी के कहाँ चल दिए?" बाबूजी बिना मुड़े बोले, "उ नेमिया को खबर करना जरूरी है न! सगरी इंतजाम त उहे करेगा! भारी भोज होगा आज। बाकी बिना जोड़ा पियरी लिये नेमिया न मानेगा···!" सबने देखा कि जा रहे बाबूजी के पैर आज धरती पर नहीं पड़ रहे थे। उनमें गजब की फुरती उतर आई थी!

□

ऊँघती उँगलियाँ

कन्या लाई गई। मेहमान ने गौर से देखा। माया पसंद आई। रामधन व रेवती जुड़ा गए। हाथ जोड़ बोले, "पान-फूल जो भी होगा, स्वागत में कमी न करेंगे। गाय इसी के हिक्के रहती है, वह आपकी हुई। बैल-बाछा जो पसंद आए, पगहा पकड़ा दूँगा।" नकद के बारे में बोलने जा रहे थे, तब तक रेवती ने इशारे से चुप करा दिया। रामधन कातर भाव से ताकने लगे। बड़ी पग बाँधे हितराम बोले, "भरोसा है, आप ब्याह में कोई कोर-कसर न रखेंगे। फिर भी लेन-देन समझ-बूझ लिया जाए तो आगे की किच-किच खत्म हो जाए। आप आजु के दिन हमरे यहाँ पधारिए, वहीं दिन-वार रोप लेंगे।" पाहुन जाने लगे। इसी बीच मनोज आ गया। जाते मेहमानों में से एक की नजर पड़ी। पलटकर बच्चे को ध्यान से देखा। फिर सभी घूरने लगे। रामधन व रेवती की साँसें थम गईं। वही हुआ, जो अकसर हुआ करता था। गाली बकते मेहमान चले गए, और···और शादी कट गई। मनोज को विश्वास था, आज उससे कोई गलती न हुई है, सो बहन का हाथ पकड़े खड़ा रहा। बावजूद रामधन आपा खो बैठे। खींचकर ओसारे में लाए और बेतहाशा पीटने लगे। वह जानता था, अगर चीख बाहर गई तो पिटाई लंबी खिंच जाएगी। सो दम साध पिटता रहा। रेवती ने एकाध बार रोकने की जरूर कोशिश की, लेकिन रामधन न रुके। माया बेबस थी। जब बरदाश्त न हुआ तो आँगन में भागी और सुबक-सुबककर रोने लगी। ऐसा पहली बार न हुआ था। पहले भी मनोज कई बार पिट चुका था। आखिर पिटे क्यों नहीं ? बहन की कटती शादी का कारण भी तो वही था। उस दिन बाबू की सख्त हिदायत थी—मेहमानों के चले जाने के बाद ही घर लौटना, लेकिन अभागा ऐन मौके पर आ गया और सब किए-कराए पर पानी फेर दिया। पति की अंगार उगलती आँखें देख रेवती माया को कोसने लगी—"कुलच्छनी को हमरी ही कोख जनमना था!" फिर हिकारत भरी नजर मनोज पर डाली, "ऐसे वंश

से तो निर्वंशे रहना अच्छा था!" उसकी हिम्मत न हुई, माँ को ताके। धीरे से उठा और माया के पास चला गया। साँझ हुई, लेकिन संझवत न जला। चूल्हे से धुआँ भी न उठा। सभी भूखे पेट सो गए। रात को गुजरना था, सो गुजर गई।

बारे बिगहवा बगइचा। मनोज ने माया को बताना शुरू किया, "देखो दीदी, कल भोरे-भोर बाबू मुझे यहीं छोड़ गए थे। मैंने पूछा कि यहाँ अकेला क्या करूँगा ? बोले, 'इन पेड़ों को गिनना। जब पेड़ों की गिनती हो जाए तो डालियों को गिनना। खबरदार, बिना गिनती पूरी किए हिलना नहीं।' और बाबू चले गए। मैंने गिनना शुरू किया। कालीस्थान से इमामबाड़ा तक, नोनियाटोल से तेलियाबारी तक पसरे इन पेड़ों को गिनना आसान न था। पचास के ऊपर तो गिन भी न पाता। एक ओर से शुरू करता तो दूसरी ओर भूल जाता। फिर मैंने जुगत भिड़ाई। हर पेड़ के लिए एक कंकड़ उठाना शुरू किया। दुपहरिया होते-होते झोली भर कंकड़ जमा हो गए। तू न पतियाती है तो चलके देख ले।" मनोज बहन की बाँह पकड़ कंकड़ियों के ढेर तक लाया व बोला, "कुल इतने ही पेड़ हैं इस बगीचे में। लेकिन डालें न गिनी जा सकीं। ऊपर ताकते-ताकते घुमरी आ जाती और गिनती गड़बड़ा जाती। जब भूख बरदाश्त न हुई तो घर चला गया। और···" मनोज बिलख-बिलख रोने लगा। "बताओ न दीदी, मेरी क्या गलती है ?" माया ने मनोज के आँसू पोंछे और बोली, "तेरी कोई गलती न है भाई!" "तो फिर तेरी शादी क्यों कटी, मैं क्यों मार खाया ? गाँव का कोई बच्चा क्यों नहीं मेरे साथ खेलता है ? क्यों हर बार मुझे हटाया जाता है ? क्यों मेरा कटोरा कोने में रखा जाता है ? माँ अपनी गोद में कभी क्यों न सुलाती ? बाबू अपने साथ कभी क्यों नहीं मेला ले जाते ? रात बाहर बिछावन पर और दिन बाबू-बगइचे में, ऐसा क्यों दीदी ?" मनोज ने कई सवाल किए। माया के पास इन सवालों का कोई जवाब न था। वह कैसे कहे, 'भाई, कुष्ठ रोग से ऊँघती तेरी तीन उँगलियाँ सबका कारण हैं। और, इसी कारण कोई बच्चा तेरे साथ नहीं खेलता और इसी कारण माँ-बाप··· !' आगे माया कुछ न कह सकी। भाई को पकड़ रोने लगी। उस दिन शाम तक दोनों बगीचे में ही रहे। उसने मनोज को खूब खेलाया, खूब हँसाया। मासूम मन सारे शिकवे भूल गया।

दूसरे दिन कुट्टी काटते रामधन के पास रेवती दौड़ती हुई आई और हाँफते-हाँफते बोली, "गजब हो गया! माया-मनोज घर में नहीं हैं।" पूरे गाँव में ढूँढ़ा, लेकिन कहीं पता नहीं। भागते हुए रामधन ने सारा गाँव छान मारा। कोशी किनारे गए, लेकिन वहाँ भी न थे। हफ्तों पति-पत्नी गाँव-गाँव खोजते रहे, लेकिन निराशा ही हाथ लगी। भारी मन रामधन लौटे और भहराकर खाट पकड़ ली। देखते-देखते

बात मटियातेल की तरह पसर गई। तरह-तरह के कयास लगने लगे। औरतें कुछ और ही कहतीं, "जवान बेटी को घर बिठाए रखने का अंजाम यही होता है। कहीं किसी लौंडे-लफाड़े के साथ भाग तो न गई!" रेवती रामाबीन पर शक कर रही थी। वह गाहे-बगाहे, कर-कुदाल के बहाने घुरियाया करता था। छुप-छुपाकर माया को देखता। पति को अपने दिल की बात बताई। रामधन ने फौरन पता किया। रामा बैलों को सानी-पानी देता दिखा। रेवती की शंका निर्मूल साबित हुई। दूसरे दिन मेवा मियाँ शहर से लौटे और बताया कि स्टेशन पर माया-मनोज दिखे थे। माया ने उन्हें देखकर चेहरा छिपा लिया। अब शक की कोई गुंजाइश न रही। माया मनोज को लिये कहीं चली गई। लेकिन गई कहाँ? पता न चल सका। कुल का बोझ व कुल का कलंक न रहे। बाकी माथा कहाँ हलका हुआ! जिंदगी बेमानी लगने लगी। बेटी-वियोग ने रेवती को तोड़ दिया। मनोज का सहमा चेहरा नयनों में नाच जाता। पछतावे की सुलगती आग व उससे उठता धुआँ जिंदगी को धुँधला करता चला गया। गाँव में जब कभी बारात आती तो बरबस रेवती रो पड़ती। "धत, ठीके कहा गया है—कंगाल से जंजाल भला!" वक्त पंख लगाकर उड़ चला।

सत्रह साल गुजर गए। माया-मनोज की यादें धूमिल पड़ गईं। रामधन, रेवती बूढ़े हो गए। बथान का बरगद तेज हवा का झोंका सह न सका। गिरा तो जड़ से उखड़ गया। दूसरे दिन पकड़ी भी गिरी। शायद उससे बरगद की जुदाई बरदाश्त न हुई। गई तो रामधन की पलानी भी साथ ले गई। अचानक एक दिन कोसी ने करवट बदली। किनारे कटने लगे। खेतों में बालू भर गया। लहलहाती फसलों की जगह कँटीली झाड़ियाँ उग आईं। बर-बनिहारी बीते दिन की बात हो गई। किसान, मजदूर बन रोटी की तलाश में देस छोड़ने लगे। शहर सीमांत से सरकती सड़कें रेलगाड़ी के डिब्बों से होकर पंजाब व लुधियाना जाने लगीं। जिंदगी दूभर हो गई।

आषाढ़, सावन तो धीरे से सरक गए। अब भादो का भय मँडराने लगा। कुच-कुच अन्हरिया की रात थी वह···! शाम से ही बूँदाबाँदी शुरू हो गई थी। नीरव सन्नाटा पसरा था। लोग घरों में दुबके हुए थे। बाहर भूखी भैंसें भाँय-भाँय कर रही थीं। तभी दूर कहीं पर ठनका गिरा। गाँव के सीमाने पर सियारों ने रोना शुरू किया। फिर झुंड-के-झुंड कुत्ते भौंकने लगे। अचानक भारी शोरगुल हुआ। महतो टोली के लोग चिल्लाते हुए भाग रहे थे। नदी का बाँध टूट गया था और धारा ने गाँव का रुख धर लिया था। हाहाकार मच गया। जो जिस हाल में था, उसी हाल में भागा। दामोदर साव अपनी गाढ़ी कमाई का गल्ला न उठा सके, सो छाती पीटते भागे। बैल-बाछा पगहा तुड़ाकर भागे। उफ्, कोसी ने कहर बरपा दिया!

रेल की पटरियाँ पटती चली गईं। बाढ़ के साथ जिंदगी भी ठमक गई। जहाँ सँउसे सरेह में भदई लहराती थी, वहाँ पानी-ही-पानी था। अमीर-गरीब में अंतर न रहा। रामधन, रेवती तो बेजान पड़े थे। रह-रहकर आती राहत पर टकटकी लगी रहती। भूख से बिलखते बच्चे जब माँओं से रोटी माँगते तो कलेजा फट जाता। बाढ़ में फँसे लोग बाढ़ का पानी पीने पर विवश हो गए। फिर पेचिश ने पैर पसारने शुरू किए। बच्चे-बूढ़े पहले शिकार हुए। कोसी ने भयंकर तांडव मचाया। ऐसा लगा, मानो किसी पागल ढोलकी ने मौत का नगाड़ा पीट दिया हो। बहारन बरई की बहू व नेजाम मियाँ के नाती बाढ़ की बलि चढ़ गए। इसी बीच सरकारिया ऐलान हुआ। मदद के हाथ बढ़ने लगे। अखबारों ने बड़ी मदद की। बात 'अमृताश्रम' तक पहुँची। यह रोगियों की सेवा के लिए जाना जाता था। संस्था के सैकड़ों सेवादार नावों पर आ पहुँचे। फिर महामारी से जंग लड़ी जाने लगी।

उस दिन लाइन में लगे लोग दवाएँ ले रहे थे। अचानक एक औरत आई और बोली, "बाबू, चलकर देख लो। उनकी तबीयत बिगड़ती जा रही है। लगता है…!" फिर सिसकने लगी। कई सेवादार उसके साथ भागे। औरत उन्हें अपने खेमे में ले गई, जहाँ एक बूढ़ा कराह रहा था। बुखार से बदन तप रहा था। चेहरा तमतमाया हुआ था। हालात नाजुक देख बूढ़े को सेवादारों ने कैंप में लाना मुनासिब समझा। कैंप का संचालन बड़ी दीदी कर रही थीं। सफेद परिधान में उनकी आभा दिव्य स्वरूप प्रदान कर रही थी। वे किसी रोगी को दवा पिला रही थीं। छोटे भैया दूसरे रोगी की मरहम-पट्टी कर रहे थे। इसी बीच सेवादार बूढ़े सहित कैंप में आए। हालत नाजुक देख बड़ी दीदी आगे बढ़ीं और चेहरे से कपड़ा हटाया। शून्य में ताकती सूनी आँखें, मुरझाया चेहरा, साधुओं-से बड़े बाल। धक से लगा। माथे पर बल पड़ गए। लगा, पैरों तले जमीन सरक जाएगी। वे रामधन थे। लेकिन दीदी ने खुद को सँभाला व उपचार में लग गईं। उन्होंने छोटे भैया को भी बुला लिया। औरत बदहवास वहीं बैठी रही। अन्य सेवादार दूसरे कैंप में चले गए। बड़ी दीदी ने दवा की एक खुराक दी। छोटे भैया कपड़ा भिगोकर पट्टी देने लगे। भैया ने गौर किया, दीदी की आँखों में आँसू थे। कोई आधे घंटे बाद उस बूढ़े ने आँखें खोलीं। औरत भाव-विह्वल हो दुआ देने लगी—"भगवान् आपका भला करे।" यह रेवती थी। धीरे-धीरे हालात सामान्य होने लगे। कोसी की लंपट लहरें सिमटने लगीं।

लोग घरों को वापस हो ही रहे थे कि मेवा मियाँ की पतोहू को साँप ने काट लिा। उसे कैंप लाया गया। उपचार होने लगा। फुरती व उत्साह से बड़ी दीदी द्वारा किए गए उपचार को देख मेवा मियाँ की आँखें उस वक्त नम हो गईं, जब बहू ने

आँखें खोलीं। हाथ जोड़ बोले, "बेटी, तेरा अहसान जिंदगी भर न भूलूँगा।" फिर टकटकी लगा ताकने लगे। उन्हें लगा कि इन्हें जरूर कहीं देखा है! सो पूछ बैठे, "बेटी, आप कौन हो, कहाँ की रहनेवाली हो?" बड़ी दीदी बोलीं, "बाबा, हम अमृताश्रम के सेवादार हैं। इसके अलावा हमारा कोई परिचय नहीं।" "नहीं बेटी, ऐसा कैसे हो सकता है, कोई तो माँ-बाप होंगे?" फिर उन्होंने जेहन पर जोर डाला। अतीत के अक्स स्पष्ट होने लगे—वही रेलवे स्टेशन, रामधन की बेटी का मनोज के साथ घर छोड़ भागना, उनकी नजर पड़ना और···और उन्हें देख माया का चेहरा छुपाना···फिर गाँव में तरह-तरह की अफवाहों का फैलना···सबकुछ तो साफ हो गया। अब अधिकार से बोले, "मौला सच कहने की हिम्मत दे। बेटी, तुम माया ही हो न?" मेवा मियाँ ने जिस समय ये बातें कहीं, उस समय वहाँ कोई न था। बहू थी, लेकिन वह अब सो रही थी। बड़ी दीदी टूट गईं। जिस बाँध ने वर्षों से आँसुओं को बाँध रखा था, वह लम्हे न लगे, भहराकर गिर गया। हाथ जोड़ बोली, "हाँ चाचा, मैं माया ही हूँ।" फिर वह सबकुछ बताती चली गई—किस तरह भटकते-भटकते अमृताश्रम तक पहुँची? कैसे उसने और मनोज ने परवरिश पाई? कैसे आश्रम ने उन्हें इतना बड़ा दायित्व सौंपा! दोनों बड़ी देर तक बातें करते रहे। इसी बीच छोटे भैया आए और तुरंत निकल गए। माया ने संकेत से बता दिया। मनोज को देख मेवा मियाँ सोचने लगे कि कैसा सुंदर युवक है! फुरती तो देखते बनती है! उन्होंने मनोज की ऊँघती उँगलियों को देखा। वे अब जाग रही थीं। ओफ, मदद करनेवाले हाथ मोहताज नहीं होते··· !

कभी जिन्हें छुपकर गाँव छोड़ना पड़ा था, उन्हें आज छोड़ने के लिए कोसी-किनारे पूरा गाँव खड़ा था। यह बात सिर्फ मेवा मियाँ जान रहे थे। उन्होंने रामधन से कहा, "भाई, भावज से कह दो, इस बार छठ जरूर करेंगी।" पास खड़ी रेवती बोली, "क्यों न भैया, मैंने तो मन-ही-मन उसी समय मन्नत मान ली थी—"ई ठीक हो जाएँगे तो छठ जरूर करूँगी।" रेवती ने मेवा मियाँ की आँखों में झाँका, लगा, वे बरस जाएँगी। मेवा बोले, "चलो, घर चलते हैं। मुझे भी शुकराने की नमाज अदा करनी है भाई!" अमृताश्रम की नावें खुलने लगीं। लोग हाथ हिला विदा करने लगे। माया माँ को देख रही थी, शायद फिर कभी मुलाकात न हो। मनोज भी हाथ हिला रहा था। नावों ने रफ्तार पकड़नी शुरू कर दी। फिर···वे आँखों से ओझल हो गईं··· ! लेकिन लोगों को लग रहा था—कोई फरिश्ता अब भी हाथ हिला रहा है··· !

□

और लाली लौट गई!

वह जेठ की चिलचिलाती दोपहर थी। आसमान आग के शोले बरसा रहा था। मजदूर अपनी खोली में जा चुके थे। जिंदगी थम सी गई थी। भट्ठे में दहकता कोयला ज्वालामुखी के लावा-सा उफन रहा था। चिमनी से उठता धुआँ आसमान में पसरकर सूँड़ लफाकर झूमते मदमस्त हाथी का भ्रम पैदा कर रहा था। छाँह भी छाँह की तलाश में भागी जा रही थी। चरवाहे अपनी भैंसों को तालाब में डाल बारी-बगइचा की राह चल दिए थे और अब सुस्ता रहे थे। ईंट-भट्ठे का मोहना मुंशी छाता लगाए कौड़ी गिन रहा था। बंदा जानता था, जब तक एक भी मजदूर ईंट ढोता रहेगा, उसे वहाँ मुस्तैद रहना होगा। सहना, मेहरा, मुर्मू व मेघना जब नहीं लौटे तो मोहना को भरोसा हो गया कि अब ढोआई का काम बंद हो गया। उठ ही रहा था कि दूर से लाली आती दिख गई। बंदा फिर बैठ गया और इंतजार करने लगा। लाली··· ! ललकी जामुन-सी दिखती थी। हर कोई दो टूक बतिया लेना चाहता था। वह भी तो बिंदास बोला करती थी। जब खिलखिलाकर हँसती तो बतिसिया चमक के आगे बिजली शरमा जाती और गाल में गड्ढे यूँ निकल आते, जैसे ठहरे हुए पानी में किसी शरारती बच्चे ने कंकड़ फेंक दिया हो। सुरमई शाम-सी स्याह आँखों के नीचे और पान के पत्तों के समान होंठों के ऊपर लवंगिया नाक। उफ, बला की सुंदर थी लाली! भगवान् गरीब की झोंपड़ी में ऐसे अनगढ़ हीरे क्यों फेंक देता है, जिसे तराशने के लिए कोई जौहरी ही न मिले और वह तराशे जाने के लिए ताउम्र तरसता रहे ? तभी आसमान से हवाई जहाज की आवाज आई। मोहना सिर उठा ताकने लगा। उसे बड़ा मजा आता था। मासूम बच्चे की तरह तब तक निहारता रहा, जब तक जहाज महुआबारी व कोआरी के ऊपर से ओझल न हो गया। आखिर उमर ही क्या थी उसकी! आठवीं जमात में पढ़ता था कि एक दिन किसी बात पर मइया मार बैठी। उसी दिन मोहना ने मोतिहारी छोड़ दिया। तब

से रामगढ़ के रेहन में आ गया। सात साल गुजर गए। भट्ठे पर मुंशीगीरी मिली तो गाड़ी चल निकली। मजदूरों की चिट्ठियाँ लिख देता। लौटती डाक से जब जवाब आते तो उन्हें पढ़ देता। सबका प्यारा था वह। ईमानदारी व वफादारी कूट-कूटकर भरी थी। हिसाब-किताब में चौकस-चौबंद। "बाबू, मेरी कौड़ी दो न" ···मिसरी की डली लगी प्यारी आवाज से चौंका। सामने खड़ी लाली मुसकरा रही थी। बंदा अचकचा गया। झेंप मिटाते हुए बोला, "तू अकेली कब तक ढोआई करती रहेगी, सगरी मजदूर तो जा चुके हैं?" लाली बैठ गई और जतन से फाँड़ में रखी कौड़ियाँ गिनने लगी—एक, दू, तीन···तेरह···बीस, एक-बीस फिर लंबी साँस ली, माथे का पसीना पोंछी और बोली, "बाबू, अभी तो तीन-बीस तीन ही खेप लगे हैं।" "ईते से का होगा?" "उधर उसकी तबीयत भी खराब है। संझलौका से पहले वैद्यजी से दवा लानी होगी। आज भोरे-भोर उसे उलटियाँ आईं तो मुँह से तनिक खून भी निकला। तब से मन बेचैन है। अभागा जब तक दारू नहीं छोड़ेगा, बीमारी नहीं छोड़ेगी। चलती हूँ बाबू, सौ पूरा हो जाए तो साँस लूँ। आप चाहो तो खोली चले जाओ, बाद में मेरी ईंटों की गिनती कर कौड़ियाँ दे देना।" मोहना ने भर नजर निहारा। लाली मिट्टी से सनी हुई थी। कपड़े पसीने से लथपथ थे और बदन से यूँ चिपक गए थे, जैसे कोई मूरत रँगी जाने से पहले नजर आती है। फिर वह दूसरी खेप लेने निकल गई। मोहना अपलक देखता रहा। गुजरे दिन करीब आने लगे!

उस दिन मोहना मालिक को दिन भर का हिसाब-किताब दे लौट रहा था कि लाली मिल गई। साथ में एक बूढ़ी औरत भी थी। चहककर बोली, "बाबू, ई हमरी मइया है। देस जा रही हूँ। हमरा लगन पड़ गया है। बियाह बाद लौटूँगी।" और···चंचल हिरनी-सी कुलाँचे भरती निकल गई। मोहना को लगा, जैसे देह से जान निकली जा रही है। काश, समय रहते कह दिया होता कि वह भी तो उसे···! खैर, अब तो तीर कमान से निकल चुका था। भला अब क्या हो सकता था? खोली आया और खाट पर गिर गया। कई दिन तक काम पर न गया। मालिक को कहलवा भेजा कि तबीयत तनिक ठीक नहीं है। दस दिन बाद जब काम पर लौटा तो घोर आश्चर्य हुआ। सुर्ख लाल जोड़े में लाली किसी जन के साथ ईंट ढो रही थी। दोनों हँसते-बतियाते आ-जा रहे थे। बड़े गुमान के साथ कौड़ी लेते हुए बोली, "बाबू, ई लाखा है, हमरे मरद।" मुसकराई, कौड़ी ली और चली गई। ताजे सिंदूर की सौंधी महक जब नथुनों में पड़ी तो मोहना को लगा, उसका वजूद डहक गया। आँखें झुका ली उसने। अब लाली सभी से दूरी बनाकर रहती। खनकती खिलखिलाहट खामोश हो गई। पलकों पर लाज-हया का बोझ पड़ा तो वे भी झुक

गईं। लेकिन लाली का गुमान थोड़े ही दिन में गायब हो गया। लाखा सही जौहरी साबित न हुआ। अनगढ़ हीरे को तराश न सका। एक दिन आधी रात को लाली की सिसकियाँ सुनाई पड़ीं। फिर वह चीख-चीखकर रोने लगी। सारी खोली के लोग जमा हो गए। मालूम हुआ कि लाखा ने दारू पीकर बड़ी बेदर्दी से पीटा था। मेघना ने लाली से हमदर्दी जताई तो उसे ही आड़े हाथों ले लिया, "मैं अपनी लुगाई को जान से मार दूँ, तुम कौन होते हो हमरे आँगन में कूदनेवाले?"

सभी खींसें निपोरते चले गए। ऐसे मामलों में मोहना को मालिक ने मना कर रखा था, 'इन रेजा-मजदूरों की कच-कच से दूर ही रहे', सो खून के घूँट पीकर रह गया। लाखा गलत सोहबत में पड़ गया था। दिन भर दारू पीता। गए शाम खोली लौटता। आने के साथ अंट-शंट बकता। बात-बात पर मार पड़ता। धीरे-धीरे उसने काम पर जाना भी छोड़ दिया। लाली जो भी कमाकर लाती, उस पर गिद्ध-दृष्टि जमाए रखता। झपटकर छीन लेता और भट्ठे से भाग भट्ठी की राह चल देता। लाली ने इसी में जीना शुरू कर दिया। मुट्ठी भर चबैना अँचरा के खूँट बाँध काम पर निकल जाती। दोपहर तक काम करती। फिर भागकर खोली आती। खाना बनाती और लाखा को खिला काम पर लौट जाती। एक दिन मोहना से रहा न गया, सो पूछ बैठा, "लाली, तू इतना बरदाश्त क्यों करती है, अपनी माँ को खबर क्यों नहीं करती? आखिर कब तक जिल्लत की जिंदगी जीती रहेगी?" फीकी मुसकान लिये लाली बोली, "अब का फायदा, हमरे सभा-समाज के लिए ई नई बात नहीं है। मैंने अपनी माँ को बापा से मय जिंदगी मार खाते देखा है। उसने भी तो कभी उफ् न किया। नसीबा साथ चलता है बाबू!" और यूँ निकल गई, जैसे कुछ हुआ ही न हो। मोहना देखता रह गया। समझ में न आया, मिट्टी में काम करनेवाली लाली जाने किस मिट्टी से बनी है! समय का पंछी उड़ता रहा। कोई दो साल गुजर गए। लोहे-से बदन का लाखा मोम-सा पिघलने लगा। और जब मोम पिघल गया तो अंदर का धागा साफ नजर आने लगा। जो हाथ कभी लाली के बाल पकड़ खोली से खींच लेते थे, अब बेजान हो उसके कदमों में पड़े थे। एक लोटा पानी उठाना दूभर हो गया। दारू बड़ा दर्द दे गई। क्षय रोग ने लाखा के सारे शरीर को छलनी कर दिया। पेट फूलकर कुप्पा हो गया। गाल पिचक गए। गबरू जवान दुबला के तरोई हो गया। गड्ढे में धँसी आँखें अब टकटकी लगा ताकती रहतीं। लाली को देखतीं तो अनायास बहने लगतीं। वह दारू के दर्द को दवा से कम करती रही और सारे सितम सहती रही···!

साँझ होने को आई। लाली आखिरी खेप लिये लौटी तो मोहना वहीं बैठा

था। "बाबू! मेरे सौ खेप पूरे हो गए। कौड़ी का हिसाब कर दो तो वैद्यजी से दवा ले आऊँ!" मोहना आवाज सुन खुद में लौटा। अतीत का अक्स आँखों में उतर चुका था। जल्दी-जल्दी लाली का हिसाब किया, पैसे दिए और खोली लौट गया। पलटकर देखा, लाली लंबे डग भरती वैद्यजी के यहाँ सुरेमनपुर चली जा रही थी। मन उचाट हो गया। ओह, दो ही साल में लाली कितनी बदल गई। सब समय का फेर है भाई! समय के साथ वैद्यजी की दवा संजीवनी बूटी साबित हुई। लाखा उठ खड़ा हुआ तो लाली के जान में जान आई। लाली की लाली लौट आई तो दौड़कर काली माई को चुनरी, ब्रह्मबाबा को लँगोट और पीर औलिया को मलीदा चढ़ा आई। कहते हैं न कि कुत्ते की दुम चाहे लाख जतन कर लो, सीधी नहीं होती। सो ही हाल लाखा का हुआ। चेट में चार नोट क्या आए, कदम लड़खड़ा गए। भट्ठे से ज्यादा भट्ठी निक लगने लगी। फिर वही हुआ, जो अकसर होता था। गई रात लाली की चीख नीरव सन्नाटे को चीरने लगी। पहले से खार खाए लोग अब लाखा को रोकने भी न जाते थे। किसको अपनी इज्जत भारी थी कि गाली सुनने जाए! मोहना सुनता तो कसमसाकर रह जाता।

उस दिन मौसम का मिजाज बदल गया। तिजहरिया के बाद अंधड़ उठा। फिर मूसलाधार बारिश होने लगी। ईंट ढोआई का काम बंद हो गया। मजदूर अपनी-अपनी खोली में चले गए। लाखा सुबह से ही गायब था। लाली राह देख रही थी। जब पहर भर रात गुजर गई तो लाखा लड़खड़ाते हुए आया। आते ही खाना माँगा। लाली ने परोस दिया। भात-चोखा देख भड़क गया और छूट मुँह गाली बकने लगा। लाली ने लाख सफाई दी कि बारिश के कारण हाट न जा सकी। जो था, सो बनाई है। लेकिन नशा तो तलवे से लेकर मगज तक चढ़ा हुआ था, सो लाखा ने थाली पटक दी और लाली को खोली से खींच बेतहाशा पीटने लगा। लाली चीखने लगी। उसका करुण क्रंदन सुननेवाला कोई न था। अलबत्ता, दूर कहीं सियारों ने रोना जरूर शुरू किया। लाली पिटती रही, चीखती रही। लोग सोते रहे। आवाज जब मोहना के कान तक पहुँची तो उससे बरदाश्त न हुआ। लाठी ली और आ धमका। आते ही लाखा को खींचकर अलग किया और ललकारा, "हरामजादे, अबला औरत पर हाथ उठाता है?" नशे में धुत्त लाखा चिल्लाया, "तू कौन है रे, मैं तेरा सिर फोड़ दूँगा।" उसने उठने की कोशिश की, लेकिन गिर गया। अस्त-व्यस्त कपड़े सँभालती लाली उठी और हाथ जोड़ बोली, "इसे छोड़ दो बाबू, ये नहीं जानता, ये क्या कर रहा है? कल भोरे-भोर आपसे माफी माँग लेगा।" मोहना ने लाली को निहारा। मासूम के होंठ कट गए थे। उनसे खून रिस

रहा था। बोला, "पता नहीं तू किस मिट्टी की बनी है, इतना होने पर भी इसका बचाव करती है?" लाली खड़ी न रह सकी। वहीं बैठ गई और सुबक-सुबककर रोने लगी। मोहना का दिल दहल गया। उसने अपने आँसू छुपाए और लौट गया। रात गहराने लगी। तभी बारे-बजिया रेलगाड़ी गुजरी और काफी देर तक पटरियाँ खट-खट करती रहीं। आज सुबह तनिक देर से हुई।

सालिमपुर का सावनी मेला बड़ा नामी था। दूर-दूर से लोग आते थे। काम की सारी चीजें मिल जाती थीं। साबुन, बीड़ी, माचिस की प्रचार कंपनियाँ कई दिन पहले ही तंबू तान लेतीं। खूब नाच-गाना होता। जमुआ जोकर खूब हँसाता। देखवहिया को फोकट में एकाध साबुन-माचिस भी मिल जाते। हर माल साढ़े तीन आने की दुकान पर लोगों की भीड़ लगी रहती। बाजीगरी करनेवालों का करतब अलग होता। जब जेनिया जादूगर झाँपी से लड़का गायब करता तो भीड़ बेकाबू हो जाती। साँप-नेवले की लड़ाई दिखा दिनेश दर्जनों डिब्बे दंतमंजन बेच लेता। साल भर से घी-मलीदा खाए भेड़ों की जब भिड़ंत होती तो जगह नहीं मिलती। लोग गाछे चढ़ तमाशा देखते। जीतनेवाले भेड़-मालिक को बाबू साहब ग्यारह रुपए नकद इनाम देते। मुरगों की लड़ाई अलग होती। मनिहारी के किस्म-किस्म के सामान मन मोह लेते। औरतों की भीड़ कुछ ज्यादा ही होती। दिन भरा सालिमपुर मेला सालों भर चर्चा में शामिल रहता।

अबकी मेला लगा तो भीड़ उमड़ पड़ी। आषाढ़ से पहले ही ईंट-भट्ठे की चिमनी उतर जाती थी। बारिश भर पथाई का काम बंद रहता। रेजा-मजदूर देस चले जाते। लेकिन इस बार बारिश अधिक न हुई तो काम चलता रहा। एक सच्चाई यह भी थी—जब तक चिमनी से धुआँ निकलता रहता, मेहनतकशों के चूल्हे जलते रहते। अबकी मेले का मोह इन्हें भी खींच लाया। सहना, मेहरा, मेघना सबका जुटान हुआ। जमकर मेला घुमाई हुई। खूब मौज-मस्ती हुई। किसी ने बनियान-लुंगी ली तो किसी ने बच्चों के लिए पिपुही खरीदी। मालिक के कहने पर मोहना भी आया। लेकिन उसका मन मेले में न लगा, सो जल्दी वापस हो लिया। लौट ही रहा था कि मनिहारी की दुकान पर लाली दिख गई। चूड़ी-लहठी, चोटी का मोल-भाव कर रही थी और दुकानदार से दाम कम करने की जिद कर रही थी। लेकिन दुकानदार था कि टस-से-मस न हो रहा था। अँचरा के खूँट बँधे पैसों का हिसाब लगाई। पैसे कम पड़ रहे थे, सो उदास हो उठी और लौट गई। मोहना जानता था, लाली ने कितने जतन से पाई-पाई जोड़ छोटी पूँजी खड़ी की थी। इधर लाखा फिर बीमार रहने लगा था। आधी से अधिक कमाई तो दवा-दारू में चली

जाती थी। खर-खोराकी से जो बच जाता, उसे ईमान की तरह हिफाजत से रखती। गरीब अपनी जमा-पूँजी ऐसे ही रखता है। मोहना ने लाली की पसंद की तमाम चीजें खरीदीं और तुरंत लौट गया।

दूसरे दिन लाली जब काम पर आई तो सबकी नजर बचा सुहागन का सारा सामान दे दिया। लाली बावली हो पूछ बैठी, "बाबू, जानते हो, ये चूड़ियाँ सुहागन की अमानत हैं। इन्हें मुझे क्यों दे रहे हो?" "क्योंकि तुम भी सुहागन हो और तुम्हारे हाथ में ये खूब जँचेगी। कहो तो पहना दूँ?" मोहना के मुँह से यह बात सुन लाली का चेहरा लाज से और लाल हो गया। लेकिन बिंदास बाला चुप न रही, बोली, "जब पहनानी ही थी तो इतनी देर क्यों की?" "तूने मेरी सुनी ही कब?" कहते हुए मोहना वहाँ से खिसक गया। लाली देखती रही। लगा, जिंदगी में पहली बार किसी ने सितार के तारों को साध उनसे मधुर स्वर निकाल लिया हो। मन-मयूर नाच उठे। तपते रेगिस्तान में सावन की घटा छाने लगी। पछतावा भी हुआ कि उसने बाबू को बारीकी से पहचाना क्यों नहीं? खोली में वापस जाने लगी। लौटते कदमों में गजब की फुरती समा गई थी।

नहा-धोकर लाली ने सुंदर-सी साड़ी पहनी। बालों का जूड़ा बनाया। चूड़ियाँ पहनते समय मोहना को याद कर खूब मुसकराई। फिर पैरों में भी रंग लगाया। मुद्दत बाद खुद को आईने में देखा तो विश्वास न हुआ कि वह लाली ही है! सज-सँवरकर झोली लिये हाट को निकली। बीवी के बदले रूप को बीमार लाखा न समझ पाया।

हाट में ही मोहना मिल गया। लाली को देखा तो देखता ही रह गया। लाली गजब की खूबसूरत लग रही थी। जरूरी सामान खरीद दोनों साथ ही लौटे। पहली बार लाली मोहना के इतने करीब चल रही थी। रास्ते में किसी ने किसी से कुछ नहीं कहा। एक-दूसरे को देखते तो मुसकरा देते। खामोशी लाली ने ही तोड़ी, "क्या चूड़ियाँ बहुत सुंदर हैं?" "तुमसे सुंदर नहीं। तुम बहुत सुंदर हो। आसमान की परी लगती हो।" तारीफ सुन लाली लरजने लगी, "बाबू, यह सुंदरता किस काम की कि इसे देखनेवाली आँखें ही न हों! वो होंठ किस काम के, जो दो मीठे बोल ही न बोल सकें!" "क्यों, लाखा कुछ नहीं कहता?" मोहना छूटते ही बोला। "नशे में मदहोश आँखें सिर्फ शरीर देखती हैं। वो औरत को नहीं समझ सकतीं। हवसी होंठों से प्यार के मीठे बोल की उम्मीद बेमानी है, बाबू! खैर, यह अपना-अपना नसीब है।" लाली उदास हो गई। बिल्कुल सामने आ मोहना खड़ा हो गया और बोला, "तुम चाहो तो अपना नसीब बदल सकती हो।" "क्या··· ? क्या मेरे

नसीब बदल सकते हैं? क्या ये सही होगा··· ?" लाली ने कई सवाल किए। "क्यों नहीं, हिम्मत करो तो इस जिल्लत की जिंदगी से छुटकारा पा सकती हो।" बिना लाग-लपेट के मोहना बोल दिया। लाली उसे अपलक ताकती रही। फिर मुड़ी और तेज कदमों से खोली की तरफ बढ़ गई। मोहना वहीं खड़ा रह गया।

लाली दो दिन काम पर नहीं आई। मोहना को बड़ी चिंता हुई। तीसरे दिन आई तो बताया, "लाखा की तबीयत फिर बिगड़ गई है। वैद्यजी ने साफ-साफ कह दिया है कि अब छटाँक भर भी दारू जानलेवा साबित होगी। फिर भी नहीं मानता। मैं क्या करूँ, कुछ समझ में नहीं आता। तुम्हीं कुछ बताओ बाबू!" फिर दोनों देर तक बातें करते रहे। लाली लौटी तो मन बड़ा हलका था।

समय ठहरता कहाँ है? खुशी के लम्हे रेत की तरह मुट्ठी से फिसल जाते हैं और दुःख के दिन काटे नहीं कटते। लाली के साथ भी ऐसा ही हुआ। खोली में आती तो लाखा की तीखी गाली मिलती। काम पर जाती तो बाबू की मीठी बोली मिलती। बावली बनी लाली दोनों तरफ दौड़ लगाती रही। मोहना मिलता तो लगता, तिलस्मी दुनिया में उड़ी जा रही है। लाखा मिलता तो लगता, धम्म से धरती पर आ गिरी है। इसी मृग-मरीचिका में समय सरकता रहा। लाख समझाने, कसमें खाने के बावजूद लाखा अपनी आदत से बाज न आया। एक दिन चुपके से उसने लाली के हफ्ते दिन की कमाई पर हाथ साफ कर दिया। यार-दोस्तों के साथ खूब खाया-पीया। शाम को लौटा तो अचानक तबीयत बहुत खराब हो गई। दवा के लिए दो रुपए न थे। उस रात बाबू काम न आता तो कुछ अनहोनी हो ही जाती। दो दिन तक चूल्हा न जला। इस घटना ने लाली के मन में लाखा के लिए नफरत के बीज बो दिए।

उस दिन सुबह से ही बारिश हो रही थी। मौसम तूफानी हो गया था। लाखा बिस्तर पर पड़ा कराह रहा था। लाली बाहर निकली और बाबू की खोली की तरफ दौड़ पड़ी। दरवाजा खटखटाया। मोहना बाहर निकला। लाली उसके कदमों में गिर गई और रोते-रोते बोली, "बाबू, सचमुच मैं इस जिंदगी से तंग आ चुकी हूँ। अब तुम्हीं कोई राह दिखाओ। जो कहोगे, करूँगी।" मोहना जानता था। लाली के दुःख-दर्द को बखूबी पहचानता था। लाली को उठाया और गले लगा लिया। बोला, "लाली, मैं तुझे नई जिंदगी दूँगा। मेरी माँ तुझे बहू के रूप में पाकर फूली न समाएगी। तुम चाहो तो हम यह जगह छोड़ देंगे। मेरे साथ मोतिहारी चली चलो। हम वहीं शादी कर लेंगे। ताउम्र तुझे दो रोटी की कमी न होने दूँगा। कलेजे से लगाकर रखूँगा तुझे।" लाली को लगा कि तपते रेगिस्तान में ठंडे जल का सोता

फूट गया हो। बाबू को पकड़े देर तक रोती रही।

सुरेमनपुर स्टेशन। रात के ग्यारह बजे दोनों यहाँ आ गए। बारे-बजिया रेलगाड़ी का इंतजार था। मइया की बीमारी का बहाना बना मोहना ने मालिक से अपना सारा हिसाब ले लिया। लाली अपने सारे कपड़े मोटरी में बाँध भागी चली आई थी और खुश थी। मोहना के मन में बताशे फूट रहे थे। ठीक डेढ़ दिन के सफर के बाद वह अपने गाँव में होगा। मइया साथ में सुंदर बहू देखकर निहाल हो जाएगी। हाँ, पर-पट्टीदार थोड़ा उठक-पटक करेगा। बाकी भोज खाकर सारे भाई-भैवदी के लोग चुपा जाते हैं। पूड़ी-जलेबी के साथ अगर लालमोहन चल गया तो सब वाह-वाह कर उठेंगे। गाँव में भरदुलवा जब बंगालन ब्याह लाया, तब कुछ हो-हल्ला हुआ था। बाद में बढ़िया भोज ने सब ठीक कर दिया। तभी सामने बेंच पर कोई दुल्हन बैठी। रात में भी उसने घूँघट डाल रखा था। उसका आदमी विदा कराकर ले जा रहा था। लाली ने इशारे से मोहना को दिखाया। दोनों हँसने लगे। लाली को लगा, आज वह भी तो अपने ससुराल जा रही है। दुलहन की देखा-देखी उसने भी घूँघट डाल लिया। लाली की यह अदा मोहना के दिल को छू गई। मजाक में उसने लाली को चिकोटी काटी। लाली हाथ पकड़कर बोली, "बाबू, हमरे सभा-समाज में बियाह से पहले लड़का लड़की को छूता तक नहीं। इसका खयाल रखना।" फिर घूँघट में ही खिलखिलाकर हँसने लगी। तभी स्टेशन से ऐलान हुआ—'मुजफ्फरपुर, मोतिहारी जानेवाली गाड़ी ठीक दस मिनट बाद आ रही है।' मोहना अपना सामान ले उठ खड़ा हुआ। लाली बैठी ही रही। घूँघट में होने के कारण बाहर का कुछ दिखाई न पड़ रहा था। अलबत्ता जब उसने अंदर झाँका तो लाखा का सर्द-स्याह पड़ता चेहरा बरबस आँखों के सामने आ गया। जब वह खोली से निकल रही थी तो किस तरह उसने उसका हाथ पकड़कर कहा था, "लाली, मेरे पास बैठो। मेरा माथा सहलाओ। देखो, मुझे कुछ नहीं दिख रहा है।" फिर उसने हिचकियाँ लीं और कसकर लाली का हाथ पकड़ लिया। लाली ने तारों को देख समय का अनुमान लगाया। बाबू ने निकलने का जो समय बताया था, उसमें विलंब हो रहा था। इधर लाखा उसका हाथ पकड़े बेसुध पड़ा था। लाली ने आहिस्ता से अपना हाथ छुड़ाया और पास पड़ी बोतल लाखा के हाथ में थमा दी। फिर चुपके से निकल गई। किसी ने देखा भी नहीं।

गाड़ी स्टेशन पर आने लगी। लोग सामान ले खड़े हो गए। मोहना चिल्लाया, "लाली, जल्दी करो। देखो, गाड़ी आ गई।" फिर हाथ पकड़ उठाया। लाली ने घूँघट हटाया, लेकिन सामने कुछ नजर न आया। उसने आँखें मलीं। उन्हें आँचल

से पोंछा। इसके बावजूद कुछ दिखाई न पड़ा। लाखा का लरजता चेहरा आँखों से हट न सका। मोहना उसका हाथ पकड़ डिब्बे की तरफ बढ़ा। लेकिन लाली से अपना शरीर ही ढोया न जा सका। फिर कानों में लाखा के टूटते एक-एक शब्द बजने लगे, “लाली, मेरे पास बैठो, मेरा माथा सहलाओ। देखो, मुझे कुछ दिख नहीं रहा है।”

रेलगाड़ी ने रेंगना शुरू कर दिया। मोहना डब्बे में चढ़ गया था और लाली का हाथ पकड़े उसे ऊपर खींचने का प्रयास कर रहा था। तभी लाली ने झटके से अपना हाथ छुड़ा लिया और रेलगाड़ी के साथ दौड़ती हुई बोली, “माफ करना बाबू, मैं चाहकर भी तेरे साथ खुद को नहीं ले जा पा रही हूँ। मेरे पैर जवाब दे रहे हैं। जब मैं खोली से भाग रही थी तो लाखा की साँसें उखड़ रही थीं। पता नहीं वह…! मैंने तुम दोनों के साथ धोखा किया। मैं कहीं की न रही। हो सके तो मुझे माफ कर देना और…और…” लाली लौट गई। रेलगाड़ी ने रफ्तार पकड़नी शुरू कर दी। मोहना बच्चों-सा बिलख पड़ा।

लाली एक ही साँस में भागकर खोली में आ गई। जब वह दौड़ रही थी तो लगता था कि कोई जिन्न हवा से बातें कर रहा है। खोली में गई तो देखा, लाखा वैसे ही बोतल पकड़े बेसुध पड़ा था। वह लाखा के हाथ से बोतल हटाने लगी। तभी लाखा ने आँखें खोल दीं। मुसकराया और धीरे से बोला, “तुम लौट आई लाली? मैं जानता था कि तुम जरूर लौटोगी। लेकिन तुझे लौटना नहीं चाहिए। बाबू तुम्हें सच्चे दिल से चाहता है। वही सही जौहरी है। जिस हीरे को मैं पैरों तले रौंदता रहा, उसे सीने से लगाकर वही जौहरी रखता।” फिर लाखा की बोझिल पलकें बंद होने लगीं। लाली की नजरों में लाखा महान् बन गया। सबकुछ जानने के बाद भी लाखा खामोश जो रहा। वह पति पर बिछ-सी गई। बोली, “ना रे लाखा, मेरी मति मारी गई थी कि मेरे कदम डगमगाए। अपनी सौगंध खाकर कहती हूँ, जिंदगी में दुबारा ऐसी भूल न करूँगी। मैंने बहुत बड़ा पाप किया है लाखा! लो, मुझे मारो, खूब मारो। कसम खाकर कहती हूँ, आज न चीखूँगी, न चिल्लाऊँगी। मुझे खूब मारो।” फिर उसने लाखा का हाथ पकड़ अपने गाल पर मारना शुरू किया। लेकिन यह क्या…बेजान हाथ चोट कहाँ करते हैं…? दीये की रोशनी में देखा, लाखा का चेहरा लुढ़क गया था। तभी तेज हवा का झोंका आया और दीये को बुझाता चला गया। लाली चीख उठी। उसके चीत्कार से सारी खोली के लोग जाग गए। लेकिन कोई देखने न आया। सभी यही सोचकर सो गए कि आज फिर लाखा ने लाली को मारा होगा।

उधर सिग्नल जाम होने के कारण बारे-बजिया दो घंटे बाद इधर से गुजरी। दूधिया चाँदनी में रेलगाड़ी से निकलता धुआँ चिमनी से निकलते धुएँ की तरफ आता दिखा। लगा, दोनों मिल जाएँगे। तभी हवा का एक तेज झोंका आया और दोनों धुओं को एक-दूजे से दूर करता चला गया···!

□

कमासुत

गाड़ी गोंडा से बढ़ी तो सवेरा हो रहा था। हिलोर मार बहती पुरवाई में पुरबिया एक्सप्रेस सरसराती चली जा रही था। गनपत ने उँगलियों पर गिनना शुरू किया—गोरखपुर आते-आते बेरा दोल्ह जाएगा। जतरा ठीक रहा तो साँझ से पहिले सिवान उतर जाएगा। फिर कप्तानगंजवाली लोकलिया मिल गई तो घर जाने में का देर लगेगा! आज थावेवाली माई को दूरे से गोड़ लाग लेगा। कबो फुरसत से नारियल-चुनरी चढ़ाएगा। बाकी घर पहुँचते-पहुँचते अन्हार हो जाएगा। लोग घाट से लौट रहे होंगे। बरिस-बरिस का तेवहार अकारथ न चला जाए, सोचकर सिहरन होने लगी। ओफ, सगरी गाँव त उनह गया होगा! कलकतिया काका लोग तो दशहरे से डेरा डाल लेते हैं। आजकल असमिया भाई लोग असालतन छूटिए चल रहे हैं। हाँ, सूरत ने सीरत जरूर बदल दी है। अब सबका भाग भरदुलवा के भाई भिखरिया जैसा थोड़े है! ईरखा करके भागा तो लमहर ठीकदारे बन के लौटा। बात-बात पर सै-टकिया निकालता है। गोनू गोंड़ का गोएँड़वाला खेत उपटा त कचहरिए में जाके दतुवन किया। मार गड्डी मय खेत किन-बेसह लिया। कई कट्ठा में पक्का मकान बनवाया। का मजाल कि केहू नाम लेके कहे! सगरी गाँव अब 'बाबुए' बोलता है। महावीरी अखाड़ा हो चाहे इमाम साहेब के ताजिया, पाँच गो नमरी चंदा देता है। समाज में साख आ इलाका में धाक अइसही थोड़े बनता है! बीसन लईकन के ठीकदारी में लगा-बझा दिया। जब गाँव आता है, त दुआरे मजमा लग जाता है। सब भाग का खेल है भाई! एगो हमरे पितिया थे, सगरी जिनगी कलकत्ता जुट फैक्टरी में खटते रहे। बाकी कुछो ना किए। लोग सहिए कहते हैं—'कलकत्ता के कमाई, जूता-छाता में गँवाई, सबदीनहा ताला लटकल, हाय रे चटकल!' अकेले पंजाब-लुधियाना कतना आड़ेगा? कबो समे-कुसमे गाँव-जवार जाना पड़े तो आफत आ जाती है। रेलगाड़ी के डिब्बा क्या छतो पर गोड़ धरे के जगे न मिलता

है। जो रे जमाना! बाबूजी सगरी जिनगी माटी के बरतन बनाते रहे। मइया घूम-घूम के बेचती रही। जाँता पर गेहूँ पिसते किसमतिया सहिए गाती थी—'रेलिया ना बैरी, जहजिया ना बैरी, से पेटवे बैरी ना, हमरे पिया के पेठावे, से पेटवे बैरी ना।' किसमतिया के नाम आते ही देहे सुर-सूरी समा गई। होली हाहाकार मचा चली गई थी। हाकिम लोग छुट्टी न दिए। भला, ई लोग चईत के चीत्कार को का बुझेगा कि 'ए रामा गोरे-गोरे बहियाँ में हरिहर चुड़िया ए रामा, लिलारा पर···, लिलारा पर इंगुरा के बुनवा ए रामा, लिलारा पर' ···, का होता है? जा हो टाइम बाबू, तू ठीक ना किए। मर्दे छुट्टी का दरखास देख अइसा भड़का जइसे सात दिन के भुखाइल साँड़ ललका छाता देख फुरना-फुरना के मारे पड़ता है। किसमतिया का सूरत देखे बरिस लगने को आया। भले ऊ साँवर है, बाकी पियरिए माटी से मुड़ी मिस के, साज-सिंगार क के, ललकी टिकुली साट के जब बाहर निकलती है, त देखनिहार के धरनिहार लगता है। पता ना अब कईसन होगी? धिया-पुता के कर-कपड़ा किनी होगी कि ना? भले मनिया भीतरे कुहुक-कुहुक के रह जाए, बाकी नेमिया न मानेगा। मइया का माथा खा जाएगा। अड़ोस-पड़ोस के लईकन के नया जामा-पैजामा पहिनल देख के भारी ऊधम मचाएगा। आते समय बाबूजी की फटी धोती देख करेजा फट गया था। आन्हर माई भले आपन लूगा ना देख सके बाकी पेवन पर पट्टीदार थोड़े चुप रहेगा? आ···अब छठ जइसन परब पर किसमतिया के कर पर एगो नया बस्तर न हुआ तो कइसे बेचारी घाट जाएगी? कइसे कोशी भरेगी, कइसे अरघ देगी? सत्तर गो सवाल मगज मथने लगा। का करे गनपत? माई के फाटल लुगरी देखे कि बाबू के पगरी? इधर तोपता है तो उधर उघार हो जाता है। पता ना ई तीज-तेवहार के बनाया? धत, परब त गरीब का पोले खोल देता है! याद है, गवना बीते पाँच साल हो गए थे। तबले बेचारी की गोद न भरी थी। सगरी देवी-देवता पूज आई थी। सो उदास रहती थी। वह भी कम जतन न किया। भोरे से लेके भैंसही तक आ पांडेपरसा से लेके धरमपरसा तक सगरी ऊँच-खाल गोड़ लाग लिया। बाकी कुछु न तिराया। एक दिन मुसहरी के मुन्ना मिसिर कवनो काम से घर आए। बेचारी गोड़ छान ली, आ लगी छ-छ पाती रोने। बाबा बड़ी मयगर मनई थे। उनही के कहे पर किसमतिया मय रात छठ माई के घाट अगोरी आ डाँड़ भर पानी में खड़ी रही। अगली साल जब घाट गई त गोद में मनिया खेल रही थी। दुइए साल बाद नेमिया का जनम हुआ। तब से हर साल छठ करती है।

बड़ी खुशी हुई, जब पुरबिया सही समय गोरखपुर आ पहुँची। इहाँ गाड़ी धोवाती-पोंछाती थी, सो घंटा भर रुकना मजबूरी थी। टिशन पर देखा, एगो माई-बेटी

गा रही थी—केरवा जे फरे ला घवद से ओई पर सुग्गा मेंड़रास, सुगवा के मरब धेनुख से सुग्गा गिरे मुरुछाय··· ! दु बरिस पर ई मिसरी की डली लगी आवाज कान में पड़ी थी। लगा कि वह माथे पर डाला लिये घाटे जा रहा है, अउर पीछे-पीछे किसमतिया गाते चल रही है। बुला के दस रुपया दिया। अनघा खुशी मिली। चिरई-चुरूँग होता तो उड़ के घर चला जाता। बाकी इहाँ मजबूरी साथे चल रही थी। उधर गोसाईं गाँव में किसमतिया पियरी माटी से घर-दुआर लिप-पोत के बड़ सुनर बना दी थी। आज भोरही से मुँडेर पर कागा बोल रहा था। मनिया बोली, "माई, बुझाता बाबूजी आवत बाड़े। मइया छठ परब भूखी न रहती, त हरुस-पातर सुना देती।" सो मने-मन बोली, 'कमासुत को आना होता तो अबले आ न जाता! ई मरद जाति का क्या भरोसा! कहेगा पूरब, आ जाएगा पछिम।' अब वही जानती है कि बीते दस दिन कैसे गुजारी है? भाग-भाग के चँवर से कचटी माटी लाई। सान-सुन के चाक पर चढ़ाई। फिर लगी दीया बनाने। पाँच दिन त बनाने-सुखाने में निकल गया। आसमाने बादर छाता त करेजा मुँह को आ जाता। गनीमत रहा कि धूप खिली रही अउर सगरी दीये सूख गए। फिर घूम-घूम के लकड़ी-काठी की जोगाड़ की। आवा में आग बोझ अगिन माई को गोड़ लागी—हे माई, ई दीया हमरे बच्चन के आहार हैं। एही पर छठ-दीवाली सब टिकल है। लइकन के कपड़ा आ सास-ससुर के दवा-बिरो भी। सबरन उतार दिहो मइया! किसमतिया अपने कमासुत को मय रात कोसती रही और आवा अगोरती रही। भोरे-भोर सगरी सामान पक के तैयार थे। राख-पतवार हटाई तो लाल-टेस दीया देख निहाल हो गई। रतजगा से लाल हुई आँखों की पीड़ा छूमंतर हो गई। सैकड़न दीये मुसकरा रहे थे। माटी के हाथी-घोड़े दौड़ने को तैयार थे। घुघुर-घांटी बजना चाहते थे। सिलवट-लोढ़ा, जांता, बैलगाड़ी आ दहीवाली गुजरिया सब निखर आए थे। सिपाहीजी सोटा मारने को तैयार खड़े थे। लक्ष्मीजी की मूरत तो देखते बनती थी! गणेशजी आशीष देने को हाथ उठाए खड़े थे। रंग भरते ही रूप निखर आया। किसमतिया उँगली पर अनुमान लगाई—आधे भी बिक गए तो दीवाली हो जाएगी। फिर छठ में त भारी खर्च होगा। घर-भर को कपड़ा चाहिए। सास दमे की रोगी थी। जाड़ा शुरू होते ही हँफनी बढ़ जाती थी। बाबूजी की दवाई भी खत्म हो गई थी। वैद्यजी बिना रोकड़ा लिये एक टुकी हिंगो न देंगे। बिना नया कपड़ा के परब कइसे करेगी? नैहर से नेह-नेता माई-बाबू के जिनगिए तक रहा। युगन बीत गया, भाई-भौजाई ने कभी खोज-खबर न ली। सब दार-मदार इन दीया-खिलौनों पर ही था। तभी नेमिया सिपाही पर लट्टू हो गया। मनिया इशारतन जाँता माँगने लगी। बाकी माई मुकर गई। सवाल बोहनी का था, सो बच्चों को समझा-बुझा के सौदा लिये बाजार चली।

आज बड़ी चहल-पहल थी। बाजार ग्राहकों से पटा पड़ा था। सौदा सजा रामजी का नाम ले ग्राहकों का इंतजार करने लगी। अगल-बगल दुकानों की भरमार थी। पटाखों की दुकान पर भारी भीड़ थी। बच्चे बिना कुछ लिये हटते कहाँ हैं? रॉकेट और रेलगाड़ी की भारी माँग थी। आज सोहना हलवाई की चल निकली थी। किस्म-किस्म की मिठाई सजाए था। उन पर चाँदी का वरक तो गजब चमकता था। तीन आदमी तो तौल रहे थे। दो आदमी पैसा गिनने में लगे थे। अगरबत्ती-मोमबत्ती बेचता बहारना चिल्ला-चिल्ला के ग्राहकों को बुलाता था। सबसे बीस तो बिदेसिया निकला। वो कमर ओढ़ के घी पीने में माहिर था। बालू पेर के तेल चुआना खूब जानता था। तीन-चार संघतिया संग पाँच दिन से गायब था। आज आया तो गजब ही लीला दिखाई। चार चौकी जोड़ के दरी बिछाई और जब माल सजाया तो आँखें चौंधिया गईं। रंग-बिरंगे दीये राह चलते लोगों को जबरन खींचने लगे। सस्ते सुनहले दीये देख सारा बाजार टूट पड़ा। साँझ होते-होते बिदेसिया राजा बन गया। सबकुछ बिक गया। दस लगाया, पचास कमाया। भोले-भाले ग्रामीण प्लास्टिक के चाइनीज दीयों पर टूट पड़े। प्लास्टिक के लक्ष्मी-गणेश भी खूब बिके। माटी की मूरत का मोल न रहा। किसमतिया टकटकी लगा ताकती रही। बमुश्किल पचास-साठ का सौदा बिका। कपाल ठोक ली बेचारी ने—कइसन जमाना आ गया! रिमोट से चलनेवाली रेलगाड़ी के सामने माटी की बैलगाड़ी मात खा गई। दहीवाली गुजरिया राह निहारते रह गई, अउर जिंसवाली प्लास्टिक गुड़िया माथे चढ़ गई! कलयुगी कारखाने जीत गए, हाथों का हुनर हार गया। किसमतिया जब लौटी तो एक पहर रात ढल चुकी थी।

अन्हरिया को गुदगुदाते रंग-बिरंगे झालर जब झिलमिलाए तो लगा, दीवाली आ गई। मिठाइयाँ बँटने लगीं। पटाखे फूटने लगे। सास-ससुर के पास सोए बच्चों को जगाकर उसने भी पाँच दीये जला लिये। टिमटिमाते दीयों की औकात ही क्या, क्षण भर में छितरा गए। रात गहराती रही। किसमतिया आकाश ताकती रही। रह-रहकर गनपत की याद आती। ओफ्, साथी साथ हो तो दर्द शायद कम हो जाता है! सताहवा सात बाँस ऊपर उठा तो आँख लगी। ये सोचकर सोई कि कल गाँवे-गाँव घूम-घूम के सौदा बेचेगी। आखिर टारने से परब तो न टरेगा? छवें दिन बाद छठ था।

सिवान आते-आते पुरबिया घंटा भर लेट हो गई। कप्तानगंजवाली लोकलिया निकल गई थी। गनपत भारी पेच में फँस गया। करे तो क्या करे? स्टेशन से बाहर आया। सामने नीरव सन्नाटा पसरा हुआ था। सारे मुसाफिर व्याकुल हुए जा रहे

थे। तभी एक छोटी गाड़ी आई। लोग माटा की तरह चढ़ गए और गाड़ी चलने का इंतजार करने लगे। गनपत भी छत पर असवार हो गया। बाकी हाय रे नसीबा, गाड़ी जा न सकी, अलबत्ता ड्राइवर-खलासी जरूर गायब हो गए। गनपत को लगा, मूर्च्छा से गिर जाएगा। अब तो घाटे जाने का समय हो चुका था। तभी बगल गाँव से लाउडस्पीकर पर गीत बजा—'काँच$ ही बाँस$ के बहंगिया, बहंगी लचकत जाव···होई ना ए भैयाजी सहइया, बहंगी घाटे पहुँचाय···!' बेटा-बेटी का चेहरा याद आया। खुद को रोक न सका और सुबक-सुबक के रोने लगा। क्या करे, सब किए-धरे पर पानी फिर गया! कितना जतन से पाई-पाई जोड़ के बच्चन खातिर कपड़ा-लत्ता लिया था। बाबूजी की मरदानी थैले में पड़ी थी। माई व किसमतिया के साड़ी-सभाखन सब धरे-के-धरे रह गए। ओफ्, जैसे पुरबिया लेट हुई, वैसे लोकलियो लेट हो जाती तो का बन-बिगड़ जाता! अब क्या मुँह लेके घर जाएगा? सर-समाज क्या कहेगा? एक मन किया कि लुधियाना ही लौट जाए, तभी माई की पथराई आँखें नयनों में नाच गईं। आँगन में उदास बैठी पत्नी छन-छनकर याद आने लगी। अब बैठना भारी हो गया। हिम्मत जुटाई और चल दिया।

सिवान से सरसर आते-आते तिनजोड़िया उग आई। पहले साँझ की अन्हरिया खत्म हुई तो राह चलना आसान हो गया। आगे पाँतर रास्ता पड़ता था। छिनतई का भी डर था। सो बजरंग बली का सुमिरन किया और चाल बढ़ा दी। गनपत ने अनुमान लगाया, मटिहानी बाद मीरगंज आते-आते शुकवा उग जाएगा। उहाँ से घाटी-बाढ़ी ढाई कोस बाद थावे आ जाएगा। थावे का नाम आते ही भवानीजी का भय समा गया। याद आया, गोरखपुर में कहा था—'थावेवाली माई को दूरे से गोड़ लाग लेगा। अब भुगतो बेटा! कहीं देवी-देवता से अइसे खिलवाड़ किया जाता है?' अब कोई उपाय न था, सो भर पेड़ा किरिया खाते बढ़ा—'अबकी पार लगा दो मइया, जिनगी भर शीश नवाते रहेंगे।' गनीमत रही कि राह में चोर-बनोर न मिले, अउर भागते-भूगते लछवार पार कर गया। तभी तीन बजिया सिटी मारी। गोया कि पहर भर रात अउर रह गई थी। एक बार फिर उसने हिम्मत की और चाल बढ़ा दी।

सवेरा हो रहा था। चिड़िया-चुरूँग बोलने लगे थे। लोग डाला लिये घाट को निकल रहे थे। गनपत थावेवाली माई का देवास अगोरे बैठा था और पछता रहा था। अगल-बगल कोई न था। तभी किसी आदमी के चलने की धमस आई। पीछे मुड़कर देखा तो लगा, कोई आदमी सफेद परिधान पहने जंगल में खड़ा है और उसे इशारे से बुला रहा है। वह सम्मोहित-सा चलता गया। आदमी आगे बढ़ता गया। कुछ दूर चलने के बाद जंगल समाप्त हो गया। सामने सड़क थी। एक नौजवान पसीने

से लथपथ अपना टैंपू स्टार्ट कर रहा था। गनपत को देखते ही दौड़कर आया और बोला, "भाई, तनिक धक्का दे दो। सवारी बैठी है, जल्दी ले जाना है।" उसने पीछे मुड़कर देखा तो सफेद परिधानवाले सज्जन जा चुके थे। उसने बगल में अपना थैला रखा और धक्का देने लगा। संयोग ही कहिए कि एकाधे धक्के में टैंपू स्टार्ट हो गया। तब वह नौजवान खुश होकर बोला, "भाई, अगर इस रास्ते जाना हो तो बगल में बैठ जाओ।" पथराए पैरों को आराम मिला तो नींद आने लगी। ड्राइवर ने चेताया, "भाई, साइडवाली सवारी सोती नहीं है।" और उसने रफ्तार बढ़ा दी।

गनपत अब गाँव में था। सीधे भागकर घाट पहुँचा। भारी भीड़ थी। परबइतिन लोग पानी में खड़ी थी और सूरज महाराज के आँख खोलने की बाट जोह रही थी। बच्चे किनारे ही मिल गए। बाबूजी को देखा तो उछल के कंधे चढ़ गए। नेमिया ने इशारे से बताया, "बाबू, सामने ऊ रही मइया··· !" गनपत ने देखा, किसमतिया डाँड़ भर पानी में सुपा लिये खड़ी थी। अब रहा न गया। बच्चों को कंधे पर बिठाए वह भी पानी में उतर गया। किनारे खड़े लोग तमाशा देखने लगे। भरदुलवा ने चुटकी ली, लगता है कमासुत आ गया! गनपत ने देखा, सामने सत्रह साल पुरानी बिअहुति साड़ी पहनी किसमतिया खड़ी थी और आँखें बंद किए कहे जा रही थी, "हे दीनानाथ, अब हम तहसे का कहें? हमरे सुहाग के रक्षा करना। हम जानते हैं ऊ काहे न आए? सगरी गाँव त हँसता है कि ई कमासुत निकम्मा निकल गया। बाकी मैं जानती हूँ, ऊ काहे न आए? पैसे का प्रबंध न हुआ होगा, सो लाजे न आए··· !" फिर उसकी आँखें बरसने लगीं। गनपत की आँखें अब भला कैसे रुकतीं? वो भी जार-बेजार हो गया। सिसकियाँ बँध गईं। आवाज सुन किसमतिया ने आँखें खोलीं, सामने कमासुत खड़ा था। कंधे पर बच्चे थे। किनारे बाबू-माई बैठे थे। लोग टकटकी लगाए ताक रहे थे। किसमतिया को सहसा विश्वास न हुआ। तभी मनिया बोली, "माई, बाबूजी··· !" किसमतिया खुद में लौटी। सामने साजन खड़ा था। काँपते होंठों पर जमाने से ठहरी मुसकान लौटने लगी। लोगों ने देखा, ऐन मौके पर सूरज भगवान् ने भी आँखें खोल दी थी··· !

□

कसूर क्या था?

पाँच भाई-बहनों में सबसे छोटा था मैं। दुबला-पतला, चलने में लाचार। दूध पीना बस-बूते की बात न थी। ये माँ ही थी, जो मेरे हिस्से का दूध छुपा लेती और जब भाई-बहन खेलने लगते, मुझे चुपके से पिला देती। माँ की इस चोरी ने मेरी परवरिश ही नहीं, पंजों में मजबूती भी दी। मैं औरों से तेज भागने लगा, छलाँग थोड़ी लंबी हो गई। मुई यही अदा उस बहेलिए को भा गई। उसने मुझे उठाया और झोले में डाल लिया। मैं लाख चिचियाया, लेकिन उसने एक न सुनी। माँ देखती रही। शायद उसे भरोसा था कि वह मुझे अच्छे से रखेगा, सो जाने दिया। और, सचमुच उसने मेरी अच्छी हिफाजत की। भरपूर भोजन दिया। रात में दूध भी पिलाया। दो-तीन माह ही गुजरे, मैं गबरू-सा दिखने लगा। लगा, किस्मत ने करवट ले ली, लेकिन यह भूल थी। वह बेजा खर्च नहीं कर रहा था। मेरे जैसे कइयों पर उसने भारी दाँव लगा रखे थे।

सोनपुर मेला अपने उफान पर था। मेरे गले में सुंदर-सा पट्टा लगाया उसने। आते-जाते लोगों की निगाहें पड़ने लगीं। मोल-भाव शुरू हो गया। पारखी देखते तो मुँह बिचका लेते—'धत, ये तो देसी पिल्ला है' और खिसक लेते। लेकिन शाम होते-होते एक बंदा फँस ही गया। निरा बुद्धू विद्यार्थी था। विदेशी कुत्ते पालने का भूत सवार था उस पर। सो बहेलिए के बहकावे में आ गया। मैं अठारह सौ रुपए में बिका। वह गंगा किनारे यूनिवर्सिटी हॉस्टल में रहता था। स्वामीनाथ नाम था उसका। बाप के खर्चे पर पलनेवाले ने मुझे पालने का बीड़ा उठा लिया था। अजीब सा लगा। लेकिन अब वह मेरा स्वामी था। चुपचाप उसके पीछे हो लिया। उसने बड़े प्यार से मुझे अपने हॉस्टल के बरामदे में रखा। अगल-बगल के विद्यार्थियों को शान से मेरा परिचय कराया कि मैं विदेशी नस्ल का कुत्ता हूँ। उसकी धाक जम गई और मैं परवरिश पाने लगा। जब हॉस्टल की चेकिंग होती तो मुझे छुपा लिया जाता। लुका-छुपी का यह खेल मुझे भी

भाता। धीरे-धीरे दिगर विद्यार्थियों का भी मैं दुलारा बन गया। जब 'टाइगर' कह बुलाया जाता तो मेरा जोश सातवें आसमान पर होता। छलाँग मार पिछले पैरों पर खड़ा हो जाता। सब ताली बजाने लगते। वक्त की रफ्तार के साथ मेरी भी रफ्तार बढ़ने लगी। दो साल गुजर गए, लेकिन मेरी कद-काठी में कोई बदलाव न हुआ। यह स्वामी को अखरने लगा। मेरे बाल भी न बढ़े। उसकी शंका सही साबित हुई और मेरी असलियत की पोल खुल गई। सब जान गए कि मैं खाँटी देसी नस्ल का पिल्ला हूँ। उस दिन मेरे स्वामी को खूब बरगलाया गया। फिर क्या था, उसने बड़ी बेरहमी से मुझे पीटा और लात मार हॉस्टल से बाहर कर दिया। खाने को कुछ न दिया। मैं बड़ा रोया। पूरी रात हॉस्टल के बाहर बैठा रहा कि वह मुझे जरूर पुकारेगा, लेकिन यह मेरी भूल थी। स्वामी ने रिश्तों की थाती को पल भर में परे धकेल दिया। ओफ, आदमी मौसम की तरह क्यों बदल जाता है? आज माँ बड़ी याद आई। रात लंबी तन गई··· !

सुबह हुई। पेड़ों पर पंछियों का कलरव शुरू हुआ। मंदिर के घंटे बजने लगे। लोग गंगा स्नान करने आने लगे। मछुआरे जाल ले नदी में उतरे। दियारे के लोग दूध लिये दरिया पार कर शहर आने लगे। तैयार हो विद्यार्थी कक्षाओं को निकलने लगे। लेकिन मुझे अपने स्वामी का इंतजार था। वह भी आया और यूँ निकल गया, मानो हमारा-उसका कोई रिश्ता ही न रहा हो! लोग चलते रहे, मैं बैठा रहा। दोपहरिया हुई, तीजहरिया हुई, फिर शाम होने को आई। अचानक अपने स्वामी की पदचाप सुनी। इन्हीं पैरों में कभी जगह थी मेरी। वह आया और एक हिकारत भरी नजर डाल हॉस्टल में चला गया।

एक और रात हुई, एक और सूरज ढल गया। मेरी आँखें देखती रहीं, मैं उसकी आँखों से निकल गया।

आज तीसरी रात थी। शाम से ही बूँदा-बाँदी शुरू हो गई थी। चारों तरफ कूप अँधेरा पसरा था। पेट में अन्न का एक दाना न था। स्वामी ने अपने दरवाजे बंद कर लिये थे। वजूद बचाना मुश्किल हो गया। जाऊँ तो जाऊँ कहाँ? कल सामने की सड़क का जो बादशाह खड़ा था, आज उसी सड़क पर लावारिस पड़ा था! भौंकना क्या, गुर्राने की भी ताकत जाती रही। आखिर मेरा कसूर क्या था? अब आदमी सुनने को तैयार नहीं तो कोई क्या कहे और कैसे कहे! चारों तरफ नीरव सन्नाटा था। रात गहराती जा रही थी। अतीत के अक्स आँखों में उभरने लगे··· !

कितनी प्यारी सुबह थी वह! हॉस्टल के वार्डन अपनी छोटी बिटिया के साथ टहल रहे थे। साथ में मीनू भी थी। यह विदेशी नस्ल की बड़ी प्यारी कुतिया थी। सुबह-शाम नहाती। चलती तो राहें महक जातीं। मैं दूर से निहारा करता। विदेशी

होकर भी वह रानी थी, मैं देसी था, फिर भी आवारा था! सब कर्मों का फेर है साहेब, वरना अपने ही मुल्क में नस्ल-भेद क्यों ? एक चिढ़-सी हो जाती उसे देखकर। रोज की तरह उस दिन भी वार्डन चौराहे तक आए और किसी से बात करने लगे। मीनू चंचल हिरनी-सी चलती रही। अचानक गली के कुत्तों ने मीनू पर धावा बोल दिया। वह मारे डर पीली पड़ गई। बिटिया की चीख सुन वार्डन दौड़े और कुत्तों को भगाने लगे। लेकिन यह उनके बस-बूते की बात न थी। कुत्तों की पकड़ बढ़ती गई। लगा, वे मीनू को मार ही डालेंगे। मुझसे देखा न गया। सारी ताकत बटोरकर दौड़ा और अकेले भिड़ गया। चौराहा रणक्षेत्र बन गया। भीड़ जमा हो गई। जिसने भी देखा, दाँतों तले उँगली दबा ली। मैं अकेला भारी पड़ गया। उन्हें मीनू को छोड़कर भागना पड़ा। लम्हों की लड़ाई ने मुझे हीरो बना दिया। स्वामी तो फूले न समाए। मीनू को हलकी-फुलकी चोट आई। बावजूद, उसे डॉक्टर के यहाँ ले जाया गया। जबकि मेरे नथुने चोटिल और शरीर बुरी तरह लहूलुहान हो गए थे, लेकिन इसका मुझे कोई मलाल न था। आखिर 'अतिथि देवो भव:' भी तो कोई बात होती है! डॉक्टर के यहाँ से लौटती मीनू ने मुझे प्यार भरी नजरों से देखा। ओह, मेरा सारा दर्द छूमंतर हो गया। उस दिन के बाद आते-जाते मीनू एक बार जरूर मुझे देख लेती। बस, मैं तो उसकी इसी अदा पर निछावर हो जाता। अपने स्वामी तो महास्वामी निकले! रईसी कूट-कूटकर भर गई जनाब में। दोस्तों की महफिल जमी रहती। एक उठता तो तीन आ बिराजते। क्लास बंक कर सिनेमा देखा जाता, साथ में गर्लफ्रेंड्स भी होतीं। गई रात लौटना होता। बाप की कमाई पढ़ाई में कम, फालतू के कामों में ज्यादा खर्च हो जाती। किताबें बिखरी रहतीं, जूते सजे रहते। भर बीते की सिगरेट तीन ही कश में खत्म हो जाती। नतीजा बहुत खराब हुआ। स्वामी लुढ़क गए। अगली कक्षा के लिए पास न हो सके। मुझे बहुत बुरा लगा। सोचा, अब मुझे ही कुछ करना होगा। उस रात मंडली के माननीय दो सदस्य स्वामीजी को छोड़कर वापस लौट रहे थे। मैंने आव देखा न ताव, उन पर धावा बोल दिया। काट खाया उन्हें। जिंदगी में यह पाप पहली बार हुआ था। लेकिन यह जरूरी था। श्रीमान द्वय इधर का रास्ता ही भूल गए। कुल छह सुइयाँ भोंकी गईं। लो, अब और करो मस्ती! मैं तो उस डाक्टरवा को ढूँढ़ रहा हूँ, जिसने सुइयों की संख्या को चौदह से छह कर दिया! आदमी जानवरों के पीछे पड़ा है। उनका जहर निकाल उन्हें निस्तेज कर रहा है। आज तक अपने जहर का इलाज न खोजा! फिर एक दिन वह जींसवाली मिल गई। उसे काटा तो नहीं, दौड़ाया इतना कि इधर आना ही भूल गई। दूसरे दिन गंगा मइया में डुबकी मारी। सुना है, आदमी पाप कर ऐसे पवित्र हो जाता है। यह साल बढ़िया गुजरा। स्वामी ने खूब

मेहनत की। नतीजे इस बार बेहतर आए। वे पास हो गए। चलो, नमक का शरीयत तो अदा हुआ। मैं बहुत खुश हुआ, लेकिन खुशी कायम न रह सकी। भारी षड्यंत्र रचा गया। मंडली फिर बैठी। मेरे खिलाफ स्वामी को भड़काया गया। जींसवाली तो हाथ धोकर पीछे पड़ गई। अफसोस, स्वामी बहकावे में आ गए। कोई आरोप बने, न बने, नस्ल-भेद तो बनता है न! नतीजा, आज सड़क पर पड़ा हूँ। आँखें बही जा रही हैं। सोचा, कल कहीं और चला जाऊँगा। अब क्या किसी से गिला-शिकवा! रात काटे न कट रही थी।

हॉस्टल के घड़ियाल ने बारह बजाए होंगे। सड़क पर शोर सुनाई दिया। कान खड़े हो गए। नथुने फूलने लगे। देखा, एक युवती व बूढ़ी औरत बेतहाशा भागी आ रही थीं। पीछे कुछ गुंडे पड़े थे। अचानक बूढ़ी औरत गिरी और हाथ जोड़ गिड़गिड़ाने लगी, "मेरी बेटी को छोड़ दो। मैं तेरे पाँव पड़ती हूँ। भगवान् के लिए···!" फिर वो बेहोश हो गई। गुंडों को मौका मिल गया। उन्होंने युवती को झाड़ी की तरफ खींचना शुरू किया। पता न कहाँ से ताकत आ गई मुझमें! करंट लग गया पैरों में। एक ही कुलाँच में टूट पड़ा उन पर। जो जहाँ मिला, काट खाया। लड़ता रहा। मार खाता रहा। लेकिन हार न मानी। एक ने मेरे पैर पकड़ दूर फेंका। लगा, रीढ़ की हड्डी टूट गई। लेकिन बची-खुची ताकत बटोरी और फिर छलाँग लगा दी। अबकी निशाना अचूक था। युवती पर पड़े गुंडे को धर-दबोचा। पकड़ बढ़ाई। वह चीखने लगा। युवती उसकी पकड़ से छूट गई। लोग शोर सुन जाग गए। हॉस्टल से कई टॉर्च की रोशनी एक साथ निकली। लोग दौड़ पड़े। जिसने भी देखा, उसे अपनी आँखों पर विश्वास न हुआ। अचानक बिजली आ गई। जान बचाकर गुंडे भागे। एक पकड़ लिया गया। अबला की आबरू बची, बूढ़ी माँ को होश आया।

सुबह के आठ बजे होंगे। भारी भीड़ जमा थी। लोग मेरी बहादुरी की गाथा सुना रहे थे, लेकिन मेरा स्वामी खामोश था। आँखें पथरा गई थीं उसकी। धीरे से उठा, मेरे पास आया। मुझे गोद में उठाया और रो-रोकर कहने लगा, "भारी कर्ज लाद दिया तूने। सात जन्म तक उऋण न हो पाऊँगा। तू नहीं जानता, किसकी इज्जत बचाई है? अरे पगले, सगी बहन है वो मेरी। माँ के साथ मेरे ही पास आ रही थी। मासूम मन न जान सके, अब शहर भी सुरक्षित न रहा। ओफ, बड़ी ज्यादती की मैंने। तुझे समझ न सका। मुझे माफ···!" वह रोता जा रहा था। आँसू थे कि थमने का नाम ही न ले रहे थे। मेरी साँसों की रफ्तार रुकने लगी। नहीं कह सकता कि आगे क्या हुआ मेरा, लेकिन धुँधला-सा याद है, वहाँ मीनू भी आई थी···!

□

कैसे मरद हो जी?

"भगवान् ने चाहा तो बाग अबकी तीन के ऊपर ही उठेगा। सुनकर हीरा-बीरा को सानी-पानी देती कमली मुसकराई। लगता है कि नाक की नथिया और कान की बाली अबकी पक्की!" लक्ष्मी की देह पर बैठी मक्खियों को उड़ाते हुए कमली ने ठेठ-ठिठोली भरे अंदाज में कहा। "तू न पतियाती है तो चलकर देख ले, सगरी पेड़ कैसे लदराए हैं।" बीरझन ने गोद से उतरती मीनू से गवाही दिलवाई।

उसने हाथों को फैलाकर इशारा किया, "अम्माँ, आम इत्ते बड़े हो गए हैं।" कमली बेटी को तेजू के पास से उठाते हुए बोली, "तू आम के ही बारे में ही न कह रही है, मुझे लगा कि लालमी का साइज बता रही हो।" इस पर तीनों हँस पड़े।

यही परिवार था बीरझन का। प्यारी, सुंदर पत्नी कमली, फूल-सी बेटी मीनू, सगे भाइयों जैसे दो बैल, हीरा-बीरा, माँ जैसी कामधेनु गाय और आज्ञाकारी बेटा जैसा वफादार कुत्ता तेजू। सातों का समवेत सहयोग, कोई किसी से कम नहीं। हीरा-बीरा लक्ष्मी की ही संतान थे। हीरा जहाँ सीधा-सादा, बीरा वहीं बड़ा नटखट। माँ बार-बार समझाती, लेकिन अल्हड़ बीरा कभी न समझता। अलबत्ता जब दोनों हरखुवाँ मील में गन्ना गिराकर लौटते तो बीरझन को उन्हें हाँकना नहीं पड़ता। 'जा बाबू, जा भैया' सुनते ही दोनों हवा से बातें करने लगते। जब घर लौटते तो सानी-पानी सना मिलता। लक्ष्मी भी बेटों की राह ताकती रहती। तब तक तेजू गाँव के तीन चक्कर मार आता। सभी साथ ही खाते। बीरझन और कमली के हाथ जब तक इनकी देह पर सहलाने नहीं आ जाते, किसी को नींद नहीं आती। दिन मजे से गुजर रहे थे।

पता नहीं किसकी नजर लगी। खेतों में टँगी काली हाँड़ी काम न आ सकी। मौसम बदला, उसका मिजाज बदला और खेती में मंदी पसरने लगी। किसानों की कमर टूटने लगी। नकदी फसल गन्ना की गरिमा गिरने लगी। अरहर ने आहत कर

दिया। टमटम पर टमाटर बाजार जाते और मुट्ठी में पैसे आते। धीरे-धीरे धंधे बदलने लगे। तब से बीरझन ने भी मालिकों से बाग-बगीचे उधार पर उठाने शुरू कर दिए। और, इस बार आम की जो फसल आई थी, लगता था कि सारे फासले दूर कर देगी। मीनू के लिए बोर्डिंग स्कूल, कमली के लिए नथिया-कनबाली और सगे भाई जैसे बैलों के लिए छप्पर। इत्ते फैसले और एक फसल! रामजी खैर करें। सपने तो देखे जाने के लिए ही न आते हैं!

उस दिन बड़ी तीखी धूप निकली। बीरझन और कमली दिन भर बगीचे में ही रहे। आज आम के बगीचे को सींचा जा रहा था। दोपहर तक यही काम हुआ। फिर जल्दी-जल्दी दोनों घर आए। बैलों को सानी-पानी देकर बीरझन बाजार चला गया। कमली बरतन-बासन करने लगी। पता नहीं कैसे उसे जमाने की 'जाँतसारी' याद आई—'बोवल $ में गेहुँआ ए रमा, उपजेला भेखरिया···। आहो सखिया रे डॉडॉरा रे बईठी के पिआवा रोवेले ए राम···।' गाते-गाते नैहर के नेह नाते पलकों पर पसर गए। मन भारी हो गया।

बीरझन अभी लौटा न था। एक पहर रात ढल चुकी थी। धत, इत्ता भी कोई देर करता है! मीनू बप्पा की बाट जोहते-जोहते सो चुकी थी। कमली लाल-पीली हुई बैठी थी। हीरा-बीरा भी जाग ही रहे थे। तेजू ने आज छह चक्कर लगाए थे, बीरझन का कहीं पता न था। जब भी लौटता, जाकर कमली के पास 'हूँ-हाँ' कर अफसोस जताता कि अभी तक अपने स्वामी को ढूँढ़कर न ला सका। फिर लक्ष्मी गुर्राती। बीरा तो थूथने फुलाकर मारने दौड़ता। बेचारा तेजू समझ जाता, जब तक मालिक आ न जाते, उसे दौड़ जारी रखनी होगी।

कोई घंटे भर बाद तेजू के भौंकने की आवाज आई। साथ में बीरझन भी लौटे। आहट पाकर हीरा-बीरा और लक्ष्मी उठ खड़े हुए। कमली चारपाई पर पड़ी रही। बीरझन पायताने बैठ गए। कुछ देर तक बैठे रहे। फिर लावा फूटा—"कर लिया बाजार!" "आघा गया मिजाज! का कर रहे थे अब तक?" "तुम चुप होवो, तब नूँ बोलूँ!" "हाँ, बोलो।" कमली थोड़ी धीमी हुई। फिर बीरझन ने बताना शुरू किया कि बाजार में मालिक मिल गए थे, उन्हीं के पास देर हो गई। अब कमली बिल्कुल सामान्य स्वर में बोली, "क्या कहा उन्होंने? क्या बाकी पैसे का तकादा कर रहे थे? लेकिन इतनी जल्दी कहाँ से इंतजाम होगा, फसल उतरने में भी तो दो महीने लग ही जाएँगे। क्या कहा तूने?" "कहा क्या, उन्हें पैसों की सख्त जरूरत है तो कहीं से देना ही न पड़ेगा। पहले कुछ खिलाओ, फिर सोचते हैं।" कमली को अपनी गलती का अहसास हुआ, भागी और दौड़कर खाना लाई। खाते हुए बीरझन बोला,

"सोच रहा हूँ, आधा बाग बड़े व्यापारी को बेच दूँ। वह जो देगा, वह मालिक को दे दूँगा ? क्या कहती हो तुम ?" "हाँ, ठीक ही कह रहे हो, दूसरा रास्ता भी तो नहीं है।" खाकर जब बीरझन ने पशुओं को सहलाया तो वे गरदन हिलाकर कहने लगे, "आज रहने दो मालिक, वैसे भी देर हो गई है।" जब दोनों सोने चले गए तो पशुओं ने चैन की साँस ली।

रात के करीब दो बजे होंगे। अचानक आसमान में बादल गरजने लगे। बिजली चमकने लगी। चाँदनी रात स्याह हो गई। बादलों का गरजन बढ़ता गया। बगल कहीं पर लूक गिरा। फिर तड़-तड़ातड़ ओले गिरने लगे। कमली भागी हुई आँगन में गई, वहाँ ओले गिर रहे थे। फिर बीरझन को जगाया। दोनों भागकर हीरा-बीरा और लक्ष्मी को अंदर लाए। कहना न होगा कि दोनों चोटिल भी हो गए। तेजू कब का अंदर आ चुका था और मीनू के पायताने बैठ अजीब उबासी ले रहा था। तूफान गहराता गया, रात लंबी तनती गई। कुदरत ने कहर बरपा दिया। बीरझन तो सिर पकड़कर बैठ गया—बगीचे का क्या हुआ होगा ? बाहर तो ओले पसरे पड़े थे। साँसें रुकने लगीं।

जब तूफान रुका तो सवेरा हो रहा था। आज मुरगे भी दड़बे में दबे पड़े थे, कोई बाँग भी देने को तैयार नहीं। बीरझन से अब रुका नहीं गया। लाठी ली और बगीचे की तरफ भागा। अनहोनी की आशंका ने पैरों में बेड़ी डाल दी। जैसे-तैसे बाग पहुँचा। दूर कहीं से सियार के रोने की आवाज आई। बेचारा बीरझन बगीचे के इस कोने से उस कोने तक भागता रहा। सबकुछ उजड़ चुका था। पुराने पेड़ जड़ समेत औंधे पड़े थे। जो खड़े थे, उनकी डालियाँ टूट-टूटकर बिखरी पड़ी थीं। मासूम टिकोले इतने बड़े तूफान और ऊपर से ओलों का कैसे सामना करते, बेचारे बिछे पड़े थे। तीन घंटे के तूफान ने तीसों दिन की रोटी छीन ली थी। बीरझन बुझ-सा गया। कर्ज के बोझ से लदा इनसान सोचने की सलाहियत भी खो बैठता है। सो बैठ गया बीरझन। पूका फाड़कर रो पड़ा। उधर सियार के रोने की आवाज अभी भी आ रही थी। दोनों रो रहे थे…रोए जा रहे थे। जब सूरज निकला और ओले पिघलने लगे तो टूटे टिकोले उदास ऊपर आने लगे, मानो कह रहे हों, माफ करना भइया, हमने बहुत कोशिश की, लेकिन बच न सके। और जब खुद को बचा न सके तो तुझे कैसे बचाते… ?

आज पाँच दिन से बीरझन खाट पर पड़ा है। हलकी खाँसी के साथ ज्वर उतर आया है। डॉक्टर, वैद्य के नुस्खे आजमाए जा चुके हैं, लेकिन कोई फायदा नहीं। कमली, काली माई, ब्रह्म बाबा और पीर साहेब से हो आई है। अब क्या करे ? उसने पति का पैर पकड़ा, बेटी का वास्ता दिया और बहुत समझाया, लेकिन बीरझन को

सदमे से उबार न सकी। रास्ता भी सुझाया, "लो, मेरे सारे गहने बेच डालो, हीरा-बीरा और लक्ष्मी को भी उठा दो और उधारी वापस कर दो।" कमली की आवाज सुन हीरा-बीरा और लक्ष्मी ने भी 'हाँ' में गरदन उठाई, मानो अपने स्वामी के लिए वे बिकने को तैयार हों। आखिर इन पाँच दिनों में किसी ने कुछ खाया भी तो नहीं। तेजू तो चक्कर ही लगाना भूल गया था। पत्नी का प्रस्ताव सुन बीरझन के होंठों पर हलकी मुसकान आई। फिर उसने आँखें मूँद लीं और निराशा के खँडहर में आशा की नन्ही लौ तलाशने लगा, जो उससे हर पल दूर भागती जा रही थी। आज फिर सभी भूखे सो गए।

भोर होने को थी। कमली और मीनू सो रहे थे। बीरझन उठा, धोती ले पगड़ी बाँधी, लाठी ली और चल दिया। जाते-जाते एक नजर प्यारी पत्नी और बेटी पर जरूर डाली। जैसे ही बाहर निकला, लक्ष्मी उठ खड़ी हुई। बीरझन की बदली चाल पर गौर किया। कहते हैं कि पशु होनी को भाँप लेते हैं, उसने सींग मार हीरा और बीरा को जगा दिया। पूँछ के हलके प्रहार से तेजू उछल पड़ा। सबने देखा, उनका स्वामी आज अनजाने सफर पर सरपट भागा जा रहा था। कमली और मीनू बेसुध सोए पड़े थे।

बीरझन उसी बगीचे में पहुँचा, जिस बगीचे ने उसे आज इस हाल में पहुँचाया था। उसने चारों तरफ देखा। कहीं कोई न था। उसने हाथ जोड़े, ऊपर देखा और सामने खड़े आम के पेड़ पर चढ़ गया। एक मजबूत डाल पर बैठ अपनी पगड़ी खोली, उसे डाल के चारों तरफ लपेटकर मजबूत गाँठ बाँधी और पगड़ी का दूसरा सिरा अपने गले में बाँध लिया। आँखें बरस आईं। मीनू का मासूम चेहरा बरबस सामने आने लगा, मानो कह रही हो—'ये क्या कर रहे हो बप्पा? मुझ नन्ही जान को इतनी बड़ी दुनिया में किसके सहारे छोड़ रहे हो? तेरे बिन माँ मर जाएगी। रुक जाओ बप्पा!' और सचमुच उसके हाथ काँपने लगे।

उधर लक्ष्मी का इशारा पा हीरा-बीरा और तेजू भी अपने स्वामी का पीछा करते-करते वहाँ पहुँच गए। बूढ़ी लक्ष्मी की अनुभवी आँखों और तेजू की कुदरती क्षमता ने अँधेरे में भी अपने स्वामी को देख लिया। लक्ष्मी की शंका सच साबित हुई। उनका स्वामी आज आत्महत्या करने जा रहा था। ऊपर बीरझन ने खुद को मोह-माया से अलग किया और गले में फंदा डाल झूल गया। लेकिन तब तक देर हो चुकी थी। नीचे सभी जानवर सुरक्षा कवच बन खड़े हो गए। अजीब स्थिति बन गई। बीरझन के लिए यह स्वप्न सरीखा ही था। मानो ईश्वर ने उसे दूसरा जन्म दे दिया हो। उसने देखा कि उसके दोनों पैरों को हीरा-बीरा ने अपने सींगों पर सँभाल लिया था।

उधर जब कमली जागी तो अजीब मंजर देखा। न पति को पाया, न कोई जानवर साबूत मिला। उनके पदचिह्नों का पीछा करते वह भी बगीचे तक आ गई। जो सामने देखा तो कलेजा मुँह को आ गया। पति फंदे से लटक रहा था। नीचे दोनों बैल बीरझन को थामे खड़े थे। कमली पल भर में सारा माजरा समझ गई। उसने आव देखा, न ताव। फुरती से पेड़ पर चढ़ी और फंदे को खोल दिया। फंदा खुलते ही बीरझन धम्म से नीचे गिरा। बैलों ने बीरझन को बचा लिया। कमली नीचे आई और पति से लिपट गई। दोनों देर तक रोते रहे। सदमे का सारा बोझ उतर गया। बीरझन ने हाथ जोड़े, माफी माँगी। कमली ने साफ-साफ कह दिया, वह उसे कभी माफ नहीं करेगी। और करेगी तो सिर्फ एक शर्त पर। वह शर्त थी कि उसका पति कभी हार नहीं मानेगा। हालात चाहे जैसे भी हों, वह जूझेगा। बीरझन ने कान पकड़े और उठक-बैठक करने लगा। कमली को उसके भोलेपन पर बड़ा प्यार आया, बोली, "धत, कैसे मरद हो जी… ?"

उधर हीरा-बीरा और लक्ष्मी ने नजरें झुका लीं, मानो कुछ देखा ही नहीं!

□

घंटाघर

रमन रात भर दर्द से कराहता रहा। नाक से रिसता खून अभी बंद न हुआ था। कान झनझना रहे थे। साँसों की रफ्तार सामान्य न हुई थी। कपड़े तार-तार हो गए थे। किताबें बिखरी पड़ी थीं। बिजली के बल्ब, पढ़ने की मेज व साइकिल के चेन-फ्रेम तोड़ दिए गए थे। कसूर सिर्फ इतना था कि स्टूडेंट यूनियन के धरना-प्रदर्शन में शामिल न हुआ था। जब यूनिवर्सिटी में 'मुर्दाबाद' के नारे लग रहे थे, बंद और हड़तालें की जा रही थीं, रास्ते रोककर टायर-ट्यूब जलाए जा रहे थे तो बंदा कमरा बंद किए किताबों में समाया रहा। नतीजा, अच्छा न हुआ। बेरहमी से पीटा गया। कोई रोकने भी न आया। धमकी के साथ चेतावनी दी गई—"या तो मूवमेंट में आओ, वरना कैंपस से दफा हो जाओ।" घर वापसी आसान न थी। गाँव से निकला तो जिंदगी के उजाले नजर आए थे। अब लौटने का मतलब फिर से अँधेरों में समा जाना था। भट्ठे पर ईंट ढोती मजदूरन माँ के सपने रेत की तरह मुट्ठी से फिसल जाते। सरसरी निगाह कमरे की दीवारों पर डाली और बिखरी किताबों को समेटना शुरू किया। याद है, फर्स्ट ईयर फब्तियाँ सुनते-सुनते गुजर गया—'देखो, आइंस्टीन जा रहा है!' सेकेंड ईयर सिहरन देता रहा, 'वाह, टॉपर आ रहा है!' थर्ड ईयर तो थम-सा गया! अब जबकि चंद दिन परीक्षा के बाकी थे, दर-ब-दर की नौबत आ गई। रात गहराती रही। हॉस्टल के बूढ़े, बीमार दरबान के खाँसने की आवाज रह-रहकर आती रही। झबरा पिल्ला कहीं न गया। वहीं बैठा 'कूँ-कूँ' करता रहा। सुबह के साथ उम्मीद की किरणें भी जागीं। बाँके भैया याद आए। ये इलाके से थे। सोचा कि मदद की गुहार लगाएगा।

सी-ब्लॉक की सीढ़ियाँ चढ़ फोर्टी वन के पास पहुँचा। दरवाजा अंदर से बंद था, लेकिन खिड़कियाँ खुली हुई थीं। दीवार से कान लगा अंदर जो देखा तो

पैरों तले जमीन खिसक गई। बाँके भैया उन तमाम लड़कों से घिरे थे, जिन्होंने उसे बेरहमी से पीटा था। भैया उनकी पीठ थपथपा रहे थे। एक ने कहा, "जितना आपका हुक्म था, नापकर उतना ही दिया, न एक कम और न एक ज्यादा। उम्मीद है, बंदा अब सही राह पर आ जाएगा। विश्वास के साथ कहता हूँ, मदद के लिए आप ही के पास आएगा। तब हिंदी में समझा दीजिएगा।" उम्मीद की लौ हवा के तेज झोंके सह न सकी। लम्हे न लगे, बुझ गई। रमन सीढ़ियाँ उतरने लगा। लगा ही नहीं कि ये बालदेव बाबा के पुत्र हैं, जिनके हाथ हरदम मदद के लिए उठे रहते हैं। उसने जब भी कहा, बाबा ने खुलकर मदद की। बोर्ड का फॉर्म भी तो उन्हीं के पैसों से भरा गया था। दिन चाहे कितना ही खूबसूरत क्यों न हो, साँझ के साथ रात की तारीकियों में तब्दील हो ही जाता है। और रात कितनी भी अँधेरी क्यों न हो, सुबह के साथ सूरज की सुनहली किरणें स्वागत में आ खड़ी होती हैं। आड़े वक्त में पड़ोसी गाँव के बिरजू काका काम आए। रैन-बसेरे के कोने में रमन का बोरिया-बिस्तर लगवा दिया। वह भी भूल गया कि कागज की चंद डिग्रियों के लिए जाग रहा है। तवे पर गोल घूमती दो जून की रोटियों तक पहुँचने के लिए एक राह परीक्षा से होकर भी गुजरती है। अब सपनों के लिए नींद जरूरी न रही। भोरे चार बजे काका स्टेशन निकल जाते। तिनसुकिया आती तो पैसेंजर भी खूब मिलते। ग्यारह बजे रिक्शा लगाकर आते, तब तक रमन रोटियाँ बना चुका होता। समय ठहरता कहाँ है भाई! परीक्षाएँ समाप्त हो गईं। बंदा बसेरे में बना रहा। उस दिन आटा-आलू नहीं था। काका जर-बुखार में थे। तिनसुखिया तीन दिन से अधेली दिए बिना निकल जाती थी। ग्यारह बजे जब रमन लौटा तो दवा और तीस रुपए काका की हथेली पर रखे। "रे, रिक्शा चलाया, कहीं धक्का-ओका तो न मारा?" "ना काका, सिर्फ दाहिने कटता है। तनिक हैंडिल पर कंट्रोल बढ़ाना पड़ा।" फिर तो तीन पहिया चल पड़ी। पंजाब व राजधानी को वह सँभाल लिया। काका तिनसुकिया पकड़े रहे।

रिजल्ट बढ़िया न आया। बाँके व उनके ज्यादातर साथियों को असफलता हाथ लगी। हॉस्टल खाली करना पड़ा। रमन न जानता था कि यूनिवर्सिटी टॉपर वही है। जब बंदे की खोज हुई तो वह पंजाब मेल के पैसेंजर के लिए स्टेशन पर खड़ा था। वक्त ने लंबी छलाँग ली। साल-दर-साल कई साल गुजर गए। जो बच्चे थे, वो बड़े हो गए। जो बड़े थे, उनकी शादियाँ हो गईं। जिसने जितनी मेहनत की, उसे उतनी मजदूरी मिली। बाँके की भी शादी हो गई। दो बच्चे हो

गए। बड़ी मुश्किल से एक कॉलेज में क्लर्की मिली। बालदेव बाबा को फालिज मार गया। अब बेटे के साथ हैं। खाट पर पड़े रहते हैं। जो हाथ कभी मदद के लिए उठे रहते थे, आज अपना ही भार उठा न पाते।

आज कई कॉलेजों के प्रिंसिपल यूनिवर्सिटी वाइस चांसलर के यहाँ पहुँच रहे हैं। गाड़ियाँ आती हैं, प्रिंसिपल उतरते हैं और पीछे से फाइलों के बंडल लिये बाबू उतरते हैं। बाँके भी अपने प्रिंसिपल के साथ आए हैं। वी.सी. चैंबर से बुलाए जाने की प्रतीक्षा में बाहर खड़े हैं।

तीन बज गए, लेकिन बारी नहीं आई। कोफ्त होने लगी। लेकिन नौकरी में 'ना करी' कहाँ चलता है! सो साँस बाँधे खड़े रहे। लगभग पाँच बजे पुकार हुई। प्राचार्य महोदय के पीछे-पीछे फाइलों का बंडल लिये प्रवेश किए। भीड़ छँट चुकी थी। बड़ा विनम्र व्यवहार वी.सी. साहब का दिखा। बैठने को कहा। प्रिंसिपल साहब तो बैठ गए, लेकिन बाँके खड़े रहे। चंद मिनटों में सारी फाइलों का निष्पादन हो गया। प्रिंसिपल साहब इस बीच कृतज्ञता ज्ञापित करते रहे और धन्यवाद की झड़ी लगाते रहे। फिर कुछ इंपोर्टेंट इशूज पर बातें होने लगीं। वी.सी. साहब की नजर कोने में खड़े बाँके पर पड़ी, "अरे, आप अभी तक खड़े हैं? बैठ जाइए।" ढेर सारी कुरसियाँ खाली पड़ी थीं, बावजूद बाँके खड़े ही रहे। वी.सी. साहब ने दुबारा बैठने को कहा और बाँके के चेहरे पर निगाहें जमा दीं। गौर से देखते रहे, जैसे अरसे से भूले-बिसरे को पहचानने की कोशिश कर रहे हों। बिना किसी लाग-लपेट के पूछ लिया, "कहीं आपका नाम बाँके तो नहीं?" वी.सी. साहब के मुख से अपना नाम सुनकर बाँके ही नहीं, प्रिंसिपल साहब भी सकते में आ गए। इतनी बड़ी शख्सियत के मुख से अपना नाम सुनकर बाँके की साँसें हलक में अटक गईं। हाथ जोड़ खड़े हुए और बड़ी मुश्किल से 'जी' कह पाए। तभी वी.सी. साहब खड़े हो गए और दौड़कर बाँके को गले लगा लिया। बोले, "बाँके भैया, पहचाना नहीं, मैं रमन हूँ। वही रमन, जिसके बोर्ड की फीस बाबूजी ने भरी थी। छोटे भाई को इतनी जल्दी भूल जाना अच्छी बात है क्या?" लगभग खींचते हुए बाँके को बगल की कुरसी पर बैठाया। बाँके के शरीर का लहू जमने लगा। लगा, मूर्च्छा आ जाएगी। प्रिंसिपल साहब अपनी उत्सुकता रोक न सके। पूछा, "सर, कुछ समझ में न आया!" रमन ने बताना शुरू किया, "हम बैच मेट हैं। एक इलाके से ताल्लुक रखते हैं।" फिर बाँके से मुखातिब हो सवाल-दर-सवाल पूछते गए, "भैया, बाबूजी का समाचार तो बताओ! शादी कब की,

बच्चे कितने हैं, रहते कहाँ हैं?" सहमे-सहमे बाँके को सबकुछ बताना पड़ा। बाबूजी के हालात सुन रमन की आँखें भर आईं। बोले, "आज या कल बाबूजी से मिलने आ रहा हूँ।" फिर तो एक साथ कई घंटियाँ घनघना उठीं। ढेर सारे पियून दौड़े। चाय, नमकीन और मिठाइयाँ का दौर देर तक चलता रहा। प्रिंसिपल साहब की नजर में बाँके का रुतबा अचानक बढ़ गया। लेकिन वह खुद की नजर में गिरने से रोक न सके।

आज बाबूजी की तकलीफ ज्यादा बढ़ गई थी। बिंदा बच्चों को नहला रही थी। तभी चमचमाती हुई एंबेसडर दरवाजे पर लगी। दो सज्जन साथ उतरे। बिंदा भीगी तौलिया लिये बाहर आई और बोली, "जी, वो दवा लाने बाहर गए हैं। कोई बात नहीं, बाबूजी तो हैं न! मेरा नाम रमन है। ये मेरे साथी डॉ. शर्मा हैं। यहीं न्यूरो फिजिशियन हैं। मैं वाइस चांसलर हूँ। बाबूजी से मिलने आया हूँ।" बिंदा को लगा कि त्रेता के श्रीराम कलयुग की शबरी के बेर खाने आ गए हैं। भागी और बाबूजी तक ले गई। बड़ी मुश्किल से बाबूजी रमन को पहचान पाए। डॉ. शर्मा चेक करने लगे। बिंदा चाय बनाने लगी। तभी बाँके के आने की आहट हुई। दौड़कर दरवाजे पर गई और बोली, "नमकीन मँगा लीजिए। दो-चार पीस मीठा भी। वो···वो···आए हैं।" बाँके ने देखा कि पायताने बैठे रमन बाबूजी के पैर दबा रहे थे। "देख क्या रहे हैं, जाइए न?" बाँके खुद में लौटे और शहर की तरफ साइकिल मोड़ ली।

घंटाघर का व्यस्त चौराहा। मिठाई व नमकीन के पैकेट्स लिये लौटे तो भयंकर जाम लग गया। बाँके की नजर घंटाघर पर पड़ी। देखा कि सीढ़ी के सहारे कुछ मेकैनिक्स हफ्तों से बंद पड़ी घड़ी की सुइयों को ठीक कर रहे थे। इस समय सुबह के आठ बजे थे और घंटे की सूई दिन के बारह बजा रही थी। मेकैनिक्स ने घड़ी की कमानियों को ठीक किया और घंटे की सूई को सही जगह पर ला दिया। घड़ी अब फिर से आठ बजाने लगी। फिर रफ्तार पकड़ ली। जाम छूटा। बाँके बढ़ने लगे। जेहन में सोच उभरी। क्या समय को लौटाया नहीं जा सकता है, घड़ी की सुइयों की तरह? जैसे मेकैनिक्स ने समय बतानेवाली सूई को बारह से वापस खींचकर आठ पर ला दिया और घड़ी फिर से आठ बजाने लगी। काश, ग्रैजुएशन के वे दिन फिर से लौट जाते! सी-ब्लॉक का फोर्टी वन सिर्फ अध्ययन कक्ष ही बना रहता! किसी के बहकावे में न आते। खुद मेहनत करते और रमन जैसे मेहनती युवक के साथ ज्यादती न करते···! काश, ऐसा

होता, समय को लौटा लिया जाता··· ! सोचते-सोचते घर आ गया। रमन निकल रहे थे। बच्चे कार की पिछली सीट पर बैठे चहक रहे थे। बिंदा नई साड़ी पहने बाहर आई और बाँके से बोली, "आपने कभी बताया ही नहीं कि हमारे इतने सुंदर-सजीले देवर भी हैं। मैं देवरानी से मिलने जा रही हूँ। उधर से बाबूजी की सारी दवाएँ आ जाएँगी। अब चिंता की कोई बात नहीं। और हाँ, खाना बनाकर रख दिया है, समय से खा लीजिएगा।" फिर बिंदा बच्चों के साथ बैठ गई। रमन ने स्टेयरिंग सँभाल ली। बाँके टकटकी लगा ताकते रहे। कार ने रफ्तार पकड़नी शुरू कर दी। पीछे ढेर सारा धुआँ-धुआँ सा होता चला गया··· !

□

जामुन की जड़

आज ओझाजी के आते ही क्लास में हड़कंप मच गया। पिछली बेंच के बच्चे फुसफुसाए, "अरे, ये तो मदनपुरवाले मास्टर साहब हैं। शायद बदली होकर आए हैं। हिंदी, हिसाब और संस्कृत में इनका जोड़ नहीं है। हाकिम-हुक्काम में ऊँची पहचान है। इतिहास तो कंठे में बिराजता है। पानीपत व हल्दीघाटी की लड़ाई का बखान ऐसे करते हैं, जैसे अभी-अभी जंग-ए-मैदान से तलवार भाँजकर लौटे हों! बगल गाँव का बिगुआ कहता है कि इनका पढ़ाया अपने दादा-परदादा का नाम भले भूल जाए, लेकिन जलालुद्दीन मोहम्मद अकबर की सात पीढ़ी को नहीं भूलता।" तभी बगल से बाबूराम बोला, "लेकिन बड़ा कड़ियल मास्टर हैं। क्या मजाल कि कोई लड़का अपनी मर्जी से छींक भी मारे! अब तो काली माई और पीरबाबा ही पार लगाएँ।" उधर ओझाजी ने हाजिरी रजिस्टर वहीं मेज पर रखा, बोर्ड साफ करनेवाला डस्टर मेज पर मारा और अपनी उपस्थिति का आभास कराया। पूरे क्लास में सन्नाटा छा गया। फिर शुरू हुआ···रोल नंबर एक, इकबाल सिंह! इकबाल बिजली की गति से खड़ा हुआ और 'जी श्रीमान' बोला। वह पढ़ने में जहीन था और क्लास में अव्वल आता था। फिर रोल नंबर दो—देवीलाल! बंदे ने दोहराया, "जी श्रीमान!" फिर रोल नंबर तीन, तबारक मियाँ! वह उछलकर बोला, "हाजिर जनाब!" अब अनहोती महतो, बेजल बारी, गोकुल साव, इज्जत अली, रामगोविंद प्रसाद, रघुनंदन मिश्र, रौनक राय, फूलचंद ठाकुर, कमलधारी, मुनिया, तेंतरी, रामधनी, जुगेसर, जोधन और जय गोविंद के नाम पुकारे गए। सिलसिला चलता रहा। जब क्लास के सभी छात्र-छात्राओं के नाम पुकार लिये गए तो जीवट अपनी जगह खड़ा होकर बोला, "गुरुजी, मेरा नाम तो पुकारा ही नहीं गया।" ओझाजी ने पूछा, "रोल नंबर?" "जी, चालीस।" जीवट जोर देकर बोला। "ओहो, तो तुम्हीं इस क्लास के सबसे मेधावी छात्र हो?

आखिर, आखिरी रोल नंबर ऐरे-गैरे को थोड़े मिलता है! लेकिन अब यह न चलेगा। तुम्हें मेहनत करनी होगी। हाड़ तोड़कर मेहनत करनी होगी और क्लास में अपना स्थान बढ़िया बनाना होगा।" जीवट गौर से गुरुजी की बातें सुनता रहा। फिर ओझाजी मुड़े और श्यामपट्ट पर कुछ लिखने लगे। बच्चों ने गौर किया। गुरुजी ने लिखा था—

करत-करत अभ्यास के जड़मति होत सुजान,
रसरी आवत जात ते सील पर परत निसान।

सभी नोट करने लगे। ओझाजी डपटे, "अरे बेवकूफो, ये लिखने की चीज नहीं है। इसे तो मनन करना चाहिए। तुम लोग अब सातवीं में आ गए। वैसे यह छठी में ही पढ़ाया जाता है। कोई अर्थ बताएगा इसका?" इकबाल, देवीदयाल और तबारक में आगे बताने की होड़ लगी रहती थी। तीनों ने साथ ही हाथ उठाया। लेकिन गुरुजी की नजर पिछली बेंच पर बैठे बच्चों पर गड़ गई। देखा कि जीवट अब भी खड़ा था। बोले, "जीवट, तुम अब तक खड़े हो?" "जी गुरुजी, आपने अनुमति नहीं दी, सो कैसे बैठता?" बड़ी विनम्रता से जीवट बोला। "तो अब बैठ जाओ।" गुरुजी मुसकराए। आज पहली बार किसी गुरु-मुख से अपना नाम सुना तो बहुत खुश हुआ। वैसे सब तो उसे बुड़बक ही बुलाते थे। गलती सिर्फ इतनी थी कि गाड़ी पिछले दो साल से इसी क्लास में अटक गई थी। जैसे-तैसे प्राइमरी तो पास कर गया, लेकिन मिडिल में हालात मुश्किल हो गए। गणित पल्ले न पड़ता था। अंग्रेजी हिमालय के पहाड़-सी ऊँची दिखती थी। व्याकरण हमेशा बस-बूते से बाहर ही रहा। अब अकेला समाज अध्ययन कितना साथ निभाए! यह भी बीच-बीच में नेह-नाता तोड़ लेता था। उधर बाबूजी खुले शब्दों में ऐलान कर चुके थे—"बाबू, ठोक-बजा के बता देते हैं। अबकी गच्चा खाए तो सीधे हल का मूठ पकड़ा दूँगा। सो होशियार हो जाओ। सारे संगी-साथी हाई स्कूल हेल गए, अभागा अब तक जामुन की जड़ पकड़े बैठा है···!" जब ओझाजी ने दुबारा नाम पुकारा तो जीवट खुद में लौटा और बैठ गया। फिर गुरुजी ने समझाना शुरू किया, "बात मार्के की है। जैसे कुएँ से पानी खींचने के लिए बरतन से बँधी रस्सी के कुआँ-किनारे रखे पत्थर से बार-बार रगड़ खाने से पत्थर पर भी निशान बन जाते हैं, ठीक उसी प्रकार बार-बार अभ्यास करने से मंद बुद्धि व्यक्ति भी कई नई बातें सीख उनका जानकार बन जाता है। जो इसे जिंदगी में उतार लेते हैं, वो कामयाब हो जाते हैं। उनका जीवन सुखमय हो जाता है।" फिर गुरुजी ने पूरे क्लास को संबोधित करते हुए कहा, "किसी को कुछ पूछना हो तो पूछे।" आज जीवट को पहली बार हिम्मत हुई, सो खड़ा होकर

बोला, "गुरुजी, कोई रात-दिन मेहनत करता रहे, फिर भी उसे सफलता न मिले तो उसे क्या कहा जाएगा?" ओझाजी मुसकराए। शायद उन्हें पहले से इस प्रश्न का अंदेशा था। सो बोले, "ऐसा हो ही नहीं सकता कि कोई हाड़-तोड़ मेहनत करे और उसे कामयाबी न मिले। हो सकता है कि वह सही दिशा में प्रयत्न न करता हो। तब उसे अपने प्रयत्न को सही दिशा देनी होगी।" बात दिल में उतर गई। जीवट काफी देर तक सोचता रहा। आज कुछ खास पढ़ाई न हुई। ओझाजी पूरे घंटे बच्चों से औपचारिक बातें ही करते रहे। हाँ, कमाल की बात यह हुई कि बच्चों के नाम के साथ लदी भारी उपाधियाँ उतर गईं। आज पहली बार कक्षा में राय, सिंह, साव, महतो की जगह सिर्फ कुमार नजर आए। इज्जत अली का नाम नहीं बदला। अलबत्ता, तबारक, मियाँ से हुसैन हो गए। तेंतर, तृष्णा तो मुनिया, मनीषा हो गई। बच्चों को बड़ा मजा आया। दूसरी घंटी शफी सर की थी। ये साइंस के नए उस्ताद थे। विज्ञान की बारीकियों को अपनी शेरो-शायरी से हल करने में महारत हासिल थी। जीवट ने दो सवाल इनसे भी पूछे। तीसरी घंटी घनश्याम मास्टर की थी। ये गणित के नामी-गिरामी शिक्षक थे। चक्रवर्ती के हिसाब तो कंठ पर विराजते। उँगलियों पर सारा जोड़-घटाव कर लेते थे। आज पहली बार इनकी कक्षा में भी जीवट का कंठ खुला। चौथी घंटी में चतुर्वेदीजी आए। हिंदी व्याकरण पढ़ाई। अब 'कर्ता के ने चिह्न' का प्रयोग जीवट के पल्ले पड़ने लगा।

मध्यांतर के बाद फिर ओझाजी आ गए। आज पहली बार किसी गुरु का आगमन बहुत सुहाया। कमलधारी को जर-बुखार आ गया था, सो मध्यांतर बाद छुट्टी लेकर घर चला गया। ओझाजी ने जीवट को उसकी जगह बैठा दिया। जीवट अब ब्लैक बोर्ड से सटा था। अगल-बगल तेज-तर्रार लड़के थे। ऐसा तो आज तक न हुआ था। उसे कुछ अजीब कैफियत मालूम हुई। ओझाजी ने पूछा, "क्या पढ़ोगे?" लड़के एक स्वर में चिल्लाए, "सर, इतिहास!" गुरुजी ने शुरू किया। "ठीक है, जीवट! तुम बताओ कि इतिहास किसे कहते हैं?" जीवट जितना जानता था, बता दिया, "सर, इति माने बीती और हास माने कथा।" ओझाजी ने ठहाका लगाया और जीवट को शाबाशी देते हुए बोले, "इतिहास की व्यापक परिभाषा है प्यारे! किसी दिन विस्तार से बताऊँगा। आज अपने पाठ्यक्रम के अनुसार पढ़ो। तो शुरू करते हैं पानीपत की पहली लड़ाई से।" और ओझाजी ने नाटकीय शैली में पढ़ाना शुरू किया—"काबुल से चलकर आया हमलावर जहीरुद्दीन मोहम्मद बाबर और दिल्ली सल्तनत के सुल्तान इब्राहिम खाँ लोदी के बीच यह लड़ाई वर्तमान हरियाणा राज्य के पानीपत में इक्कीस अप्रैल पंद्रह सौ छब्बीस को लड़ी

गई। यह भारत के भविष्य की निर्णायक लड़ाई थी। बाबर के पास महज बारह हजार सैनिक थे। इब्राहिम लोदी की एक लाख की सेना से मुकाबला आसान नहीं था, लेकिन बाबर के रणनीतिक कौशल ने लोदी को परास्त कर दिया।" दोनों योद्धाओं के बीच चली पैंतरेबाजी पैंतालीस मिनट तक कक्षा में चलती रही। बच्चों को लगा, जैसे जंग-ए-मैदान में खुद हाजिर-नाजिर हों। घंटी कब बज गई, पता न चला। चलते-चलते गुरुजी सबक दे गए, "कल इसी पाठ पर नाटक होगा। सभी संवाद याद करके आएँगे।" चेहरे खिल गए। अब सबको कल का इंतजार था। दो घंटी बाद छुट्टी हो गई।

आज पहली बार पढ़ाई प्यारी लगी थी। बंदा बस्ता बिस्तर पर रख संवाद याद करने लगा। कभी बाबर बन जाता, कभी लोदी में समा जाता। सिपाही से सेनापति बनने का सिलसिला चल ही रहा था कि बाबूजी ने आवाज लगाई। दौड़कर गया। बाबूजी ने फरमान सुनाया, "धान की रोपनी करनी है। कल तुम मेरे साथ खेत पर चलोगे। ठीक है ?" "नहीं, मुझे स्कूल जाना है।" जीवट ने साफ इनकार कर दिया, "मदनपुर वाले ओझाजी कल नाटक खेलाएँगे। मुझे भी पार्ट लेना है।" "ओहो···तो अब यही बाकी रह गया था ? क्या शफी सर कम थे कि ओझाजी भी आ गए ! अब स्कूल में यही नाटक-नौटंकी होंगे ? सुन रही हो जी !" पत्नी को पुकारते बाबूजी ने व्यंग्यात्मक बाण छोड़े। जीवट की माँ बेटे का पक्ष लेती बोली, "छोड़िए न, बचवा सहिए कह रहा है। कमेसर को कह देती हूँ, वह खेत पर चला जाएगा। मेरे साथ मुनेसरी की माँ रहेगी। काम हो जाएगा। जीवट को स्कूल जाने दीजिए।" बाबूजी तैश में आ गए, "तुमने ही इसे सिर चढ़ा रखा है। दो दिन स्कूल नहिए जाएगा तो क्या बन-बिगड़ जाएगा ? वैसे भी रोज-रोज जाकर तीसमार खाँ ने कौन से तीर मार लिये हैं ? एक क्लास में दो साल से पड़ा है निकम्मा !" माँ सबकुछ बरदाश्त कर लेती है, लेकिन उसकी औलाद को कोई ओच्छी बात कहे तो उसे आड़े हाथ ले ही लेती है। पति-पत्नी की बक-झक में बात बिगड़ गई। कहासुनी खूब हुई। अंत अच्छा न हुआ। गुस्से में बाबूजी ने उस रात खाना नहीं खाया। उधर जीवट देर रात तक पढ़ता रहा। सोया तो सपने में ओझाजी आते रहे।

कहने की जरूरत नहीं, दूसरे दिन नाटक खूब जमा। जीवट ने बाबर के सेनापति की भूमिका निभाई। बारी-बारी से सभी बच्चों को कुछ-न-कुछ करना पड़ा। उनके उत्साह को देखकर ओझाजी ने घोषणा कर दी—"अगले शनिवार की सांस्कृतिक सभा में पूरे स्कूल के सामने यह नाटक होगा।" निर्देशन की कमान शफी सर ने सँभाली। बात बच्चों के मुख से बड़ों तक गई, फिर गाँव-गाँव चर्चा में आ

गई। कतिपय कारणों से स्कूल छोड़े बच्चे भी वापस आ गए। अब छोटे-बड़े बच्चों की भारी तादाद हो गई। चेतना-सत्र में सब साथ खड़े होते तो स्कूल का मैदान भर जाता। शफी सर सिटी बजाते और कूद-कूदकर कवायद कराते। फिर ओझाजी सभा को संबोधित करते। हेडमास्टर साहब देखते तो गद्गद हो जाते।

भादो शुक्ल पक्ष में मनाया जानेवाला गणेश चौथ का दिन नजदीक था। इस दिन बुद्धि के देवता गणपति की धूमधाम से पूजा होती थी। सो स्कूल की साफ-सफाई चल रही थी। बच्चे लक्कड़ बनाकर रँग रहे थे। ये वाहिद त्योहार था, जिस दिन गुरुजी, चौथ-चंदा गाते बच्चों की टोली के साथ गाँव-गाँव घूमते। इस तरह साल में एक बार अभिभावकों से सीधा संपर्क ही नहीं होता, बल्कि अपने छात्र के वातावरण की जानकारी भी मिल जाती। चौथ-चंदा के दिन स्कूल से बच्चों की चार टोली निकली। हर टोली में दो-दो गुरुजी थे। एक टोली में ओझाजी और शफी साहब साथ चले। जीवट सिर पर थाल में गणेशजी की मूर्ति लिये आगे-आगे चल रहा था। तृष्णा व मनीषा गा रही थीं। पीछे से बच्चे दोहरा रहे थे—'भादो शुद्धि आज है चौथ-चंदा। गाते-बजाते लहराते हैं झंडा।' बड़े प्रेम से बालक लक्कड़ बजाते, बड़े भाग्य से गुरुजी दुआरे पर आते···! खेतों में काम करते लोग काम छोड़कर सुनने लगते। राही-बटोही रुक जाते। समाँ बँध जाता। गाँव में घुसते ही बच्चों के पिता दरवाजे पर गुरुजी का इंतजार करते। माँएँ आँगन के इंतजाम में लग जातीं। गुरुजी को क्या खिलाएँ, क्या पिलाएँ···की होड़ लगी रहती। जैसे ही बच्चों की टोली दरवाजे पर पहुँचती, गुरुजी को ऊँचा आसन दिया जाता। बच्चे कतार में खड़े हो जाते और लक्कड़ बजा-बजाकर चौथ-चंदा गाने लगते। गुरुजी के पाँव पखारे जाते। उधर आँगन में गणेशजी की पूजा होती। घर के छात्र-विशेष की आँख पर दूसरे बच्चे कपड़े की पट्टी बाँध देते। फिर गाने लगते—'बबुआ हो बबुआ···माई से ढेबुआ माँग लावऽ हो बबुआ···!' जब तक मन मुताबिक गुरु-दक्षिणा नहीं मिल जाती, तब तक उस छात्र की आँख से पट्टी नहीं हटाई जाती। बाहर सभी बच्चों को कुछ-न-कुछ जरूर खिलाया जाता। गुरुजी की विदाई के समय भरपूर दक्षिणा दी जाती। इसमें कुछ पैसे होते और ढेर सारा अनाज होता। फिर आगे के दरवाजे पर यही सिलसिला दोहराया जाता।

बच्चों का काफिला जब जीवट के दरवाजे पहुँचा तो उसकी माँ ने अगवानी की। बाबूजी ऊपरी मन से शामिल हुए। वे मानकर चल रहे थे कि इस जामुन की जड़ से अब कोंपलें न फूटेंगी। ओझाजी ने उनकी मनोदशा को ताड़ लिया, लेकिन खामोश रहे। उधर आँगन में माँ ने दिल खोलकर दक्षिणा दी। गुरुजी को पीली धोती

और घर के लिए साड़ी सौंपी। बच्चों को पंगत में बैठाकर अल्पाहार भी कराया। गुरुजी जाने लगे तो हाथ जोड़कर बोली, "मास्टर साहब, आपका बड़ा नाम सुनी हूँ। बचवा दिन-रात आपके नाम की माला जपता है। बताइए न, हमरा बाबू इस साल सात पास हो जाएगा न?" इससे पहले कि ओझाजी कुछ कहते, उसके बाबूजी बोल पड़े, "अरे, न पास करेगा तो हल चलाएगा न! का मास्टर साहब?" शफी सर कुछ कहना चाह रहे थे, लेकिन ओझाजी ने इशारे से चुप करा दिया और बिना कुछ कहे वहाँ से चल दिए। देखा, जीवट बच्चों की टोली में सबसे आगे जा रहा था।

चार महीने बाद वार्षिक परीक्षा थी। बच्चे मन लगाकर पढ़ रहे थे। कमजोर बच्चों के लिए ओझाजी ने विशेष व्यवस्था की थी। इनमें जीवट भी था। धीरे-धीरे उसे बहुत-कुछ समझ में आने लगा। गाँठ खुलते ही गणित सहज हो गया। व्याकरण सुधरी तो भाषा पर भरोसा बढ़ गया। समाज अध्ययन तो साथ दे ही रहा था। अब विज्ञान की पहेलियाँ परेशान न करतीं। पढ़ाई में मजा आने लगा, लेकिन एक बड़ी कमी थी। जीवट की लिखावट बहुत खराब थी। ओझाजी ने हिदायत दे रखी थी कि सरकंडे की कलम से दो पेज रोज लिखा करे। ऐसे ही एक दिन लिख रहा था कि बाबूजी की नजर पड़ी। देखते ही ताव में आ गए। बोले, "रे बुड़बक! सचमुच तू पिछली रोटी खाया है क्या रे? तुम्हरे संगी-साथी अंग्रेजी में कलम तोड़ रहे हैं और तुम दरजा दो का लिखना लिख रहे हो? जा रे, जामुन की जड़, सगरी जिंदगी बकलोल ही रहेगा।" जीवट कुछ न बोला। सिर झुकाए लिखता रहा।

साल का आखिरी महीना परीक्षाओं का होता है। जीवट जी लगाकर पढ़ रहा था। लिखावट भी कुछ हद तक सुधर गई थी। उधर माँ ने मन्नत माँग रखी थी कि बेटा पास हो जाए तो सत्यनारायण भगवान् की कथा कराएगी। पंडितजी को जोड़ा पियरी धोती का न्योता भी दे आई थी। खैर, सोमवार से परीक्षा शुरू हुई और शनिवार को समाप्त हो गई। माँ प्रतिदिन जीवट को दही-गुड़ खिलाकर भेजती। शिक्षक कॉपियाँ जाँचने लगे। बच्चों को छुट्टी दे दी गई। अब अगले साल स्कूल खुलते ही रिजल्ट मिलेगा। जो पास होंगे, वे अगली कक्षाओं में जाएँगे, बाकी पिछली कक्षा में ही बैठेंगे।

पंद्रह दिन की छुट्टी बड़ी अखर रही थी। इस बीच बाबूजी ने खेतों पर खूब काम कराया। जीवट जब ना-नुकुर करता तो डपट देते। कहते, "जो कल करना है, उसे आज ही शुरू कर दो।" जीवट को करना ही पड़ता। माँ आड़े आती तो उसे भी डाँट पड़ती। बाबूजी दिन-ब-दिन सख्त होते गए। उनका रूखा व्यवहार मइया को तनिक न सुहाता। खैर, ये दिन भी बीते। नया साल आया।

आज रिजल्ट निकलनेवाला था। बच्चे नहा-धोकर नए कपड़े पहन, हाथों में फूल-माला लिये स्कूल पहुँचे। समय से ओझाजी कक्षा में आए और एक सरसरी निगाह बच्चों पर डाली। जीवट नहीं आया था। पूछा तो बच्चों ने बताया कि वह अपने बाबूजी के साथ खेतों पर काम करने जाता है और अब आगे नहीं पढ़ेगा। खैर, ओझाजी ने रिजल्ट बताना शुरू किया। रिजल्ट में भारी फेर-बदल हो गया था। इकबाल का प्रथम स्थान तो बरकरार रहा, लेकिन दूसरे-तीसरे स्थान पर नए लड़के आ गए।

जीवट गाँव के बाहर गेहूँ के खेत में सिंचाई कर रहा था। पानी के धार से जब मेड़ें टूटतीं तो दौड़-दौड़कर कुदाल से मिट्टी डालता। माँ-बाबूजी भी वहीं थे। तभी बच्चों के साथ ओझाजी आ गए। अचानक जीवट की नजर पड़ी। देखा तो ऐसे दौड़ा, जैसे भूखा नन्हा बछड़ा अपनी माँ को देख दौड़ता है। जाकर ओझाजी से लिपट गया और कहने लगा, "माँ के लाख मना करने पर भी बाबूजी नहीं मानते। कहते हैं, ई जामुन की जड़ क्या पढ़ेगा? बड़ा काम कराते हैं। सर, इसलिए स्कूल नहीं गया। मुझे अपने फेल होने का उतना मलाल नहीं, जितना बाबूजी का जामुन की जड़ कहने से।" फिर सुबक-सुबककर रोने लगा। मइया ने बेटे को रोते देखा तो वह भी रोने लगी। गुरुजी की आँखें भी गीली हो गईं। जीवट को चुप कराते हुए बोले, "बेटा, कौन कहता है कि तुम जामुन की जड़ हो? तुम्हारे पिताजी नहीं जानते! जड़ से ही पौधा पनपता है। जड़ ही विशाल वृक्ष को थामे रखती है। कभी-कभी तो सूखे जड़ में भी कोंपलें फूट जाती हैं। कुदरत का करिश्मा कौन जानता है? रही बात तुम्हारी, तो मैं तेरा रिजल्ट लेकर आया हूँ।" फिर उसके बाबूजी से मुखातिब हो बोले, "लीजिए, आपका बेटा पास हो गया। और हाँ, सिर्फ पास ही नहीं हुआ है, क्लास में पाँचवाँ स्थान भी लाया है।" सुनकर बाबूजी का मुँह खुला तो खुला ही रह गया। बाबूजी बोल न सके। मइया ओझाजी का पैर पकड़ रोते हुए बोली, "गुरुजी, आपने जीवट को नई जिंदगी दी है। सात जनम भी आपका अहसान न चुका पाएँगे। भगवान् आपको हमरी उमर भी लगा दे।" चेहरे पर मुसकान लिये गुरुजी बाबूजी से बोले, "आप शर्त हार गए और जीवट जीत गया। आपने कहा था कि इस बार फेल हुआ तो हल का मूठ पकड़ा देंगे, लेकिन जीवट ने अपनी लगन व मेहनत से पास होकर आगे की राह आसान कर ली। अब तो इसे पढ़ने देंगे ना?" बाबूजी इस बार भी कुछ न बोल सके। हाँ, उनकी बरसती आँखों ने सबकुछ बता दिया।

ओझाजी जाने लगे। बच्चों की लंबी कतार पीछे-पीछे चल रही थी। तभी माँ बोली, "अब क्या कहते हैं?" बाबूजी भर्राए गले से बोले, "जीवट को कह दो, पंडितजी को खबर कर दे। कल सत्यनारायण भगवान् की कथा होगी और भारी भोज होगा।" माँ ने जीवट को आवाज लगाई। लेकिन वह नहीं था। दोनों ने देखा, "जीवट गुरुजी की उँगली पकड़े सबसे आगे चला जा रहा था⋯!"

□

जीरो माइल

यह ऊपरवाले का वाहिद करम था कि मनु मियाँ को कोई कमी न थी। तीन बेटियाँ ब्याही जा चुकी थीं। उनकी भरपाई दो बहुओं ने पूरी कर दी। बेटे मुजम्मिल व मुख्तार को मेहनत में महारत हासिल थी। दो मंजिला पक्का मकान और सामने बड़ा दालान। सटे आम व अमरूद के दरख्त। क्यारियों में करीने से खिले किस्म-किस्म के फूल। दरवाजे पर जर्सी गायें जमी रहीं। मदद माँगने आए हाथ कभी खाली न गए। इलाके में इज्जत व पंचायत में प्रतिष्ठा बड़ी पूँजी थी। बड़े तिजारतियों में शुमार होते। बबुआन व मिसिरपुर के सीमाने पर इक्यावन एकड़ में फैले लीची बागान का ठेका इन्हीं के नाम उठता। सैकड़ों मजदूर सालों भर काम करते। ट्रकों में भरकर माल देश के कोने-कोने में जाता। लवंगिया लीची ने लाल कर दिया था। मियाँ-बीवी हज हो आए थे। कहते हैं, जब बिलकीस बतौर बीवी जीरो माइल पर आईं तो मनु मियाँ के पास कुछ न था। ठेले पर ककड़ी, खीरा व तरबूज जैसे मौसमी फल गाँव-गाँव बेचा करते। आम, जामुन, लीची भाव से देते। बच्चे दूर से चिल्लाते—"मनु चा, बाजरे के बराबर दे दो।" शाम को जब जीरो माइल लौटते तो पाँच पसेरी आढ़त में अनाज व पाँच रुपए पॉकिट में जरूर होते। सिर छुपाने के नाम पर महज एक झोंपड़ी थी, जिसकी मरम्मत बरसात से पहले जरूरी होती। लेकिन गुरबत गरीब की गाँठ से ईमान गायब न कर सकी। यकीदा पक्का रहा—'जिसने पेट दिया है, परवरिश भी वही करेगा। इनसान सिर्फ हिलते-डुलते रहे।' बाद नमाज फजीर, धंधे पर निकल जाते। मिसिरपुर में जोहर की नमाज बाद कलेवा करते। फिर बबुआन की तरफ बढ़ जाते। गई शाम जीरो माइल वापसी होती। तब लीची बागान पर बाहरी व्यापारियों का एकच्छत्र राज हुआ करता था। अगहन आते ही आ धमकते। रैयतों को अगवड़ दे ठेका उठा लेते। लीची से भारी कमाई होती। मगर मालिकों को

मुनाफे का चवन्नी हिस्सा ही मिलता। घटे घर इसी पर संतोष कर लेते। बीसों बरस से ऐसा ही होता आया था।

उस दिन मनु मियाँ मुनेश्वर मिश्र के यहाँ दोपहरिया में सुस्ता रहे थे। बाते-बात में बागान की कमाई पर चर्चा चल गई। जब मिश्रजी ने मुनाफे का जिक्र किया तो मनु मियाँ बोले, "हजूर, बात हलक में न उतरती है। ई तो वही बात हुई कि माल महाराज के आ मिर्जा खेले होली··· !" मिश्रजी उदास भाव से बोले, "मनु मियाँ, हमारे पास दूसरा कोई रास्ता भी तो नहीं है। हम उन्हीं व्यापारियों को बागान देने को मजबूर हैं। कम-से-कम एकमुश्त कुछ मिल तो जाता है।" तब अनुनय कर मनु मियाँ ने महज पाँच पेड़ माँगे। बोले, "मालिक, हम कोई अगवड़ तो दे नहीं सकते। ई शगून के पाँच रुपए रखिए। अबकी उन पाँच पेड़ों की सेवा हम करेंगे।" और सचमुच मनु मियाँ बीवी बिलकीस संग जीरो माइल से आ धमके। पेड़ों की सिंचाई-बुनाई होने लगी। चैत चढ़ते-चढ़ते लीची की मिठास सारे बागान में फैल गई। जब बारिश की फुहारें आईं तो लवंगिया लहरा गई। खाद-पानी खाए पेड़ हरिहर, कचनार, करिया-भाँवर हो गए। जब उनमें झोंप-के-झोंप ललकी लवंगिया लटकी व लहराने लगी तो मनु मियाँ बीवी से बोले, "मौला का करम है, फसल अच्छी उतरी है। अबकी जीरो माइल पर छप्पर डाल लेंगे।" और सचमुच फसल ने तमाम फासले पाट दिए। मिश्रजी मुनाफे की रकम पा अघा गए। मन-ही-मन विचारा—'अगले साल सारा बागान मनु मियाँ के हवाले।' उधर टाट की जगह मिट्टी की दीवारें खड़ी हो गईं। उन पर खपड़े का छप्पर भी आ गया। बीवी बिलकीस का पहुरा बड़ नीक निकला। इधर पैर भी भारी हो गए।

अगले साल मिश्रजी ने अपने हिस्से के पचास पेड़ मनु मियाँ के हवाले कर दिए। चुनौती बढ़ी तो चैन कहाँ? बागान में ही मचान बन गया। झोंपड़ी भी खड़ी हो गई। पियरी माटी से दीवारें पोत दी गईं। बिलकीस के लिए शौहर शाहजहाँ से कम न थे तो झोंपड़ी ताजमहल से कैसे कम होती! सो गृहस्थी पनपते देर न लगी? पसीना बहा तो पेशानी चमक उठी। फसल लहराने लगी। उस दिन सुबह से ही बूँदा-बाँदी शुरू हो गई थी। साँझ होते-होते मौसम का मिजाज बदला और झमाझम पानी बरसने लगा। बिलकीस की तबीयत बिगड़ गई। मचान पर गिर पड़ी। दर्द बढ़ा तो चीख बढ़ी। इशारे से शौहर को समझाया, "ई ऐसा-वैसा दर्द नहीं है।" मनु बेचैन हो उठे, "इस हाल में क्या करें? अगर जीरो माइल होता तो मय गाँव-घर की औरतें बिलकीस को छाप लेतीं। लेकिन यहाँ···कहाँ जाएँ, किसे बुलाएँ? उधर बीवी की कराह बढ़ती जा रही थी। ऐन मौके पर मिश्रजी का खयाल आया।

भोरे-भोर मिसिराइन बेसब्री से टहलते मनु मियाँ को शुभ समाचार सुना गईं, "ईश्वर ने बिलकीस बीवी को चाँद-सा बेटा दिया है। लेकिन बेटे का मुँह बिन मिठाई हम न दिखाएँगे।" मियाँ बाजार को भागे। जब लौटे तो सुना, मिसिरपुर की महिलाएँ बेटे के जन्मोत्सव पर सोहर गा रही थीं—'ललना लिहले कन्हैया अवतार$ त रोदना सुनावेले हो'' ! मजहब अपने मायने खोज चुका था। आँखें भर आईं मनु मियाँ की। बलिहारी बीवी बिलकीस की, मुजम्मिल का जन्म बड़ी खुशियाँ लेकर आया। लीची लहरा के उतरी और घर भर गई। मिश्रजी बंदे की ईमानदारी का डंका तीन कोस पीट आए। अबकी एक गाय भी आ गई। शहर में कट्ठा भर जमीन ले ली गई। अगले साल मिश्रजी के दूसरे पट्टीदार भी अपने हिस्से के तमाम पेड़ मनु मियाँ के हिक्के-हवाले कर गए। मेहनत रंग लाती रही। फसल लहलहाती रही। लवंगिया लाल करती गई। फिर मुख्तार का जन्म हुआ। तब भारी भोज हुआ। जीरो माइल के भाई-पट्टीदार दावत खाने पहुँचे तो मनु मियाँ का ठाट-बाट देख दंग रह गए। समय सरकता रहा। तीन बेटियों की परवरिश तो और शानदार हुई। समय पर अच्छे घरों में शादियाँ भी हुईं। वक्त के साथ समाज में साख व शहर में शोहरत परवान चढ़ती गई। मौला का करम हुआ तो हज हो गया। अब मनु मियाँ 'मनु सेठ' कहे जाने लगे। बेटे बड़े हुए तो बाप की बाँह बन गए।

उस दिन मनु मियाँ जुम्मे की नमाज अदा करने शहर की बड़ी मसजिद गए हुए थे। नमाज से फारिग हो चलने लगे तो कुछ लोग तंजिया तौर पर बोले, "कहिए सेठजी, आज रास्ता कैसे भूल गए?" इससे पहले कि मनु मियाँ कुछ कहते, तपाक से दूसरे हजरत लपक लिये, "अब इनको मिसिरपुर व बबुआन से फुरसत मिले, तब न इधर झाँकें! धत, ऐसा धन किस काम का, जो अहले कौम काम न आ सके!" मनु मियाँ कुछ न बोले। चुपचाप मसजिद की सीढ़ियाँ उतरते चले गए। दिलशाद मियाँ के चेहरे पर कुटिल मुसकान तैर गई। ये शहर के नंबरदार थे। गाड़ीखाना में इनके कई ट्रक चलते थे।

जब बबुआन ने अपने पेड़ मनु मियाँ को देने की बात चलाई तो बाहरी व्यापारी बगावत पर आमादा हो गए। मनु मियाँ से पहले ही खार खाए बैठे थे। पंचायत बैठी। ईमानदारी की जीत हुई। अब मनु मियाँ इक्यावन एकड़ में फैले लीची बागान के अकेले ठेकेदार थे। सैकड़ों मजदूर काम पर रख लिये गए। बेटा-बहू सभी आ गए। रात-दिन मेहनत होने लगी और जब पसीना पेड़ों पर पड़ा तो उनमें जवानी उतर आई। ऐसी फसल आई कि देखनेवालों की आँखें चौंधियाँ गईं। फिर पानी बरसा और लवंगिया अपनी मिठास लिये लमर गई। लीची टूटने लगी। मजदूर मेहनत करते

रहे। तभी बड़ा झटका लगा। ट्रांसपोर्टवालों ने हड़ताल कर दी, जो कई दिन चली। नतीजा, भारी खामियाजा उठाना पड़ा। माल बाहर जा न सका। स्थानीय दुकानदार उधार-बाकी की शर्त पर थोड़ा-बहुत ही माल उठा सके। सदमा-सा लगा। भारी घाटा हुआ। मनु मियाँ की तो कमर ही टूट गई। मिसिरपुर व बबुआन के मालधनी रियायत देने को तैयार थे, लेकिन उसूलों के पक्के मनु मियाँ साफ इनकार कर गए, "मालिक, धंधे में घाटे की भरपाई तो देर-सवेर हो जाएगी, लेकिन ईमान एक बार जो लड़खड़ाया तो इनसान हमेशा के लिए गिर जाएगा।" सो बड़े साहूकारों से कर्ज उठाकर सबकी अदायगी कर दी और यूँ मुसकराते रहे, जैसे कुछ हुआ ही न हो। अलबत्ता, मियाँ दिलशाद व दिगर दोस्तों की मुसकराहट जरूर गहरी हो गई।

अगहन फिर आया। व्यापारी फिर आए और अबकी भाव चढ़ाकर लीची लेनी चाही। सब इस मुगालते में रहे कि संबलबाई-सी झुकी कमर लिये मनु मियाँ अब क्या खड़े होंगे! लेकिन मिसिरपुर व बबुआन ने खूँटे गाड़ दिए—"खाएँगे गेहूँ ना त रहेंगे एँहु! बागान तो मनु मियाँ ही लेंगे। खींसें निपोरते, जो जहाँ से आया था, अगली गाड़ी से वहाँ निकल गया।" मनु मियाँ ने जब सुना तो कपाल पीट लिया। भागते आए और बोले, "मालिक, अब हिम्मत न हो रही है। भाई-भैवदी फब्तियाँ कस रहा है। कर्ज सहित दफन होना नहीं चाहता। अब माफ कर दें। फिर हाथ जोड़ लिये। लेकिन उनकी एक न सुनी गई और बागान हवाले कर दिया गया।" मिश्रजी मुसकराए और कंधे पर हाथ रख दिए। मनु मियाँ ने सामने देखा, लगा कि बागान बुला रहा है। असर का वक्त हो चला था, सो नमाज पढ़ने चले गए।

अबकी पूरा कुनबा जी-जान से जुट गया। मेहनतकशों ने देखा कि मनु मियाँ आ गए तो वो भी हार-के-हार दौड़े चले आए। अब किसे कौन बिलगाता है, मियाँ मुसकराए और सभी काम पर लग गए। पसीना फिर बहाया जाने लगा। दर्जनों पानी पटाने में लग गए। बहुतेरे मंजरियों की देखभाल में लगे। मियाँ के इशारे पर मजदूर बिजली-से दौड़ते। समिलात चूल्हा जल गया। भोजन भोज-सा बनने लगा। दिन बीतने लगे। चैत चढ़ते-चढ़ते लवंगिया मुसकराई। अबकी दाने भी बड़े लगे। पेड़ों के पोर-पोर में लीची पैवस्त हो गई। फिर जब मेघ गरजे और पानी बरसा तो लवंगिया ऐसे घूँघट काढ़ बैठी, जैसे दुलहनिया सामने साजन देख शरमा रही हो। लब खुले तो मिसरी की डली लगी। ओह, मिठास के क्या कहने! कभी ऐसे ही बिलकीस की भी जीरो माइल पर डोली उतरी थी। फसल देख शौहर से बोली, "ऊपरवाले! तेरा लाख-लाख शुक्रिया! लगता है, गए साल के सारे कर्ज चुकता हो जाएँगे। सबके बाँट-बखरा के बाद भी बढ़िया मुनाफा होगा।" मियाँ मुसकराए और बेटों को

कहलवा भेजा कि ट्रांसपोर्ट को इत्तिला कर दो, कल बाद जुम्मा, लीची टूटेगी। आज पसंदीदा भोजन बना, सभी ने खूब खाया और खुशी-खुशी सोने चले गए। पंछियों के कलरव से सुबह हुई। सभी काम पर लगे। लीची तोड़ी जाने लगी।

चाचा का हुक्म था—सबसे पहले बागान मालिकों के खाने और पर-पहुनाई भेजने वास्ते लीचियाँ बतौर नजराना पहुँचा दी जाएँ। दोपहर तक यही होता रहा। फिर सब भोजन करने उतरे। ट्रांसपोर्ट से ट्रक भी आ गए। तभी भंडार कोना लाल-स्याह होने लगा। हलकी आँधी उठी, फिर उसने भयंकर तूफान का रूप ले लिया। जैसे मस्त मतवाला हाथी सूँड़ लफा-लफाकर दरख्तों को रौंदता चलता है, वैसे ही इस तूफान ने पेड़ों को रौंदना शुरू कर दिया। लोग जान बचाकर बस्ती की तरफ भागे। बर्फबारी भी शुरू हो गई। फिर खड़ा पानी बरसने लगा। पता ही न चला, कब साँझ हुई! मय रात यही सिलसिला चलता रहा। सुबह रफ्तार थोड़ी थमी जरूर, लेकिन यह ऊँट के मुँह में जीरे के समान था। बिलकीस तो बेहोश हो गई। इसी फसल पर सारी उम्मीदें टिकी थीं। मनु मियाँ पथराई आँखों से बाग ताकते रहे। तीन दिन बाद जब मौसम साफ हुआ तो सब स्वाहा हो चुका था! बागान की तरफ जाने को कदम न उठ रहे थे। सारा बागान लीचियों से पटा पड़ा था। थोड़ी-बहुत लीचियाँ, जो पेड़ों पर बच गई थीं, वे पककर फट चुकी थीं। ऐसा लगा, जैसे किसी बेमुरव्वत हाथ ने लवंगिया के सिर से सुर्ख जोड़ा उतार वहाँ मनहूस स्याह-सफेद कपड़े डाल दिए हों! बेचारी जार-बेजार बैठी थी। विदा कराने आए ट्रक जा चुके थे। मजदूर हताश खड़े थे। मुजम्मिल व मुख्तार माँ को सँभालने में लगे थे। बहुएँ व्याकुल बैठी थीं। मनु मियाँ खड़े न रह सके, वहीं पेड़ के सहारे बैठ गए। फिर खुले आसमान को निहारा और हाथ उठा बुदबुदाने लगे—"मौला, तेरी कृपा निराली है। तू करीम है, रहीम है। तू क्षण भर में राई को पहाड़ और पहाड़ को राई करने की कुव्वत रखता है।" मिसिरपुर व बबुआन के ढेरों लोग मनु मियाँ को घेरकर खड़े हो गए। किसी ने कुछ न कहा। वैसे अब कहने लायक कुछ था भी नहीं। मनु वैसे ही आँखें बंद किए पड़े रहे। शून्य में ताकती आँखें पथरा-सी गईं…!

जीरो माइल। सड़क मापने का संकेतक। यहीं से सफर की शुरुआत हुई थी। कहते हैं कि जीरो का अपना कोई मोल नहीं होता। लेकिन यह बड़ा खेल खेलाता है। पीछे रहे तो कोई ताके नहीं। अगरचे आगे आ जाए तो अनमोल कर दे। मनु मियाँ कभी यहाँ से खाली हाथ गए थे और आज खाली हाथ ही लौट आए। साहूकारों का सूद बढ़ा तो मकान गिरवी चला गया। बीवी, बहुओं के जेवर बेचकर मजदूरों की अदायगी की गई। औने-पौने भाव में गाएँ बेचनी पड़ीं। तीन माह गुजर गए। कोई

पूछने न आया। मियाँ दिलशाद व दिगर दोस्तों ने शहर में ढिंढोरा पिटवा दिया—मनु सेठ कंगाल हो गया। अपना सबकुछ गँवाकर जीरो माइल वापस हो गया। बिलकीस की तो बोली ही चली गई थी। बेटे मारे लोक-लाज के घर से न निकलते। एक दिन बड़ी बहू ने कहा भी, "ऐसे कैसे चलेगा, कुछ तो करना पड़ेगा!" मुख्तार बोले, "भावज, जिस बाजार में कभी सोना बेचते थे, वहाँ अब बैगन लेकर नहीं बैठेंगे।" फिर एक दिन दोनों भाई पंजाब मेल में बैठ गए। बेटों के चले जाने के बाद घर सूना-सूना हो गया।

वह बड़ी अलसाई सुबह थी। पुरवा हिलोर मार रही थी। मनु उठे और टकटकी लगा पुराने ठेले को ताकने लगे। सालों से इधर कभी देखा न था। ठेला जस-का-तस पड़ा था। हाँ, चक्के जरूर जंग खा गए थे, लेकिन अभी काम लायक थे। बाहर निकाल सफाई करने लगे। छोटी बहू देखी तो भागकर आँगन में गई और सास, जेठानी को बुला लाई। आज बिलकीस ने खामोशी तोड़ी, "अब ठेले का क्या करोगे?" बिना देखे मनु बोले, "मैं भला ठेले का क्या करूँगा? जो भी करना होगा, यही करेगा।" और ठेले सहित आगे बढ़ गए। फिर वही शहर, वही बाजार··· ! मिसिरपुर, बबुआन के सीमाने से गुजरते हुए बागान को निहारा। नीरव सन्नाटा पसरा था। लगा, दरख्तों ने देखकर नजरें झुका लीं। मनु मुसकराए और आगे बढ़ गए। आज बेर ने अच्छी दोस्ती निभाई। शाम को लौटे तो ठेले पर दो पसेरी अनाज और पॉकिट में पाँच रुपए थे। बिलकीस ने बाहर आ देखा तो आँखें छलछला आईं। कुछ न बोली। अनाज उठाया और अंदर चली गई। बहुएँ देर रात जागती रहीं।

सुबह हुई तो मनु निकल चुके थे। बड़ी बहू बोली, "अम्माँ, अब्बू का इस उमर में काम पर जाना तनिक न सुहाता है। देख रही हूँ, इधर अकसर खाँसते भी रहते हैं। लगता है, दमे ने जोर पकड़ लिया है। आप उन्हें रोकती क्यों नहीं?" "काश, वो मेरे कहे पर रुक जाते! मैं उनकी नस-नस से वाकिफ हूँ।" चाय रखती हुई छोटी बहू बोली, "अम्माँ, अगर आप इजाजत दें तो हम भी कुछ करें। यूँ घर बैठे रहना ठीक भी तो नहीं लगता।" ताज्जुब हुआ बिलकीस को, बोली, "हमारे दिन अब इतने गिर गए कि घर की बहुएँ बाहर काम पर जाएँगी? नहीं, मैं इजाजत नहीं देती। बेटे क्या कहेंगे?" बड़ी बहू ने सास के हाथ पकड़ लिये, "वाह अम्माँ, बूढ़ा बाप घूम-घूमकर ठेले पर कोन, सुतनी, बेर बेचे और हम यहाँ हाथ-पर-हाथ धरे बैठे रहें! जिस घर की जकात से कभी कई गाँवों की ईद हुआ करती थी, उसी घर की औरतें अब उसी जकात के लिए मसजिद की सीढ़ियाँ बैठें? नहीं अम्माँ, खुदा

गवाह है, अब्बू व आपने जिंदगी की शुरुआत इसी जीरो माइल से की थी। हमें भी सिर उठाकर शुरू करने दीजिए।" "लेकिन मैं बेटों को क्या जवाब दूँगी?" छोटी बोली, "उ हम पर छोड़ दीजिए। उनमें हिम्मत न थी कि लोगों के तीखे तेवर झेल सकें। हमें बहरा बनकर बाहर निकलना होगा।" फिर बहुओं ने अपनी नाक-कान की कीलें उतार सास की हथेली पर रख दीं।

वही शहर, वही बड़ी मसजिद। जुम्मे की नमाज अदा कर मनु मियाँ बाहर निकल रहे थे। तभी दिलशाद व दिगर दोस्त रास्ता छेंक लिये। दिलशाद बोले, "मनु भाई, आप भले हमें अपना न समझें, लेकिन हम आपको अह्ले कौम मानते हैं। इस उमर में अब ठेला लेकर गली-गली घूमना अच्छा नहीं लगता। कभी आप भी हम रईसों में शुमार हुआ करते थे। माना वो दिन न रहे, लेकिन हम तो हैं न! हम आपकी मदद करना चाहते हैं। आप चाहें तो मय मुहल्ला चंदा कर लें। कुछ पूँजी हो जाएगी तो यहीं कोई दुकान दिला देंगे। दाल-रोटी चलती रहेगी। कहिए, क्या कहते हैं?" मनु ने हाथ जोड़े और चुपचाप सीढ़ियाँ उतरने लगे।

"अम्माँ! चूड़ी ले लो, चूड़ी ले लो। रंग-बिरंगी चूड़ियाँ। रेशमी, कुमकुम व कामदार चूड़ियाँ। कम दाम में भर बाँह की चूड़ियाँ।" दरवाजे पर खड़ी चुड़िहारिन आवाज लगाए जा रही थी। तभी परदा हटाकर दुलहनिया ने इशारे से बुलाया। चुड़िहारिन अंदर चली गई और चूड़ी-लहठी से भरी टोकरी उतार बैठ गई। दुलहन को कामदार चूड़ियाँ पसंद आईं। फिर जेठानी भी आ गई। वह कुसुम चूड़ियों पर रीझ गई। छोटी बेटियों ने रंग-बिरंगी लहठियाँ लगा लीं। तभी घर की मालकिन पहुँची। चुड़िहारिन ने उनकी भी बाँहें पकड़ बैठा लिया और अपनी पसंद से चूड़ियाँ पहनने लगी। मालकिन ने चुड़िहारिन को गौर से देखा। पूछ बैठी, "तुम कहाँ से हो, बेटी?" "जी, मैं जीरो माइल से आई हूँ।" "तब तो मनु मियाँ को जानती होगी?" "जी, मैं उनकी बड़ी बहू हूँ। आप उन्हें जानती हैं?" "क्या...क्या... ?" मालकिन का मुँह आश्चर्य में खुला तो खुला रह गया। दशा देख रो पड़ी। सिसकते हुए बोली, "बहू, जिस जगह तुम बैठी हो, यहीं मुजम्मिल का जन्म हुआ था। उसने मेरी ही गोद में आँखें खोली थीं। तेरी देवरानी कहाँ है?" "जी, वो चूड़ी बेचने बबुआन की तरफ गई है। अम्माँ घर पर हैं।" "ओफ, समय साथ न दिया, वरना...। खैर, कोई बात नहीं। लेकिन आज मैं तुझे यूँ न जाने दूँगी।" फिर उन्होंने बहू को अपने हाथ से सजाया व नई साड़ी पहना विदा किया। शाम को जब मिश्रजी घर आए तो विस्तार से सबकुछ बताया। गंभीरता से सुनते रहे मिश्रजी। फिर उन्होंने अपनी छड़ी उठाई, दो-चार लोगों को साथ लिया और बबुआन की तरफ बढ़ गए।

"आप कहें तो बाहरी व्यापारियों को खबर भिजवा दें। अब तो वक्त भी कम है और मय काम बाकी पड़ा है।" बैठते हुए दिलशाद मियाँ ने मिश्रजी पर नजरें जमा दीं। "माफ कीजिएगा, इस बार बागान की देखभाल हम लोग खुद करने जा रहे हैं। आपने तकल्लुफ किया, बहुत-बहुत शुक्रिया।" फिर मिश्रजी तनिक न रुके। दिलशाद व दिगर साथी देखते रह गए।

बहुएँ तैयार बैठी थीं। इंतजार था कि अब्बू निकल जाएँ तो वो भी काम पर निकलें। तभी दरवाजे पर मोटरगाड़ी आई। सभी देखने लगे। पहले मिश्रजी उतरे, फिर उनकी मलकिनी उतरीं। साथ में बाबू महेंद्र सिंह भी थे। ये बबुआन के नंबरदार थे। आधे बागान के अकेले मालिक। मिश्रजी आगे बढ़ मनु मियाँ का हाथ पकड़ साथ बैठ गए। मलकिनी आँगन में चली गईं। महेंद्र बाबू ने सरसरी निगाह घर-द्वार पर डाली और उस ठेले को देखने लगे, जिस पर कोन, सुतनी व बेर रखे जा रहे थे। मिश्रजी बोले, "मनु भाई, बड़ी आस लिये आए हैं। ना मत कहिएगा।" मनु समझ न पाए, सो ताकने लगे। बात जारी रखी मिश्रजी ने, "मय गाँव चाहता है, एक बार फिर आप बागान की कमान सँभालें। हमें अगवड़ देने की जरूरत भी नहीं है। बस आप हाँ कहिए और साथ चलिए।" मनु मियाँ ने हाथ जोड़ लिये, "मालिक, अब हिम्मत न होती। वो तो आपका आशीर्वाद था कि···!" फिर उन्होंने नजरें झुका लीं। अब महेंद्र बाबू बोले, "आपको सिर्फ अपनी देह लेकर चलना है। बाकी सारे काम हो जाएँगे। देखिए, न मत कहिएगा।" तभी सबने देखा कि मलकिनी के पीछे बड़ी बहू देवरानी व सास के साथ बाहर निकली और गाड़ी में जा बैठी। मनु की आँखें भीग आईं। मिश्रजी के पीछे हो लिये।

पसीना फिर बहाया जाने लगा। बेटों की कमी बहुओं ने पूरी कर दी। दरख्तों ने अपने रहबर को देखा तो झूम उठे। मेहनतकशों का फिर जमावड़ा लग गया। समय पर लवंगिया फिर लहराई। और अबकी अस लहराई कि सारे गिले-शिकवे जाते रहे। भारी मुनाफा हुआ। मिश्रजी व दिगर मालिकों ने अपने हिस्से लेने से साफ इनकार कर दिया। लेकिन मनु न माने। जो जितने हिस्से का मालिक था, उसे अपनी हिस्सेदारी लेनी ही पड़ी। फिर दूसरा साल भी आया। इसने पिछले बीसों बरस के तमाम रिकॉर्ड तोड़ डाले। लवंगिया बड़ी वफादार निकली। उसने खूब नेह-नाते निभाए। गिरवी घर वापस मिल गया। जर्सी फिर जम गई। बेटे भी लौटे, लेकिन बहुत दिनों तक बीवियों से बचते ही रहे। उन्हें आँख-में-आँख डालकर बातें करने की हिम्मत ही न रही। रमजान आ गया। उस दिन अलविदा की नमाज से मनु मियाँ निकल ही रहे थे कि दिलशाद व दिगर दोस्त दिख गए। दिलशाद ने झुककर सलाम

बजाया, "हजूर, ईद-उल-फितर की नमाज के लिए भारी तैयारी कर रहे हैं। गुजारिश है, हजूर मुकर्रर वक्त पर तशरीफ लाएँ। गरचे हुक्म हो तो नाचीज खुद लेने आ जाए।" मनु हर बार की तरह इस बार भी कुछ न बोले। चुपचाप सीढ़ियाँ उतर गए।

तीस रोजों के बाद आखिर ईद आ ही गई। जमकर जकात दी गई। मेहमान नवाजी के लिए शहर का घर सज-धजकर तैयार था। बेटे-बहुएँ भाग-भागकर इंतजाम में लगे थे। कड़े-छड़े, गहने सब आ गए। बिलकीस ने काफी दिनों बाद आँखों में सुरमा डाला। इत्र की खुशबू माहौल को मादक बना गई। सभी बदल गए। अगर कोई नहीं बदला तो वो मनु मियाँ ही थे। बेटे बड़ी मसजिद को जा रहे थे। अब्बू का इंतजार था और अब्बू थे कि मिल ही न रहे थे।

उधर मनु मियाँ भागे चले जा रहे थे। ईदगाह से ऐलान हो रहा था—सफें सीधी कर ली जाएँ। फिर नमाज की नीयत बताई जाने लगी। मनु मियाँ लगभग दौड़ने लगे। बूढ़ी हड्डियों में बला की फुरती समा गई। सवाल, जीरो माइल की नमाज का भी था… !

□

डायन

सोनवा, फुलवा की सबसे प्यारी सहेली थी। एक साँवली-सलोनी तो दूसरी सोने-सी दमकती। कजरी या झूमर पर जब राग अलापती तो लगता कि अमराइयों में कोयल ने तान छेड़ रखी हो। धीरे-धीरे बचपन पीछे छूटने लगा, साथ-साथ सपनों में रंग भरे जाने लगे। निगोड़ा सोलहवाँ फागुन क्या आया, साजन की शहनाइयाँ गूँज उठीं। बेलापुर में साथ ही डोली उतरी। सैयाँ भी बाँके जवान मिले—दंगल के नामी उस्ताद। भोरे-भिनुसारे जब नई दुलहनियाँ पनघट पर मिलतीं तो नैहर के खेत-खलिहान, बाग-बगीचे नयनों में नाच जाते। वैद्यजी का गँवार बेटा अकसर हँसी का पात्र बनता, जिसने बारी-बारी से दोनों पर डोरे डाले थे। उस दिन कैसा छकाया था दोनों ने···बेचारा कान पकड़ा, काली माई की किरिया खाई···। गुजरे दिनों की गठरी खुल जाती, भोर होने तक तह-दर-तह निहारा जाता। फिर सूरज निकलने के साथ ही चूड़ियों की खन-खन और पायलों की छम-छम घरों में सिमट जाती। दिन मजे से गुजर रहे थे।

बेलापुर का महावीरी अखाड़ा बड़ा नामी था। लोग पूरे साल मेले का इंतजार करते। इस बार ग्राम-प्रधान ने खासतौर से आयोजन कराया था। पहलवान भीमा-नट को बुलाया जा चुका था, जिसे पछाड़नेवाले को नकद पाँच सौ रुपए का इनाम घोषित था। मेला लगा, फिर दूसरे दिन दंगल शुरू हुआ। छोटे-छोटे पहलवानों के कई जोड़ हुए, लेकिन भीमा का कोई जोड़ीदार न मिला। जोड़ भिड़ाना तो दूर, किसी ने इस पहलवान से हाथ मिलाने की हिम्मत तक न की। मूँछों पर ताव फेरते प्रधान ने ललकारा—"लगता है बेलापुर की धरती वीरों से विहीन हो गई या माँओं के सीने से दूध सूख गया···तो नकद पाँच सौ रुपए का इनाम जाता है···भीमा पहलवान को।" लोग बुझे मन से तालियाँ बजाने लगे। "प्रधानजी ठहरें," अचानक आई इस आवाज के साथ शंकर भीड़ से बाहर आया और रसिया का हाथ उठा ऐलान किया, "ई

लड़ेगा भीमा पहलवान से।" हिकारत भरी नजर भीमा ने रसिया पर डाली, जैसे बाघ को चुनौती देने चूहा आ गया हो! खैर, जोड़ शुरू हुआ।

हाथ मिलाते ही, जैसे सबको अनुमान था, भीमा ने रसिया को हवा में लहरा दिया, ऐसा उछाला कि बंदा बल खाकर औंधे मुँह गिरा। गर्वीली चाल से मदमस्त हाथी की भाँति भीमा उठाने लपका, लेकिन तब तक देर हो चुकी थी। बिजली की तरह रसिया ने छलाँग मारी और भीमा पर ऐसा धोबिया पाट मारा कि वह चारों खाने चित हो गया। भीड़ ने माँ-भवानी का जयकारा लगाया और रसिया को सिर-माथे बैठा लिया। चार दिन का छोकरा, भीमकाय भीमा को फतह कर इलाके की इज्जत बन गया। बुझे दिल से प्रधान ने इनाम दिए और बड़ी मालकिन ने अपने हाथ से लड्डू खिलाए।

खबर फुलवा तक पहुँची। वह तो सजीले साजन की बाँहों में झूल गई···। आखिर पति की कामयाबी पर पहला हक जो ठहरा! दौड़कर काली माई को चुनरी, ब्रह्मबाबा को लँगोट और पीरबाबा को मलीदा चढ़ा आई। लेकिन यह खुशी ज्यादा दिन तक कायम न रह सकी। रसिया के पेट में धीमा-धीमा दर्द रहने लगा। पहले बदहजमी की शिकायत हुई तो कई नुस्खे आजमाए गए, लेकिन कोई फायदा न हुआ। जो भी आता, कोई-न-कोई तरकीब बता ही जाता। रसिया की हालत दिन-ब-दिन बिगड़ती गई। एक ने तो यहाँ तक कह दिया कि इसे लड्डू में टोना कर खिलाया गया है। फुलवा की देह में झुरझुरी-सी दौड़ गई। फिर तो बाबाओं के पचरे और ओझाओं के झाड़-फूँक शुरू हो गए। गाय, गोंडाई बिक गए। कर्ज चढ़ता गया, मर्ज बढ़ता गया। रसिया खाट पर पड़े आकाश निहारा करता।

उस दिन सर्द हवाएँ चल रही थीं। सुबह से बूँदा-बाँदी शुरू हो गई थी। रसिया परेशान था। साँझ हुई, फुलवा ने दीपक जलाया, लाकर रसिया के खाट तले रखा। इधर बारिश ने रफ्तार पकड़नी शुरू कर दी। अँधेरा गहराने लगा। अचानक फुलवा को लगा कि आँगन में लुक-सी कोई चीज गिरी। कुछ समझ में नहीं आया। आकर रसिया को निहारा। वह पस्तहाल था, बोली बंद हो रही थी। फिर उसे खून की उलटी हुई। कुछ कहने की कोशिश की, लेकिन आवाज हलक में अटक गई···आँखें फैलीं और पुतलियाँ पस्त पड़ गईं···। हवा का एक तेज झोंका आया और दीपक को बुझाता चला गया! रसिया न रहा···। फुलवा चिंघाड़ मार बदहवास हो गई। ओसारे में बैठा कुकुर और बड़ेरी पर बैठी बिल्ली के सिवाय इस करुण-क्रंदन में कोई साथ न था। रात लंबी तन गई।

जब रसिया मरा तो फुलवा तीन महीने के पेट से थी। कहते हैं, आड़े वक्त

में अपना साया भी दूर भागता है। इसलिए लोग अब फुलवा से नजरें बचाने लगे। अलबत्ता एक दिन प्रधान ने फुलवा की राह रोकी और मदद की बात कही। उसने प्रधान की आँखों में झाँका, वहाँ मदद नहीं, वासना के कीड़े तैर रहे थे। नजरें झुका लीं उसने। प्रधान ने इसे उसकी रजामंदी समझा और आगे बढ़ पकड़ना चाहा। लेकिन यह क्या, फुलवा ऐसी थप्पड़ मारी कि प्रधान देर तक गाल सहलाता रह गया। उधर वह गाली बकती आगे बढ़ गई। कोई छह महीने बाद उसने जुड़वाँ बच्चों को जन्म दिया। बच्चों को देख अपने सारे गम-सितम भूल गई। बेटे को देखती तो लगता, रसिया मुसकरा रहा है। बेटी को देखती तो लगता, खुद को आईने में निहार रही है। गरीब माँ के स्तन में बला का दूध उतर आया। मासूम फरिश्ते परवरिश पाने लगे। बेटे को राजा पुकारती तो वह मुसकराता, बेटी रानी कहे जाने पर इठलाती। वक्त ने एक बार फिर रफ्तार पकड़ ली।

पाँच साल पहले जिस मेले ने रसिया को सर आँखों पर बैठाया था, आज उसी मेले ने फुलवा को भी पनाह दे रखी थी। एक जगह फुलवा ने मनिहारी की छोटी दूकान लगा ली थी। ढाई-तीन सौ रुपए पूँजी की दूकान, बच्चों के लिए कारून के खजाने से कम न थी। मेले के अंतिम दिन सौदे सस्ते होने लगे तो भीड़ ज्यादा बढ़ गई। राजा जिद किया—'मैया! तनिक मेला घूम आएँ?' 'नहीं, यहीं खेलो। ग्राहकों को निपटाकर मैं खुद घूमा दूँगी।' फुलवा साफ मुकर गई। खरीदार बढ़ने लगे। माँ मशगूल होती गई। बेटा जब भी कहता, माँ झिड़क देती। मोहना मदारी वाले का डमरू बजा, राजा फिर मचला। माँ फिर नहीं मानी। कामेसर कठपुतली वाले का बाजा बजा तो रानी बोली—'मैया, जाएँ?' वह फिर इनकार कर गई। भीड़ बढ़ती गई, ग्राहक बढ़ते गए। जब बाबूराम बाइस्कोप वाला गुजरा तो रानी की बेचैनी ज्यादा बढ़ गई। उसने भाई के कान में कुछ कहा और दोनों माँ से नजरें बचा पीछे से निकल गए। भला, दिल्ली का कुतुबमीनार और आगरे का ताजमहल कौन छोड़ता है! दोपहर होते-होते दूर-दराज के लोग भी मेला आ पहुँचे। पैर रखने की जगह न रही। तभी भंडार कोना लाल होने लगा। फिर बूँदा-बाँदी शुरू हो गई। फुलवा जल्दी-जल्दी बचे-खुचे सामान टोकरी में डाली और रानी को पुकारी, कोई आवाज न आई। फिर राजा को चिल्लाई। वह भी न बोला। मुड़कर देखी, बच्चे नहीं थे। पीछे गई, वे वहाँ भी न थे। ऊपर आसमान काला हुआ और भयंकर आँधी उठी। फिर मूसलधार बारिस होने लगी। चारों तरफ अफरा-तफरी मच गई। फुलवा को काटो तो खून नहीं। बदहवास भागी। गिरते-पड़ते मेले का चक्कर लगा आई, लेकिन बच्चे कहीं न मिले। आँखों के आगे अँधेरा छाने लगा। तभी रहमत मियाँ दर्जी

ने देख लिया। फिर जोर से पुकारे—'फुलवा! तेरा राजा यहाँ है।' फुलवा को लगा, आसमान से किसी फरिश्ते ने आवाज लगाई हो! रहमत मियाँ पुकारे जा रहे थे। उसने सिर उठाकर देखा, राजा रहमत चाची की गोद में दुबका पड़ा था। दौड़ी, जाकर बेटे पर बिछ गई और देर तक रोती रही।

कई दिनों तक अगल-बगल गाँवों की खाक छानती रही, पर रानी का कहीं पता न चला। रसिया ने मुँह क्या फेरा, बेटी भी दगा दे गई! भगवान् ऐसे पेड़ तले बैठाता ही क्यों है जो अपने गिरने के साथ अपना साया भी समेट ले! हफ्तों चूल्हा न जला। रहमत चाची आतीं और समझातीं। फुलवा पथराई आँखों आसमान निहारा करती। नियति इतने मात्र से संतुष्ट नहीं थी। एक दिन राजा बीमार पड़ा। पेट में दर्द रहने लगा। जब दर्द बढ़ता तो मैया-मैया चिल्लाता। फुलवा पागल सी हो गई। वैद्य-हकीम के नुस्खे काम न आ रहे थे। इधर प्रधान ने एक औरत के कान में फुसफुसाया—'फुलवा डायन बन चुकी है। पहले पति को खाई और अब बेटे को मारकर अपनी तांत्रिक शक्तियाँ बढ़ा रही है। रोना-कलपना तो सिर्फ दिखावा है। मैं तुझसे कह रहा हूँ, तुम किसी से न कहना।' लेकिन हुआ इसका उल्टा। बात कानो-कान पसरने लगी। साथ डोली उतरी सोनवा भी दूरी बना ली। उस दिन बीमार बेटे के लिए मदद माँगने गई तो शंकर ने दुत्कार दिया। वापस लौटी तो बेटा मर चुका था। सबकुछ उजड़ गया। प्रधान के द्वारा फैलाई गई अफवाह सच मान ली गईं। लोग यकीन कर बैठे कि फुलवा डायन है। इसलिए दाह-संस्कार में कोई न आया। कंधे पर बेटे की लाश लिए जब गाँव से बाहर निकली तो पीछे कोई न था। सोनवा व शंकर तक नहीं।

गंगा किनारे पहुँची तो वहाँ नीरव सन्नाटा था। वक्त ने कैसा क्रूर मजाक किया! बहारों ने बेदखल कर दिया। सायादार दरख्त धरासायी हो गया और फूल खिलने से पहले मुरझा गया। फिर जीने का मकसद क्या रहा? सोची, क्यों न बेटे के साथ वह भी गंगा में समा जाए? हाँ, यही ठीक रहेगा···। कदम तेजी से खौफनाक लहरों की तरफ बढ़ने लगे। तभी किसी फरिश्ते ने आवाज लगाई—'ये क्या करती है फुलवा!' पीछे मुड़कर देखी तो आँखों पर यकीन न हुआ। रहमत चाचा, चाची माथे पर लकड़ी का बोझ लिये खड़े थे। सब्र का बाँध टूट गया। रोने के लिए कंधा मिला तो देर तक रोती रही। चिता क्या जली, फुलवा का वजूद जल गया।

साल-दर-साल बारह साल गुजर गए। इधर सोनवा का बेटा सूरज चाँद-सी दुलहन लाया है। चंदा बहू की सुंदरता व भारी-भरकम दहेज घर-घर सराहे जा रहे हैं। फुलवा से किसी का नेह-नाता न रहा, सो शादी में नहीं पूछी गई। भला डायन

को कोई क्यों पूछे! उसे कोई मलाल भी नहीं।

प्रधान जवानी की दहलीज पार कर गया मगर तेवर चढ़े रहे। रहमत मियाँ मोतियाबिंद की मारी आँखें व काँपती अंगुलियाँ से सही सिलाई नहीं कर पाते, सो टकटकी लगाए बैठे रहते हैं। सब साइनबोर्ड वाले टेलर के यहाँ चले जाते हैं। चाची झुककर चलती हैं। फुलवा तो कटी पतंग-सी लरज गई है। सुबह-सबेरे चूड़ी-लहठी लिये निकल जाती है। अभागन सुहागन का सामान बेचती है। गए शाम लौटती है। आकर अपनी और रहमत चाची की चार रोटियाँ बनाती है। एक दिन रहमत चाची उसके बालों में कंघी करने बैठीं। फुलवा बोली—'रहनो दो चाची, इन्हें देखने वाली आँखें न रहीं तो अब ये किस काम के? बल्कि इन्हें जड़ से काट दो।' चाची बोली, 'नहीं रे पगली! भला बाल बिना औरत कैसी लगेगी?' इस पर वह जोर से हँसी और कही, 'डायन जैसी!' फिर गंभीर हो गई—'तू बता चाची! क्या मैं डायन हूँ?' चाची को क्रोध आ गया। गुस्से में बोली, 'आग लगे और सत्यानाश हो उसका जो तुझे डायन कहे। मैं तो उसका मुँह नोच लूँ।' फुलवा संजीदा हो गई—'किस-किसका मुँह नोचोगी चाची! सगरी गाँव तो यही कहता है। सोचती हूँ, चलो, इस चोले से वहशी दरिंदे खार तो खाते हैं।' चाची बोली, 'न बेटी, यह अबला औरत पर चढ़ाया गया नापाक लबादा है। बहुत बड़ी गाली है।'

फिर मेले का मौसम आया। तंबू, खेमे गड़ने लगे। इस बार बीनाबाई की थियेटर कंपनी आनी थी। बाँस-बंबू बीस दिन पहले से गाड़े जा रहे थे। कठपुतली वाला अपनी पुरानी जगह टेंट गिराने लगा। प्रधान के पहरुए आए और उखाड़ फेंके। साक्षात् बीनाबाई के सामने काठ की पुतरिया क्या नाचेगी! बेचारा कोने में पनाह पाया। हलवाई सुमेर साहू कौड़ीदार को सनपापड़ी और रसमलाई खूब खिलाता था, सो उसकी जगह न बदली। बाकी पन-पनहेरी और खर-खोमचे वाले पहरुओं को सलामी का वास्ता दे जगह बना लिये। मेला लगा और खूब लगा। लोग दिन भर खेल-तमाशा देखते और रात में थियेटर का मजा लेते। औरतें खूब खरीदारी करतीं। भीड़ बढ़ने लगी। फुलवा भी इस बार कड़ी मेहनत की थी। सगरी सामान शहर से लाकर दुकान सजा ली थी। फिरोजी, रेशमी और कुमकुम की चूड़ियों का सुंदर मेल था। आईना, कंघी, स्नो, पावडर कतार में सजे थे। रहमत चाचा खिलौनों की दुकान सँभाले, चाची फूलवा का गल्ला देखने लगीं। बेलापुर की औरतें तो कन्नी काट निकल जातीं, लेकिन दूर-दराज की बहू-बेटियों का ताँता लग गया। शाम होने को आई। लेकिन भीड़ जस की तस थी। इसी बीच घूँघट डाले एक दुलहन पहुँची। उसे फिरोजी चूड़ियाँ पसंद आईं। फूलवा पहनाने लगी। मेहँदी, महावर और ताजे सिंदूर

की सुगंध बता रही थी कि वह हाल में ब्याही गई है। आईने में फुलवा ने दुलहन को भर नजर निहारा। लगा खुद को निहार रही है। बेलापुर में वह भी कभी ऐसी ही उतरी थी। खयालों में खोने लगी तो दुलहन टोकी—'मैया, कितनी पहनाओगी?' फूलवा खुद में लौटी। देखा, बाँहें भर गई थीं। बोली, 'वैसे तुम किस गाँव से हो, बेटी?' 'जी, इसी बेलापुर की।' दुलहन बोली। उत्सुकता बढ़ गई फूलवा की। चाची भी नजरें जमा लीं। पूछीं—'कौन हो तुम?' 'जी, मैं चंदा हूँ, शंकर की पतोहु।' फुलवा चौंकी। उसे सोनवा के भाग्य से ईर्ष्या होने लगी। बाप रे, कितनी सुंदर बहू पाई है? खामोशी चंदा ने ही तोड़ी—'कितने पैसे दूँ?' 'रहने दे बेटी, इसे मुँह दिखाई समझ रख ले। आखिर मैं भी तो इसी गाँव की हूँ।' तभी बाबूराम बाइस्कोप वाला गुजरा। चंदा से रहा न गया। वह भी बाइस्कोप वाले के पीछे भागी। फूलवा सहित सारी औरतें हँस पड़ीं—'देखो, बचपना नहीं गया! दुल्हनिया बाइस्कोप देखेगी!'

बाबूराम खेल दिखाने में मशगूल था—'देखो ये लखनऊ की, ये है भूल-भुलैया···।' 'ऐ बाइस्कोप वाले! मुझे भी देखना है, कित्ते पैसे लोगे?' चंदा बच्चों-सी मचली। बाबूराम सिर उठाया और गौर से निहारा, मानो पहचानने की कोशिश कर रहा हो! फिर मुसकराया, जैसे पहचान लिया। फिर हँसते हुए बोला, 'कभी पैसा दिया है जो आज दोगी?' चंदा अचकचाई—'क्या···! तुम मुझे जानते हो?' 'बेटी, बारह साल बाहर क्या रहा, अपनी माटी और गोद में खेले बच्चों को भूल गया? एक बात तो माननी पड़ेगी रानी, तू बड़ी जरूर हो गई, लेकिन तेरा बचपना जस का तस रह गया।' चंदा और परेशान हो गई। 'रानी···बचपना···!' जेहन पर हथौड़े पड़ने लगे। 'याद है रानी, एक बार खेल न दिखाया तो तूने कैसे पत्थर मारे थे!' बाबूराम ललाट का निशान दिखाने लगा। 'न पतियाती है तो अपनी माँ से ही पूछ ले।' और बाबूराम अपनी सफाई में आगे बढ़ गया। चंदा सम्मोहित-सी पीछे-पीछे चली। दोनों जब वापस लौटे तो फुलवा सामान समेट रही थी। बाबूराम तनिक तेज स्वर में बोला, 'का रे फुलवा! बेटी ब्याह ली अउर एक पत्तल भात भी न खिलाई? आ उहो बेटी पहचानने से इनकार कर रही है।' फुलवा चौंकी···! सामने वही दुलहन खड़ी थी और बिना घूँघट उसे देखे जा रही थी, जैसे कुछ पहचानने की कोशिश कर रही हो। अतीत आँखों में उतरने लगा। वही मूसलधार बारिस, वही तूफानी हवाएँ, मेले में मची भगदड़, फिर भाई का साथ छूटना···। धीरे-धीरे सबकुछ याद आ गया उसे···। अचानक फुलवा का जकड़ा जेहन भी खुल गया। देखी, सामने रानी खड़ी थी। धुँध के बादल दोनों तरफ छँट चुके थे। रानी से रहा न गया। धड़ाम से माँ की गोद में जा गिरी। गंगा-यमुना की धाराएँ एक हो चलीं। दोनों देर तक रोती रहीं। बिछड़ी बेटी

क्या मिली, फुलवा निहाल हो गई। उधर चंदा को खोजते-खोजते सूरज आ पहुँचा। सामने देखा तो पैरों तले जमीन सरक गई। चंदा फुलवा की गोद में सिर रखे सिसक रही थी। भागा और जाकर माँ-बाप को खबर किया। इधर मय मेला बात मटिया तेल की तरह पसर गई कि फुलवा की बिछड़ी बेटी मिली है। लोग देखने आने लगे। तभी सोनवा और शंकर भी भागे आए। देखा, फुलवा बेटी के आँसू पोंछ रही थी। सोनवा आँखें लाल कर बोली, 'देखा, इस डायन ने मेरी बहू की मति मार ली। मेरा घर उजाड़ दिया। मेरे तो करम ही फूट गए जो इसे मेला देखने भेजी। हाय राम! अब क्या होगा? कोई बचाओ मेरी बहू को।' सूरज आगे बढ़ चंदा को खींचने लगा। वह माँ को और जोर से पकड़ ली। अजीब हालात बन गए। बड़ी मुश्किल से चंदा को फुलवा से अलग किया गया। इधर बाबूराम को लगा कि उससे कोई गड़बड़ हो गई, सो धीरे से खिसक लिया।

तीसरे दिन चौपाल पर पंचायत बैठी। सगरी गाँव उमड़ पड़ा। सोनवा पति, बेटे और बहू के साथ आई। फुलवा जानती थी कि बेलापुर का कोई बंदा साथ न देगा, सो दूसरे गाँव के पंचों को बुला लाई थी। प्रधान पंचों सहित ऊँचे आसन पर बैठा। पंचायत शुरू हुई। फुलवा से सोनवा की बहू पर अपनी बेटी की हकदारी का सबूत माँगा गया। वह खड़ी होकर बोली, 'मेरी बेटी से ही पूछ लिया जाए।' इस पर तमककर सोनवा बोली, 'खबरदार जो अपने मुँह से मेरी बहू को बेटी कहा!' बेलापुर वाले सोनवा के सुर में सुर मिलाने लगे। शोरगुल बढ़ने लगा। तभी रहमत मियाँ श्यामपुर के धरम बाबू के साथ आ पहुँचे। सोनवा समधी को देखी तो चुप हो गई। मने मन खुश हुई कि अब दूध और पानी का फैसला हो जाएगा। परमेसर पंच धरमजी का स्वागत कर बोले, 'सही समय पर आए हैं। आप ही बता दीजिए कि माजरा क्या है?' धरम बाबू को रास्ते में ही रहमत मियाँ से सारी जानकारी मिल गई थी। ईमान-धरम के आदमी थे। सो साफ-साफ बताते गए कि कैसे मेले से भटकी यह मासूम उन्हें मिली थी! कैसे उन्होंने उसकी परवरिश की, चंदा नाम दिया और बड़ी हो जाने पर सूरज के साथ शादी कर दी। शंकर भड़क गए—'तो फिर आपने झूठ क्यों बोला कि यह आपकी बेटी है?' धरमबाबू सिर ऊँची कर बोले, 'वो तो आज भी कह रहा हूँ कि यह मेरी बेटी है। इसकी परवरिश जो की है मैंने।' फिर रानी उठी और धरमबाबू के पास जा बैठी। प्रधान ने नजरें झुका लीं। परमेसर पंच ने फैसला सुनाया—'सौभाग्य है इस बिटिया का कि इसे धरमबाबू की सरपरस्ती मिली।' फिर धरमबाबू से मुखातिब हो बोले, 'क्या आप अपनी असली समधन से मिलना न चाहेंगे?' इस पर रानी उठी और फुलवा के पास जा बैठी। धरम

बाबू की नजरें फुलवा से टकराई। वह मारे शरम के लाल हो गई। बगल गाँववाले ताली बजाने लगे। सोनवा को लगा कि उसका वजूद ही मिट जाएगा। सो चीखकर बोली—'तो ठीक है। धरम बाबू रखें अपनी बेटी को या फुलवा को दे दें। मैं किसी डायन की बेटी को अपनी बहू नहीं मानती।' परमेसर पंच तैश में आ गए—'पंचों को बेभरम न कर सोनवा! जानती है इसका अंजाम क्या होगा? रानी तेरी बहू है और तेरे पास ही रहेगी।' अब शंकर उठे—'तो ठीक है, पंच हमारी भी सुन लें। हम रानी को इस रिश्ते से आजाद करते हैं¨। भले इसके लिए हमारा हुक्का-पानी बंद कर दिया जाय या हमें यह गाँव ही क्यों न छोड़ना पड़े!' फुलवा को लगा कि वह जिंदगी की सबसे बड़ी दाव हार रही है। सो बेटी सहित पंचों के सामने आकर बोली, 'सोनवा सही कह रही है पंचो! यह रानी नहीं चंदा ही है। मैंने इसकी मति मारी थी। आखिर मैं डायन जो ठहरी! मैं अपनी गलती कबूलती हूँ। सोनवा व शंकर गाँव क्यों छोड़ेंगे? उनका तो सबकुछ यहीं है। मेरा क्या, मैं तो एक बोझ हूँ¨। और फुलवा वहाँ से बेतहाशा भाग खड़ी हुई।

दिन, सप्ताह, महीने गुजरने लगे। फुलवा न लौटी। लोग कयास लगाने लगे, शायद लोक-लाज के चलते गंगा में कूद पड़ी हो! लेकिन वह जिंदा थी। जीने का मकसद जो मिल गया था¨! वह सर्द-स्याह रात थी। हाथ को हाथ न सूझता था। फुलवा गंगा किनारे मल्लाहों की जिस झोंपड़ी में रह रही थी, वहाँ एक नाव आकर रुकी। दस-बारह हठे-कठे जवान उतरे। सरदारनुमा शख़्स बोला, 'सोच ले बिगू! अगर खाली हाथ लौटना पड़ा तो इसी गंगा मइया में लुढ़का देंगे तुझे।' 'सरदार मेरी मुखबिरी कभी गलत हुई हो तो चाहे जो सजा दो। सोने से लदी तो उसकी बहू है।' बिगू बोला। 'घरवाला जोड़ भी भिड़ेगा?' सरदार शंका जाहिर किया। 'शंकर तो बूढ़ा हो गया लेकिन उसका बेटा कुछ अड़ेगा।' बिगू बता दिया। 'ठीक है, कोई गहना-गुरिया न छिपाएगा। लौटानी में यहीं बखरा लगेगा।' सरदार बोला और साथी डाकुओं के साथ अँधेरे में समा गया। फुलवा के होंठों पर मद्धिम मुसकान आ गई—'जा सोनवा, अब कर ले बेलापुर में राज!' लेकिन दूसरे ही पल बेटी का सिसकता सिंदूर नजर आया। फिर तो पैरों में बिजली-सी फुरती आ गई।

बेलापुर। आधी रात निकल चुकी थी। लोग गाढ़ी नींद में सोए हुए थे। अचानक डाकुओं ने शंकर का घर घेर लिया। सरदार आगे बढ़ा। सामने दरवाजे पर एक औरत दीवार बन खड़ी थी। सरदार चीखा। 'कौन है रे तूं, हट सामने से।' औरत उससे भी तेज आवाज में चीखी—'खबरदार, जो आगे बढ़ने की कोशिश की!' चीखें बढ़ती गईं। लोग जाग गए। फिर पूरा गाँव चिल्लाने लगा। मशालें निकल गईं। खुद

को घिरा देख सरदार ने फायर कर दिया। एक, दो, तीन··· ! कोई तीन गोलियाँ औरत के सीने को चिरती चली गईं। तभी मशालें पास आ गईं। खतरा देख डाकू भाग खड़े हुए। शोर थम गया। सबने देखा, मरने वाली कोई और नहीं बल्कि फुलवा थी। खून अब तक बल-बलकर बह रहा था। कोहराम मच गया। रानी के चीत्कार से दिशाएँ थर्रा उठीं। धीरे-धीरे कई गाँव के लोग जमा हो गए। सबकी आँखें नम थीं। औरतों का तो बुरा हाल था। कुछ कह रही थीं—'उफ्फ··· ! फुलवा ने गजब का फर्ज निभाया। जान देकर बेटी का सुहाग बचाया। आखिर, डायन भी एक घर बकसती है और दामाद उसे भी प्यारा होता है।' सुबह हुई तो शवयात्रा निकली। पूरी जिंदगी चंद कंधों की मोहताज फुलवा को कंधा देने के लिए सैकड़ों लोग साथ खड़े थे। वह जो जमीं की बोझ थी, आज बड़े आराम से आसमान की बुलंदियों पर जा बैठी थी!

फुलवा की चिता वहीं सजाई गई, जहाँ कभी रसिया व राजा की चिताएँ सजी थीं।

सोनवा ने मुखाग्नि के लिए रानी को आगे बढ़ाया। लेकिन वह बुत बनी खड़ी रही। उसे कुछ सूझ न रहा था। सूखी आँखें समंदर हुई जा रही थीं। पूरा गाँव रो रहा था। चाची का तो बुरा हाल था। बच्चों सा बिलख-बिलखकर रो रही थीं। रहमत चाचा आगे बढ़े और रानी का हाथ पकड़ आग थमा दिए। पूरे बेलापुर ने देखा, फुलवा जलने लगी। लेकिन चेहरे पर गजब का संतोष था! आज एक डायन जल रही थी और एक ममता जन्म ले रही थी!

□

तेरी बेटी, तू जाने!

रात के बारह बजे होंगे। मुनव्वर की आँखों में नींद न थी। दिखावे के लिए सोने का स्वाँग कर रहे थे। तबस्सुम खूब जानती थी, मियाँ सोए नहीं हैं। वह खुद भी तो न सोई थी। एक-दूसरे को सोने के भ्रम में रखा जा रहा था। मन भारी हो गया तो बोली, "झूठी आस पाल के कब तक करवट बदलते रहोगे? जो कभी तेरी थी ही नहीं, उसे याद कर क्यूँ मरे जाना? आठ-दस साल साथ रह जाने से कोई अपना थोड़े हो जाता है!" "फिर तुम क्यों जाग रही हो? तुमने तो तीन साल तक दूध पिलाया। सीने से लगाए रखा। वह 'अम्माँ-अम्माँ' कहती रही। तेरे खूँटे डोलती रही। आज दुआ-सलाम के लायक भी न समझी।" तल्ख लहजे में मुनव्वर बोले। "हुँह, मैं तो सो रही थी। लाउडस्पीकर की आवाज आई तो नींद खुल गई।" तबस्सुम बात लपेटते हुए बोली। मुनव्वर उठ बैठे। लाउडस्पीकर पर औरतें विवाह गीत गा रही थीं—'हमरी विद्या हो बेटी, आँखी के रे पुतरिया''दिनवा हरेलु हो बेटी भुखिया या हो पियसिया''' !' फिर मंत्रोचारण की ध्वनि साफ-साफ आने लगी। शादी-संस्कार करानेवाले पंडितजी कह रहे थे—'कन्या के पिता अब कन्यादान करेंगे।' गीत फिर उभरा—'आहो पापा कवने नगरिया जुअवा खेलनी कि हमरा के हार गईनी हे। आहो पापा गइया बछरूवा काहे ना हरनी कि हमरा के हार गईनी हे। आहो बेटी गइया-बछरूवा घर के लछमी कि तूँ हूँ बेटी पहुनवा रहलु हो..!' मुनव्वर को लगा, जैसे देह से जान निकल रही हो। लरजती आवाज में बोले, "सुन रही हो, मनोहर कन्यादान कर रहा है।" "तो तेरी छाती क्यों फट रही है? जिसकी बेटी है, वो कर रहा है। पागल मत बनो। चुपचाप सो जाओ।" लगभग डाँटते हुए बीवी बोली। चादर खींच ली मुनव्वर ने। चेहरा छुपा लिया और सिसकने लगे—"अभागा, एक बार भी तो कहा होता—बेटी की शादी है, आ जाना। रे, खुद न कहता, गोतिए-परोतिए से कहलवा देता। यह भी न करता

तो नाई से भी दो टूक संवाद पेठवा देता। धत, बेकार ही लोग कहते हैं कि बेटी पूरे गाँव की होती है!' खुद से सवाल-जवाब करने लगे। अठारह बरस की बँधी गठरी खुल गई…

महज हफ्ते भर की थी विद्या, जब पारबती ने उसे तबस्सुम की गोद में डालते हुए कहा, "बहन, आज से विद्या तुम्हरी बेटी हुई। सँभालो इसे, वरना चिंचिया-चिंचिया के मर जाएगी।" दूध न उतरा था बेचारी को। तब तबस्सुम ने मुस्ताक को परे धकेल विद्या को सीने से लगा लिया और दूध पिलाने लगी। ओह, वे भी क्या दिन थे! कानपुर का सूता मिल साथ दे गया था। गउँवा होने के नाते मुनव्वर व मनोहर आजू-बाजू रहते थे। बढ़िया कमाई हो जाती थी। मुनव्वर को चार साल का एक बेटा था। दूसरा मुस्ताक तीन माह का था, तभी विद्या पैदा हुई थी। नई-नवेली दुलहनिया को कोई लूर-सऊर न था। सबकुछ तबस्सुम ही सँभालती। नहलाना, कपड़े पहनाना और अपना दूध पिलाना। मुस्ताक की देखा-देखी जब नन्ही विद्या मुनव्वर को अब्बू व तबस्सुम को अम्माँ बोलती तो दोनों निहाल हो जाते। जब उसे जर-बुखार होता तो रातों की नींद हराम हो जाती। कंचे के खेल में तकरार होने पर मुस्ताक ही पीटा जाता। बड़ा ललका बैलून विद्या को मिलता, बेचारे मुस्ताक को छोटे से संतोष करना पड़ता। उधर मनोहर मस्त बंदा था। हाड़तोड़ मेहनत करता और मजे से पड़ा रहता। ना उधो की लेनी, ना माधो की देनी। कभी-कभार मुनव्वर टोकते, "भाई, विद्या बड़ी हो रही है, ध्यान क्यों नहीं देते?" तो निखट जवाब देता, "तेरी बेटी, तू जाने!" बस यही बात दिल को छू जाती। मुनव्वर चुप हो जाते। याद है, जब विद्या की उँगलियाँ पकड़े स्कूल में दाखिला कराने गए थे, तब भी मनोहर न गया। बोला, "तेरी बेटी, तू जाने!" और काम पर खिसक गया। एडमिशन के समय विद्या से उसके पिता का नाम पूछा गया। उसने अब्बू की उँगली पकड़ ली। हेड सर मुसकराए और विद्या के पिता का नाम मुनव्वर मियाँ लिख लिया।

वक्त ने करवट ली। मंदी की मार ने मिल में अलीगढ़ियन ताला जड़ दिया। हजारों मजदूर बेकार हो गए। धीरे-धीरे वतन-वापसी होने लगी। मुनव्वर और मनोहर को भी गाँव लौटना पड़ा। तब विद्या दरजा छह में थी। यहाँ आने पर सबकुछ बदल गया। हाथों के हुनर काम न आ सके, सो पुराने ढर्रे पर जिंदगी लौट आई। सबसे बड़ी दिक्कत तो विद्या को आई। बिंदास विद्या बिना हिचक अब्बू के घर भागती रहती। गाँव की औरतों व लड़कों को वह फूटी आँख न सुहाती। टोका-टोकी बढ़ने लगी। इस बीच एक छोटी घटना ने पूरे गाँव को दो फाड़ कर दिया। परसन पांडे के खेत में शिवदेनी साव की भैंस रात में खुलकर चली गई और पाँच धुर गेहूँ चर

गई। सवेरे बवाल खड़ा हो गया। बात बढ़ी तो हाथापाई की नौबत आ गई। दिलावर हुसैन, पांडे बाबा के नमरी गोंइया थे। मन-ही-मन मुनव्वर की तरक्की देख जलते भी थे। इधर शिवदेनी साव की तरफ आधा गाँव हो गया। मामला कोर्ट-कचहरी तक पहुँच गया। इधर 107 लगी, उधर नेवता-हंकारी सब बंद हो गया। नतीजा अच्छा न हुआ। विद्या अब्बू की बेटी से पापा की बेटी बनकर रह गई।

मुनव्वर के बेटे जब सउदी से आए तो गहना-गुरिया व शादी का सब सभाखन साथ ले आए। कितने अरमान थे दोनों बहुओं को दूल्हा परिछने का! तबस्सुम की तैयारी अलग थी तो मुनव्वर अलग इंतजाम किए हुए थे—ई जमाई को देंगे, उ समधी का होगा। लेकिन हाय रे दुर्भाग्य, सब किए-कराए पर पानी फिर गया। कपड़ा पर तीन बार इस्तरी कराकर रखे थे कि तिलक में जाएँगे। लेकिन पूछा ही न गया। आँगन में उस दिन बहुएँ खूब हँसी। कैसे उल्लू बनना पड़ा! सगरी गाँव इन्हीं की बाँसवारी से माड़ो के लिए बाँस ले जाता था। उम्मीद जगी कि बाँस माँगने मनोहर आएगा। लेकिन न आया। दूसरे गाँव से ले लिया। आज शाम जब बारात आई तो तीन बार किसी-किसी काम के बहाने मनोहर के घर का चक्कर लगा आए, लेकिन वो उलट के न ताका। चिढ़कर बहुओं ने खूब खरी-खोटी सुनाई। बेटों ने भी डाँटा। तब से धीर धरे खाट पर पड़े हैं और करवट बदल रहे हैं।

भोर होने को आई। गीत गहराने लगा—'पापा हे धियवा-पतोहिया काहे ना हरनी जे हमरा के हार अइनीं हे। बेटी हो धियवा-पतोहिया घर के लछमी कि तू हूँ बेटी पहुनवा रहलु हो..! लगता है, सिंदूर-दान हो गया।' मुनव्वर उठ बैठे। देखा कि सामने खाट खाली थी। तभी तबस्सुम एक भारी बैग लिये आई। शौहर को धोती-कुरता देती बोली, "लो, जल्दी पहन लो।" "इस वक्त जाना कहाँ है?" मासूम-सा सवाल मुनव्वर पूछे। झमकते हुए तबस्सुम बोली, "कईसे काठ-करेज बाप हो? किरिन उगने के पहले विद्या विदा हो जाएगी, फिर खुद को माफ न कर पाओगे। सउंसे जिनगी कौन मुँह दिखाओगे? माना मनोहर ने हमें न पूछा, लेकिन विद्या हमारी भी तो बेटी है।" "बाकी बहू-बेटे क्या कहेंगे?" बच्चों-सा पूछा मुनव्वर ने। "अब चाहे कोई जे कहे, मैं जा रही हूँ। मेरा दूध मुझे बुला रहा है।" और तबस्सुम झटके से निकल गई।

बेटी विदा हो रही थी। सारा गाँव उमड़ आया था। दुलहन बनी विद्या धीरे-धीरे डोली की तरफ बढ़ रही थी। सारी आँखें बरसी जा रही थीं। तभी तबस्सुम सामने आ गई। विद्या ने देख लिया। सारे बंधन तोड़ भागी। सिर का आँचल गिर गया। दुलहन का लबादा उतर गया। चिरइया खोंते में जा बैठी। रोते-रोते बोली, "मैं जानती थी

अम्माँ, तुम जरूर आओगी।" फिर काफी देर तक रोती रही। तबस्सुम भी बावली हो गई। मुद्दत बाद माँ-बेटी का मिलन हुआ था। बड़ी मुश्किल से विद्या को रोका। पूछ बैठी, "अम्माँ, अब्बू न आए?" "आए हैं।" विद्या ने देखा कि अब्बू सिर झुकाए कोने में खड़े थे, मानो मनोहर की निगाहों से बचना चाह रहे हों। बिना देर किए भागी और अब्बू से लिपट गई। गंगा-यमुना की धाराएँ फिर एक हो गईं। रोते-रोते पूछा, "अब्बू, भैया-भाभी न आए?" इसके पहले कि मुनव्वर कुछ कहते, पीछे से आवाज आई, "हम यहाँ हैं।" सबने देखा कि मुस्ताक, भैया के साथ दूल्हे राजा को घेरे खड़े थे। घर की बहुएँ दूल्हे की उँगलियों में अँगूठी पहना रही थीं। बाप रे, उँगली से ज्यादा तो अँगूठियाँ थीं!

विद्या जाने लगी। मनोहर हाथ जोड़े मुनव्वर के पास खड़े हो गए। मुनव्वर ने पूछा, "क्या चौथी पर विद्या को बुलाओगे?" वही रटा-रटाया जवाब मनोहर ने दिया, "तेरी बेटी, तू जाने!" और नजरें झुका लीं उसने। सुनकर तबस्सुम व पारबती की रोती हुई आँखों में बरसों से ठहरी मुसकान वापस आ गई। सबने देखा कि जाते-जाते दुलहनिया भी मुसकाई थी!

□

दरकती दीवारें

नेमतपुर में फज्र की अजान के साथ खुशियों ने डेरा डाल दिया। पूरे तीस रोजों के बाद आज ईद की नमाज अदा की जाएगी। भुनी जाती सेवइयाँ भीनी-भीनी महक दे रही हैं। रंग-बिरंगे कपड़ों में बच्चे बड़े मोहक लग रहे हैं। ईदगाह भी इन नन्हे नमाजियों के खैरमकदम में बेकरार-सा हुआ जाता है। इत्र की खुशबू ने माहौल पूरी तरह मुअत्तर कर दिया है। दिरहम, दीनार की दरियादिली यहाँ नहीं तो और कहाँ?

बरकत हुसैन साहब! गाँव की नामचीन शख्सियत। अल्लाह तबारको-तआला ने तमाम नेमतों से नवाजा। तीन बेटों और दो बेटियों से भरा परिवार। निहायत ही शरीफ बीवी। इलाके में इज्जत और पंचायत में प्रतिष्ठा, क्या नहीं दिया मौला ने? लेकिन अफसोस, आज दोनों बिस्तर पर हैं। बुआ ने कई बार कोशिश की, लेकिन कोई उठने को तैयार नहीं। और फिर उठे भी तो क्या करे? इटली से इंजीनियर बेटे ने आने से साफ मना कर दिया। जिगर के टुकड़े कहे जानेवाले सबसे छोटे बेटे ने हाल ही में अमेरिकी जॉब लिया है, लिहाजा जब तक ग्रीन कार्ड होल्डर हो न जाता, उसका आना मुम्किन नहीं। बेटियाँ ब्याही जा चुकी हैं, अब वे अपने घर की जीनत हैं। रहा मँझला, तो वह चाहकर भी घर की देहरी पार नहीं कर सकता। अंतरजातीय विवाह क्या किया, हुसैन साहब की नजरों से गिर गया। पंजाब के फारम में मुंशीगीरी करता है। दौलतमंद बाप का बेटा गुरबत में जिंदगी बसर करता है। गाहे-बगाहे संगी-साथियों से अब्बू-अम्मी की खैरियत लेता रहता है। अम्मी बीती रात जब नमाज से फारिग हो दुआ के लिए हाथ उठाई तो दो बूँद आँसू मँझले के लिए भी हथेलियों पर गिरे थे। बेचारा किस हाल में होगा? बेटियों के लिए कपड़े खरीद भी पाया होगा कि नहीं? काश, उसके अब्बू मान जाते! इन्हें तो मरे बेटे का मुँह तक देखना गवारा नहीं। अब ऐसे में ईद की क्या खुशी?

महावीर बाबू ने रामायण का पाठ समाप्त ही किया था, तब तक किसी ने बाहरी गेट पर दस्तक दी। इतना सवेरे कौन हो सकता है? अनुमान लगाते-लगाते बढ़े और गेट खोल दिया। सामने नकाब में एक युवती खड़ी थी। हाथ में मुट्ठी भर सामान, साथ में दो बच्चियाँ। शायद जकात-खैरात के लिए आई हो, लेकिन इसके लिए तो इसे मुसलिम बस्ती में जाना चाहिए, ये यहाँ क्यों आई? अनुमान नतीजे में बदलता, तब तक उस युवती ने दोनों हाथ जोड़ दिए, "जी, मैं महावीर बाबू से मिलना चाहती हूँ।" "लेकिन तुम हो कौन?" "जी, मैं बरकत हुसैन साहब की मँझली बहू हूँ।" "क्या··· ? ये क्या बक रही हो तुम?" "जी, मैं इटली या अमेरीकावाली उनकी बहू नहीं, बल्कि पंजाब के फारम में काम करनेवाले उनके मँझले बेटे की बीवी हूँ।" हथौड़े पड़े जेहन पर, महावीर बाबू को विश्वास नहीं हो रहा था, लेकिन यह हकीकत थी। जोर की आवाज लगाई महावीर बाबू ने। बेटे, बहू, पत्नी सभी भागे चले आए। पत्नी को इशारा कर लगभग चीखते हुए बोले, "देख रही हो, ये बड़े-बड़े बकनेवाले बरकत की बहू है!" "तुम अब ओछी बातें न करो।" महावीर बाबू की पत्नी आगे बढ़ बहू की पेशानी पोंछी और गले लगा लिया। बहुएँ बढ़ीं और बच्चियों को गोद में ले लीं। आरती का थाल लाई गई। आरती हुई और बरकत हुसैन की बहू ने महावीर बाबू की देहरी में कदम रखे। पीछे से बशीर हुसैन भी आए और आकर नजरें नीची किए बैठ गए। महावीर बाबू अब ज्यादा बरदाश्त नहीं कर पाए, उठे और बशीर को दो थप्पड़ रसीद कर दिए। "अभागे, क्या हाल कर लिया अपना, क्या यह दुश्मन का घर है, जो अब तक नहीं आए, देख तो बहू, बच्चियाँ किस हाल में पहुँच गईं?" और महावीर बाबू खुद भी रो पड़े। अजीब मंजर बन गया। आस-पड़ोस के लोग जमा हो गए। जिस बरकत हुसैन साहब के जकात-खैरात से कई गाँव की ईद हुआ करती थी, उन्हीं के बेटा-बहू आज इस हाल में! ओफ, देखा भी तो नहीं जाता। लेकिन किया भी क्या जा सकता है? बड़े लोगों की बड़ी बातें! अब तो महावीर बाबू ही कोई हल निकालें।

नेमतपुर अब वह नेमतपुर न रहा। कभी महावीरी मेले में लाठियाँ भाँजने का काम और तमाम जिम्मेवारियाँ बरकत हुसैन साहब ही लिया करते तो मुहर्रम में ताजिया महावीर बाबू के कंधों पर होता। वक्त के थपेड़ों ने बहुत कुछ बदल दिया। मजहब की मीनारें ऊँची होती गईं, धर्म ने धंधे का रूप अख्तियार कर लिया और ईमान की नींव खोखली होती गई। लँगोटिया यार और सहपाठी रह चुके बरकत हुसैन व महावीर बाबू ने पिछले कई सालों से एक-दूसरे का हाल-समाचार तक लेना मुनासिब न समझा, बल्कि गाहे-बगाहे एक-दूसरे को नीचा दिखाने से बाज

भी न आए। अब तो खैर मोहल्लों को नफरत की ऊँची दीवारों से घेर दिया गया है। महावीर बाबू ने अपनी पत्नी को बुलाया और कान में कुछ कहा। पत्नी के चेहरे पर अचानक आई आभा का आभास लोगों को न हो सका। लोगों ने देखा कि महावीर बाबू मँझली बहू, बशीर और अपने पूरे कुनबे के साथ मोटरगाड़ी में सवार हो रहे थे। बंदूक के साथ स्टेयरिंग सीट पर बैठे उनके तमतमाए चेहरे किसी अनहोनी की आशंका जता रहे थे। बातें बड़ी तेजी से पसरती चली गईं…।

उधर नमाज खत्म हुई और लोगों का मिलना-जुलना शुरू हुआ। बरकत हुसैन साहब बोझिल कदमों अपने दौलतखाने को रुखसत हुए। जानते थे, बीवी गमगीन ही होगी। मुद्दत हुए, उसने आँखों में कभी सूरमा नहीं डाला। नहीं-नहीं, कम-से-कम आज तो उसे नए कपड़े पहन लेने चाहिए। थोड़ी देर में पूरा मोहल्ला मिलने आएगा। लोग क्या सोचेंगे?

जब बरकत हुसैन साहब ने अपने घर के बाहर महतो टोली और बबुआन गाँव के सैकड़ों लोगों को देखा तो अजीब कैफियत होने लगी। क्या ये लोग ईद मिलने आए हैं? नहीं-नहीं, जरूर कोई गड़बड़ है। हिम्मत की और दरवाजे पर आए। सामने जो देखा तो आँखें फटी-की-फटी रह गईं। मूँछों पर ताव देते, हाथ में दुनाली लिये महावीर बाबू विराजमान थे। बलात् बलवे की आशंका से जिस्म के मसामों ने पानी छोड़ दिया। लेकिन थे अखाड़े के नामी उस्ताद, सो हर दाँव-पेच से बखूबी वाकिफ थे। आगे बढ़े और बोले, "क्यों महावीर, बुढ़ापे की दहलीज पर कदम रखे दुनाली घुमा रहे हो? काँपती उँगलियों से ट्रिगर नहीं दबते!" महावीर बाबू ने एक बार फिर मूँछों पर ताव दिया और बोले, "बरकत, इस मुगालते में न रहना। अभी बहुत जान बाकी है इन उँगलियों में। कहो तो दिखा दूँ?" ऐन मौके पर हुसैन साहब की बीवी ने महावीर बाबू के सामने पानी का गिलास रखा। "भाईसाहब, पानी पीजिए।" "नहीं भावज, पहले इस नामुराद को समझाइए, आज अगर बहैसियत बेटी का बाप न आया होता तो दुनाली खाली कर देता इसके सीने में।" इत्ते में महावीर बाबू की धर्मपत्नी बाहर आई और बोली, "अब चुप भी रहोगे! रस्सी जल गई, लेकिन ऐंठन न गई। लो ये लिस्ट, जल्दी से सारा सामान मँगवा दो।" बरकत कुछ समझ न पाए। उधर आँगन में हलचल बढ़ती जा रही थी। माजरा समझ से परे था। मर्द समझ न पाते, लेकिन औरतों ने कानोकान सबकुछ समझ लिया, सो घरों से निकल-निकल आँगन में जमा होने लगीं। फिर आँगन में मंगलगान शुरू हो गया। यह पहला मौका था, जब मियाँजी के आँगन में महावीर बाबू की बहुएँ झूम-झूम कर संस्कार गीत गा रही थीं। मजा तो तब आने लगा,

जब मुसलिम बहुओं ने उनके सुर-में-सुर मिलाना शुरू कर दिया। गंगा-जमना का बहाव एक हो गया।

लगभग चीख ही पड़े बरकत हुसैन, "अरे कोई बताएगा, ये सब क्या चल रहा है, ये कौन सा ड्रामा हो रहा है? कुछ तो बोलो, वरना मेरा सिर फट जाएगा, मैं पागल हो जाऊँगा।" धीरे से महावीर फुसफुसाए, "पागल तो तुम पहले से ही हो, अब क्या नया पागल होना है!" "ऐ! क्या बोला?" चढ़े तेवर बरकत ने पूछा। महावीर ने चेहरे पर आई मुसकान को गायब कर गंभीरता का लबादा ओढ़ लिया। सवाल मूँछों का जो ठहरा! इत्ते में महावीर बाबू की पत्नी छोटी बच्ची लिये बाहर आई और बरकत की गोद में डाल दिया। "भावज, ये कौन है?" "पहचानिए भाईसाहब।" बरकत ने बच्ची को देखा, वह उनकी गोद में खेल रही थी। तब तक बड़ी बच्ची को लिये उनकी बीवी भी बाहर आ गई। बोली, "और इसे देखिए, पहचाना आपने?" "ये क्या पहचानेगा भावज, बूढ़ा सठिया गया है।" महावीर ने चुटकी ली। तीन तरफा मार ने बरकत के सोचने की रफ्तार बढ़ा दी। रही-सही कसर महावीर की बहुओं ने पूरी कर दी, जब दुलहन के जोड़े में मँझली बहू को ला खड़ा कर दिया। हाथ जोड़ महावीर की पत्नी बोली, "भाईसाहब, आज ईद है। अपनी मँझली बहू को ईदी न देंगे?" बरकत ने चाँद-सी दुलहन को देखा, उसकी आँखें झुकी थीं। झुकी आँखें बरसे जा रही थीं, रुकने का नाम ही नहीं लेतीं। धीरे-धीरे धुंध के बादल छँटने लगे। बरकत उठे, बच्ची को महावीर की गोद में डाला। बहू को भर नजर देखा और लगभग चीखते से बोले, "कहाँ है बशीर?" अनहोनी की आशंका ने नीरव सन्नाटा ला दिया। "मैं पूछता हूँ, कहाँ है बशीर?" चीख बढ़ती गई। महावीर की पत्नी अंदर गई और बशीर को ला खड़ा किया। बशीर नजरें झुकाए खामोश खड़ा था। अंग-अंग काँप रहे थे। अंजाम का आगाज हो चुका था।

तड़ाक, तड़ाक, तड़ाक···लगातार तीन थप्पड़! लोगों की साँसें रुक गईं। वही हुआ, जिसका डर था। लेकिन यह क्या? बरकत ने आगे बढ़ बेटे को गले लगा लिया और बुक्का फाड़ लगे रोने। आज सब्र के सारे बाँध टूट गए। बशीर को अब्बू का कंधा एक अरसे बाद मिला था, सो सिसकी बँधी तो सिसकते ही रहे। बाप-बेटे क्या, सब रो रहे थे। आँसुओं के सैलाब ने मजहबी दीवारों को धराशायी कर दिया। बड़ी मुश्किल से बाप-बेटे चुप हो पाए। बरकत ने महावीर की पत्नी की तरफ देखकर कहा, "भावज, कह दो इस शैतान से, अब ये कभी मुझे छोड़कर न जाए। अगरचे गया तो मैं इसे गोली मार दूँगा।" सामने पड़ी बंदूक की तरफ इशारा किया। देखा, बंदूक जस-की-तस पड़ी थी, लेकिन महावीर नहीं थे वहाँ। कहाँ गए

महावीर··· ? बरकत ने आगे बढ़कर देखा कि महावीर मोटर स्टार्ट कर रहे थे। छलाँग लगा दी बरकत ने, महावीर को पकड़ लिया, गले लगाया और फिर बरसते हुए बोले, "बड़ी अच्छी ईदी दी तूने। बुढ़ापे में क्या जबरदस्त पटकनी दी यार! ताउम्र तेरा तोहफा याद रखूँगा।" महावीर ने घूमकर आँसुओं को नाहक छुपाने की कोशिश की, लेकिन छूपा न सके।

लोगों ने देखा कि सालों पुरानी नफरत की दीवारों ने दरकना शुरू कर दिया और सच तो ये है कि दरकती दीवारें ठहरती कहाँ हैं? लम्हे न लगे, वो धराशायी हो गईं।

मोटर पर पूरा कुनबा सवार हो रहा था। महावीर बाबू की छोटी बहू ने अपने लाड़ले देवर को धीरे से चिकोटी काटी और घूँघट से फुसफुसाई, "देख लिया न देवरजी, भाग-भूग के शादी करने का अंजाम! सुना है, वो बेलापुरवाली से तेरे नैन-मटक्के कुछ ज्यादा ही चल रहे हैं। फिर सोच लेना!" बेचारा देवर मारे शर्म के पानी-पानी हो गया। मोटरगाड़ी ने बढ़ना शुरू कर दिया। छोटी बहू अब भी घूँघट में हँसे जा रही थी।

□

दरिंदा है तू!

साँझ होते-होते आसमान काले बादलों से घिर आया। मूसलाधार बारिश का रुख देख शहर की सड़कें खाली होने लगीं। लाइट अभी जल रही थी, लिहाजा इक्का-दुक्का लोग भी चल रहे थे। टिटोरियल क्लास से निकल अलका आज तेज भागी जा रही थी। आखिरी बस निकल गई तो मुसीबत खड़ी हो जाएगी। बेचैनी बढ़ने लगी। तभी बूँदा-बाँदी शुरू हो गई और तेज हवा उठी। अलका ने रफ्तार दूनी कर दी। अचानक लाइट चली गई। बस-स्टॉप अभी दूर था। बारिश तेज हो गई, लेकिन उसने रुकना मुनासिब न समझा। जानती थी कि विलंब हुई तो विधवा माँ की धड़कन बढ़ जाएगी। तीन मील पैदल चल मानपुर मोड़ पर खड़ी होगी। जब तक बेटी न आ जाए, गुजरनेवाली हर गाड़ी की राह ताकती है। बेटी को बस से उतरती देख चेहरा खिल जाता है। दिन भर की थकान चली जाती है। भूल जाती है कि काँपती काया सगरे दिन सिलाई मशीन पर कितने कपड़े सिए हैं! जब सूई का धागा टूट जाता है तो बड़ी परेशानी होती है। मुद्दत हुए, चश्मे का पावर न बदला। उधर भाई घर में ऊधम मचाए रहता है। बाहर सयानी बेटी और घर में बावले भाई की दोहरी चिंता माँ को घुन की तरह खाए जाती है। लेकिन हिम्मत हर मर्ज की मुफीद दवा है, सो जिंदगी में जद्दोजहद जारी थी। उसका भी फाइनल ईयर चल रहा था। इस बार पास-आउट हो जाए तो बी.एड. में दाखिला ले ले। दो ही साल की बात है, डिग्री मिलते ही किसी स्कूल में लग गई तो माँ को कितना आराम मिलेगा! फिर छोटे भाई को बड़े मानसिक आरोग्यशाला में भरती कराएगी। अभी उमर ही क्या है बेचारे की! अलका चलती रही, सपने साथ चलते रहे। सामने बस-स्टॉप देख जान-में-जान आई। सोचा कि दादी होगी तो एक कप चाय पिएगी। यहाँ दादी की दुकान मशहूर थी। अदरक-इलायची डाल अच्छी चाय बनाती थी। साथ में उसकी पोती भी मदद करती। सात साल की

बच्ची बिन माँगे चाय लेकर दौड़ जाती। इतना प्यारा बोलती कि न चाहते हुए भी चाय पीनी पड़ती। संयोग से आज कोई न था। दुकान खाली पड़ी थी। अँधेरा गहराने लगा था। अलका बुरी तरह भीग गई थी। पर्स से मोबाइल निकाल समय का अंदाजा लगाई, बस अभी गई न थी। दुपट्टा उतार पानी निचोड़ा, फिर चेहरा साफ किया। तभी सड़क पर दो चूहे चलते नजर आए। शायद इनके बिल में पानी भर गया था, सो बसेरे की तलाश में इधर-उधर भटक रहे थे। मन में बाल-सुलभ कौतूहल जागा और मोबाइल से वीडियो बनाने लगी। सोचा, भाई को दिखाएगी, वह कितना खुश होगा! चूहे जिधर जाते, उधर घूम वीडियो बनाती जाती। अचानक कैमरे के स्क्रीन पर कुछ चेहरे चमके। ये तीन लड़के थे, जो बुलेट मोटरसाइकिल से आए और खच्च से ब्रेक मारे। अलका ने मोबाइल ऑफ किया और पर्स में डाल लिया। लड़के एक साथ उतरे। अलका दूसरी तरफ देखने लगी। हलकी दाढ़ीवाला लड़का उसके शरीर का एक्स-रे करता बोला, "कहाँ जाना है?" वह कुछ न बोली। फिर वह और सामने आया और इस बार मुसकराकर कहा, "मैंने आप ही से पूछा है, कहाँ जाना है?" फिर दो लड़के उसके आजू-बाजू हो गए। अलका धीरे से बोली, "जी, मैं मानपुर जाऊँगी। बस का इंतजार कर रही हूँ।" उनमें से एक ठिगना-मोटा सामने आया और बोला, "बस तो अब जाने से रही। इस आफत में भला कौन पैसेंजर जाएगा? आप कहें तो हम आपको मानपुर छोड़ दें। हमें उधर ही जाना है।" तभी तीसरा भी आ गया और कुछ ज्यादा ही हमदर्दी दिखाते हुए बोला, "देखिए, युग-जमाना खराब है। आप अकेली हैं। अँधेरी रात है। ये लोग आपके भले के लिए कह रहे हैं। आपको चला जाना चाहिए।" अलका ने हिम्मत की और सिर उठाकर बोली, "नहीं भैया, आपके सहयोग के लिए शुक्रिया। वैसे बस आती ही होगी।" अलका ने गौर किया कि उन तीन जोड़ी आँखों में मदद नहीं, कुछ अजीब किस्म के कीड़े कुलबुला रहे थे। सिर झुका लिया उसने। तभी दाढ़ीवाला गुर्राया, "ऐ क्या बोली, भैया···?" ठिगना-मोटा और पास आया और अलका के कान में मुँह सटाकर बोला, "तुम नहीं जानती, ये कौन हैं? सारा शहर इनके नाम से काँपता है। लड़की के मुँह से 'भैया' सुन भड़क जाते हैं। भलाई इसी में है कि चुपचाप इनके पीछे बैठ जाओ।" अलका को लगा, किसी ने पिघला हुआ गरम सीसा कान में डाल दिया हो। सर्द हवाओं से सहमा शरीर पल भर में पसीने से नहा गया। लगा, जैसे वजूद पर किसी ने उस्तरा चला दिया। तभी तीसरा झटके से पकड़ लिया। दाढ़ीवाला मोटरसाइकिल स्टार्ट करने लगा। अलका ने चीखना चाहा, लेकिन मोटे ने थप्पड़ मार रोक दिया। ऐसा

कथा-कहानियों में कभी पढ़ा था, आज सामने था। दाढ़ीवाले ने उसे खींचकर पकड़ा और बुदबुदाया, "जानेमन, तू नहीं जानती, क्या बला है तू? हम जौहरी हैं। हम हर हीरे की कीमत लगाना जानते हैं।" फिर उसने अलका को उठाने की कोशिश की। तभी अलका जोर से चिल्लाई। एक ने मुँह दबा दिया, सो आवाज दूर तक न जा सकी। बावजूद इसके अलका ने हिम्मत नहीं हारी। खेत-खलिहान की बेटी थी। सारी ताकत लगा दी। लड़ती रही। ठिगने की आँख पर खींचकर तमाचा मारा। वह बेकाबू हो भूखे भेड़िए की तरह भिड़ गया। अलका एक से निपटती, तब तक दो नोचने लगते। धीरे-धीरे बेचारी पस्त पड़ने लगी। आज फिर एक द्रौपदी अपनी आबरू खातिर छटपटा रही थी। द्वापर हो या कलियुग, हर युग में दुःशासन अपनी आदत से बाज नहीं आते। यहाँ भी यही हुआ। वह अपने वजूद की आखिरी जंग लड़ती रही। सारी ताकत झोंक दी उसने। इधर लड़के ने भी उसे उठाने में कोई कोर-कसर न छोड़ी। इस बार तीनों ने साथ जोर लगाया। अलका हलकी पड़ गई। तभी करिश्मा-सा हुआ। अचानक लाइट आ गई। ऐन मौके पर बस की बत्ती भी चमकी। लड़के घबरा गए। नजदीक आती बस देख अलका को छोड़ मोटरसाइकिल स्टार्ट कर भाग गए। भेड़िए तो भाग गए, लेकिन जाते-जाते चेता भी गए—"अभी तो तू बच गई, लेकिन शायद आगे न बच सके।" अब अलका आजाद थी, लेकिन कलेजा लोहार की धौंकनी की तरह धक-धक कर रहा था। कपड़े जहाँ-तहाँ से फट गए थे। बगल में दुपट्टा गिरा पड़ा था। उसे किसी तरह उठाया और काँपते हाथों से बदन पर डाला। चंद मिनटों की जंग ने शरीर का सारा खून निचोड़ लिया था। चेहरा लहूलुहान हो गया था, जिससे खून रिस रहा था। सिर में भी चोट थी। बगल में पर्स पड़ा था। बस के बूढ़े कंडक्टर ने भागते भेड़ियों को देख लिया था। ड्राइवर ने तुरंत बस रोकी। बस में ज्यादा सवारी नहीं थी। जो थे, नीचे कूद पड़े। एक बूढ़ी औरत ने अलका को सँभाला और सहारा देकर बस में चढ़ाया। कंडक्टर ने बक्से से अपना कंबल निकाल अलका को ओढ़ाते हुए कहा, "माफ करना बेटी, टायर पंचर हो जाने के कारण विलंब हुआ। तुझे कुछ कहने की जरूरत नहीं। मालिक का लाख-लाख शुक्रिया कि उसने तेरी हिफाजत की।" फिर उसने ड्राइवर को इशारा किया। उसने बिना देर किए बस बढ़ा दी।

बस जब मानपुर मोड़ पहुँची तो माँ छाता लगाए खड़ी थी। बेटी का हाल देखी तो लगा, धरती घूम गई और आसमान भहराकर गिर पड़ा। बूढ़ी औरत और बूढ़े कंडक्टर ने दोनों को सँभाला। उस रात दो काँपती काया बड़ी मुश्किल से गाँव पहुँचीं। लगा, तीन मील की दूरी तेरह कोस में तब्दील हो गई हो।

रात गहराने लगी। अलका माँ की गोद में बदहवास पड़ी थी। खुद से बात करनेवाला छोटा भाई भी आज खामोश था और समझने की कोशिश कर रहा था कि बहन के साथ हुआ क्या है ? बार-बार दरवाजे पर आता और झाँककर वापस चला जाता। माँ बेटी को ढाढ़स बँधाती रही। अलका सिसकती रही। इसी बीच छोटा भाई आकर अलका के बगल में बैठ गया। अलका ने भाई को देखा तो जोर से पकड़ लिया और फूट-फूटकर रो पड़ी। बहन के साथ हुए हादसे को छोटा समझ न सका, सो संज्ञा शून्य-सा ताकता रहा। अलका बिलखते हुए बोली, "भाई, अब कॉलेज··· !" उधर बारिश ने फिर से रफ्तार पकड़ लिया। दूर कहीं कुत्तों व सियारों ने रोना शुरू कर दिया। मनहूस रात आज लंबी तन गई !

फिर वही टिटोरियल क्लास लगी। सप्ताह बाद लगी इस क्लास में सभी सेक्शन के लड़के-लड़कियाँ मिल जाते थे। लता, शीला, पारुल और शांभवी सहेलियाँ थीं। घंटे भर की कक्षा में दर्जनों सवाल पूछनेवाली अलका आज कहीं दिख न रही थी। सबकी नजरें उसे ही ढूँढ़ रही थीं। मन किसी का नहीं लग रहा था। जैसे-तैसे कक्षा समाप्त हुई। बाहर लॉन में लता ने अलका का नंबर लगाया। मोबाइल बंद था। सभी लौट गए। फिर दूसरी, तीसरी टिटोरियल क्लास में भी वह अनुपस्थित रही। उम्मीद थी कि आखिरी टिटोरियल में तो जरूर आएगी। आते ही लता के नोट्स पर झपट्टा मारेगी और कहीं बरामदे में बैठ जल्दी-जल्दी कॉपी करने लगेगी। लेकिन उम्मीद के विपरीत अलका उस दिन भी न आई। ऐसे ही दो सप्ताह गुजर गए। अब शंका गहरी जड़ें जमाने लगी। महज तीन महीने बाद फाइनल एक्जाम था। अलका की लगातार अनुपस्थिति पारुल को ज्यादा ही परेशान कर रही थी। अपनी सारी बातें पारुल से साझा करनेवाली अलका की चुप्पी बड़ी मायने रखती थी। सो दूसरे दिन सभी सहेलियों ने मानपुर जाने का मन बनाया।

मानपुर पहुँचते-पहुँचते बारह बज गए। अलका को लेकर बेचैनी बढ़ती जा रही थी। लगभग भागते-भागते चारों अलका के घर पहुँचीं। राह में बकरी चराते बच्चों ने घर का रुख बता दिया था। हुलिया देखा, गरीबी चीख-चीखकर सबकुछ बयाँ कर रही थी। खँडहर बने घर के छप्पर गायब थे। उनकी जगह टिन व प्लास्टिक ने ले रखी थी। अंदर से सिलाई मशीन चलने की आवाज आ रही थी। बाहर बावला भाई बैठा था और अचानक से आ गई लड़कियों को देख कयास लगाने की कोशिश कर रहा था। लेकिन बात समझ से परे थी। पारुल ने उसी से पूछा, "भैया, हम अलका की सहेलियाँ हैं। उससे मिलने आए हैं। वो कहाँ है ?" तभी सिलाई मशीन चलने की आवाज बंद हुई और एक बूढ़ी औरत बाहर आई। आते ही बोली, "बेटी, आपमें

कोई पारुल भी है क्या?" "जी, मैं पारुल हूँ!" अपना नाम सुन चौंक गई पारुल। "लेकिन आप मेरा नाम कैसे जानती हैं?" उत्सुकता से पारुल से पूछा। "अलका ने ही बताया था।" बूढ़ी औरत आँचल से चश्मा साफ करते हुए बोली। अब पारुल से रहा न गया। एक साथ कई सवाल कर दिए, "लेकिन अलका है कहाँ? इतने दिन से कॉलेज क्यों नहीं गई? उसकी तबीयत तो ठीक है?" फिर साथ आई लड़कियों का परिचय कराया, "ये लता है, ये शीला और ये शांभवी। हम सभी सहेलियाँ हैं। जब अलका का अता-पता न चला तो ढूँढ़ते हुए यहाँ आना पड़ा।"

"शायद आप अलका की माँ हैं!" पारुल ने जिज्ञासा जाहिर की। "सही पहचाना बेटी, मैं ही उसकी माँ हूँ। मुझे विश्वास था, कभी-न-कभी तुम लोग जरूर आओगे। चलो, अलका से मिलाती हूँ।"

अंदर अँधेरा छाया हुआ था। माँ खिड़की खोली तो दिन का आभास हुआ। सामने खाट पर बेटी चादर ओढ़े सोई थी। चेहरे से चादर हटते ही लड़कियों की चीख निकल गई। गाल पर जख्म के निशान साफ नजर आ रहे थे। उन पर पीला-सा कोई लेप लगा था। शरीर सूखकर काँटा हो गया था। पहचान में न आ रही थी। माँ ने इशारे से चुप रहने का संकेत किया और सबको लेकर बाहर आई। बोली, "अलका को नींद की दवा दी गई है। पूरी रात बावली-सी बकती रहती है। छोटा भाई तो पहले से बावला बैठा था, अब यह भी···!" माँ खुद को रोक न सकी और सिसक-सिसककर रोने लगी। फिर उसने बेटी के साथ हुई घटना को बताना शुरू किया, 'कैसे अलका का टिटोरियल क्लास से निकलना, बाहर बारिश का रफ्तार पकड़ना, लाइट का चले जाना, भागकर बस-स्टॉप आना। फिर बदनसीब बेटी पर दरिंदों का वहशियाना हमला और···और···!' आवाज लरजने लगी माँ की, "अगर ऐन मौके पर बस न आई होती तो···?" फिर वह बुक्का फाड़ रो पड़ी। पारुल को लगा, पाँव तले जमीन साबुत न बची हो। लता व शांभवी बिलख-बिलखकर रो पड़ीं। माँ ने कहना जारी रखा, "बेटी सदमे से बाहर नहीं निकल पाई है। बड़ा मानसिक आघात लगा है। बाहर का उजाला काटने दौड़ता है। अँधेरे में आफियत रहती है। मुझे तो लगता है, शायद अब वह बाहर न निकल सके।" तभी अलका की नींद खुली और उसने पानी माँगा। माँ अंदर गई, पीछे सारी लड़कियाँ भागीं। अचानक अलका की नजर पारुल व सहेलियों पर पड़ी। देखते ही सुबक-सुबककर रो पड़ी। हिचकियाँ बँध गईं। सबकी आँखें गंगा-जमना हो गईं। गाल पर नासूर बने जख्मों को दिखाती अलका बोली, "देख पारुल, यहीं उस दाढ़ीवाले दरिंदे ने दाँत गड़ाया था।" पारुल ने हाथ से छूकर देखा। सचमुच उस दरिंदे ने कभी न मिटनेवाला बदनुमा दाग दे दिया

था। एक ऐसा दाग, जिसे देख-देखकर औरत सारी जिंदगी मर्द जाति को कोसती रहे। सदमे से तो वह देर-सवेर निकल जाएगी, लेकिन जब कभी आईने में खुद को निहारेगी तो अतीत गालिब होता रहेगा। माँ ने बड़ी मुश्किल से सबको चुप कराया। पारुल शिकायती लहजे में बोली, "माँ, अलका के साथ इतना बड़ा हादसा हो गया और आपने हमें खबर तक न की ?" "कैसे करती बेटी, तुम्हारे कॉन्टैक्ट नंबर्स तो अलका के मोबाइल में थे, जो पानी में भीग जाने से बंद पड़ा है।" अब शांभवी के तेवर बदलने लगे, "लेकिन हम चुप न बैठेंगे। हमारी आवाज दूर तक जाएगी। उन दरिंदों को पकड़वाने के लिए हम हरसंभव कोशिश करेंगे। पुलिस है, कोर्ट है, कानून है ! कहाँ जाएँगे हरामजादे ?" फिर लता बोली, "अलका, जब तेरे हाथ में मोबाइल था तो तूने उन दरिंदों की तसवीरें क्यों न ले लीं ?" अब अलका के चेहरे के भाव बदलने लगे। मुट्ठियाँ भिंच गईं। बोली, "माँ, जरा मेरा मोबाइल तो देना।" वह फौरन उठी और ताक से मोबाइल लाकर बेटी को दिया। अलका ने कहना जारी रखा, "मैं जब बस-स्टॉप पहुँची तो वहाँ कोई न था। दुपट्टा निचोड़कर चेहरा साफ किया। तभी सड़क पर दो चूहे चलते नजर आए। बारिश का पानी उनके बिल में घुस गया था, सो बसेरे की तलाश में इधर-उधर भटक रहे थे। मुझे बाल-सुलभ कौतूहल जगा और मोबाइल से उनका वीडियो बनाने लगी। तभी वो तीन लड़के मोटरसाइकिल से आए और मैंने मोबाइल बंद कर पर्स में डाल लिया। शायद उनकी तसवीरें हो सकती हैं इसमें।" लता ने उछलकर अलका से मोबाइल लिया और उसका स्विच ऑन किया। लेकिन मोबाइल न खुला। पारुल बोली, "इसकी बैटरी बदलकर देखते हैं।" उसने अपने मोबाइल की बैटरी निकाली और उसमें डाली। मोबाइल खुल गया और खुलने के साथ ही वह वीडियो क्लिप भी मिल गया। सबने देखा—सड़क पर चूहे चलते नजर आ रहे थे। फिर वह दृश्य भी उभरने लगा—बुलेट मोटरसाइकिल पर सवार उन तीन दरिंदों का आना और बस-स्टॉप के पास खच से ब्रेक मारना··· ! दो-तीन बार डिस्प्ले किए जाते ही सबकुछ दिख गया। लता चिल्लाई, "मिल गए, वहशी दरिंदे मिल गए! अब कानून के हाथ इन तक आसानी से पहुँच जाएँगे।" सबने देखा कि पारुल के चेहरे पर पसीने की नन्ही-नन्ही बूँदें उभर आई थीं। वह दौड़कर रसोईघर में गई और कई गिलास पानी गटागट पी गई। वापस आई तो काफी परेशान लग रही थी। धीरे से बोली, "माँ, बहुत जल्द ये भेड़िए कानून की सलाखों के पीछे होंगे।" फिर वह जल्दी-जल्दी वीडियो क्लिप अपने मोबाइल में ट्रांसफर की। तय हुआ कि कल एफ.आई.आर. दरज करा दी जाए। माँ के लाख हाथ जोड़ने के बावजूद लड़कियाँ न मानीं और दूसरे दिन अलका के साथ शहर आने के लिए

उन्हें राजी कर ही लिया। फिर तीनों साँझ होने से पहले मानपुर से निकल गईं। रास्ते में पारुल कुछ ज्यादा ही परेशान दिख रही थी…!

तय कार्यक्रम के अनुसार दूसरे दिन एफ.आई.आर. दरज करा दी गई। थानेदार ने हौसला बढ़ाते हुए कहा, "बेटी, हालात से हार घर बैठ जाने से कुछ नहीं होता। जीवन संघर्ष का दूसरा नाम है। तुम्हें लड़ना ही होगा, खैर! कोई बात नहीं, पुलिस तुम्हारे साथ है। चलो, तुम्हारा इंजुरी रिपोर्ट करा लेते हैं। फिर तुम्हें घर छोड़ देंगे।" अलका थानेदार के साथ इंजुरी रिपोर्ट कराने चली गई। उधर लौटते समय लता ने स्टूडेंट यूनियन में बात रखने और मशाल जुलूस निकालने की सलाह दी। पारुल ने सिरे से खारिज करते हुए कहा, "इतनी जल्दबाजी की जरूरत क्या है? हम धैर्य रखें और पुलिस को अपना काम करने दें। सबसे बड़ा सबूत तो वह वीडियो क्लिप है। बस कंडक्टर और ड्राइवर भी गवाही देंगे।"

अलका मानपुर लौटी तो लगा कि सिर हलका हुआ जा रहा है। लता और शांभवी ने उसकी लड़ाई को अपने सिर-माथे ले लिया था। कमान पारुल सँभाल रही थी। वह न होती तो शायद जिंदगी की टिमटिमाती लौ अँधेरे के आगोश में समा जाती। जीने का हौसला धराशायी होकर रह जाता। आज उसे नींद की दवा न लेनी पड़ी। माँ ने हलका सा सिर क्या सहलाया, गहरी नींद में सो गई। मइया को बहुत सुकून मिला। बावला भाई भी आज सामान्य रहा।

सुबह हुई। लोग अखबार लिये जागे। कवर पेज पर अलका की खबर छपी थी, जिसमें उसके चेहरे को धुँधला कर दरिंदों का स्केच भी था। पढ़कर शहर एक बार फिर शर्मसार हो गया। माँएँ बेटियों को साँझ होने से पहले घर आने की ताकीद करने लगीं। उन पिताओं की पेशानी पसीने से नहा गई, जिनकी लड़कियाँ कोचिंग क्लासेज से अकसर लेट लौटती थीं। चौक-चौराहे पर चर्चा सरेआम हो गई—"कौन है वह वहशी दरिंदों का दस्ता, जो सरेराह बेटियों को बेआबरू कर रहा है?" इधर अपराधी पुलिस की पकड़ से बाहर थे। ऐसे ही दो हफ्ते गुजर गए। आक्रोश की आग सुलगने लगी, जो कभी भी भयानक रूप ले सकती थी। वैसे पुलिस अपने स्तर पर रात-दिन एक की हुई थी। पारुल के लाख मना करने के बावजूद स्टूडेंट यूनियन ने धरना-प्रदर्शन का मन बना ही लिया। अगले संडे की शाम कैंडिल मार्च का प्लान बन गया। वह शुक्रवार की स्याह शाम थी, जब पारुल बोझिल कदम वापस लौट रही थी।

परमेश्वर बाबू को गुजरे सात साल हो चुके थे। ढाई दशक सरकारी सेवा में रहे। हमेशा ईमानदारी के लिए जाने जाते रहे। जब जिंदा थे तो समाज में साख व

मोहल्ले में धाक सबकुछ थी। पारुल बड़ी बेटी थी। पिंटू महज दो साल छोटा था। माँ को मिलनेवाली पेंशन पर परिवार पल रहा था। पारुल जहाँ पाई-पाई पहचान कर चलती, वहीं पिंटू पाँच नंबरी यार-दोस्तों में न्योछावर करने में शान समझता। माँ मन मसोसकर रह जाती। नतीजा, इंटर फेल हुआ और अब तीन साल से कोई काम नहीं करता। पारुल देख रही थी, भाई पिछले पंद्रह दिनों से घर से बाहर न जा रहा है। सुबह-सवेरे निकलकर देर रात लौटनेवाले पिंटू के स्वभाव में आए परिवर्तन का कारण माँ भी न समझ पा रही थी। उस रात जब माँ ने खाना लगाया तो बोला, "मम्मी, मुझे कुछ रुपए दे दो। काम की तलाश में कानपुर जाना चाहता हूँ। आखिर, कब तक घर बैठा रहूँगा?" साथ खा रही पारुल ने गौर किया, पिंटू कुछ ज्यादा ही परेशान था। माँ ने कहा, "ये तो मैं पहले से कह रही हूँ, तुझे कुछ कर लेना चाहिए। और नहीं तो कोई धंधा ही शुरू कर लेता। छोटी पूँजी से यहीं कोई दुकान खोल लो।" लेकिन पिंटू कानपुर जाने की जिद पर अड़ा रहा और माँ को उसकी बात माननी पड़ी। दूसरे ही दिन कानपुर निकलने का ऐलान कर दिया। पारुल चुपचाप उठी और अपने कमरे में चली गई। रात गहराने लगी।

रात के बारह बज रहे थे। माँ अपने कमरे में सो रही थी। पिंटू अपने कमरे में था। अंदर जल रही लाइट बता रही थी कि वह अभी तक सोया नहीं था। तभी किसी ने दरवाजा खटखटाया। पारुल ने खिड़की से झाँका, बाहर कोई ठिगने कद का लड़का खड़ा था। पिंटू ने झट से दरवाजा खोला और उसे अंदर लाया। आते ही अपने कमरे की सिटकनी चढ़ाई और दोनों बात करने लगे। पारुल उठी और दरवाजे से कान लगा सुनने लगी। आगंतुक कह रहा था, "यार, हम बुरे फँस चुके हैं। पुलिस की गिरफ्त में कभी भी आ सकते हैं। मोबाइल से बात करना खतरनाक था, सो छिपते-छिपते आया। इससे पहले कि पकड़े जाएँ, हमें यह शहर छोड़ देना चाहिए। और सुन, अपनी दाढ़ी बना ले। लुक बदल जाएगा तो झटके से पहचान में न आओगे। उस लड़की के मोबाइल में हमारे फोटो हैं, जो पुलिस के हाथ लग चुके हैं।" नाटा बोल रहा था कि बस कंडक्टर और ड्राइवर ने भी हमारा हुलिया बता दिया है। देखो, अब निकलता हूँ। और थोड़ी देर में वह लंबे-लंबे डग भरता अँधेरे में गायब हो गया। पारुल पल भर में पसीने से नहा गई। चेहरा तमतमाया और आँखों में लावा उतर आया। गटागट कई गिलास पानी पी गई। फिर साँसों को सामान्य किया और अपने कमरे की ओर बढ़ गई।

अब अगल-बगल दो कमरों की लाइट जल रही थी। एक में पिंटू जल्दी-जल्दी शेविंग कर रहा था। दूसरे में पारुल अपने कपड़े बदल रही थी। करीने से

साड़ी पहन जब मैचिंग ब्लॉउज डाला तो स्त्री का संपूर्ण स्वरूप निखर आया। सज-सँवर के खुद को आईने में देखा तो होंठों पर राजदाराना मुसकराहट तैर गई। फिर आँखों में काजल डाला और कमरे की लाइट ऑफ कर बाहर निकल गई।

जल्दी-जल्दी शेविंग करने से कई जगह कट लग गए। दाढ़ी से रिसते खून ने पिंटू को परेशान कर दिया। लोशन की तलाश में बरामदे पर गया। लोशन तो न मिला, अलबत्ता बाहर से आती एक लड़की नजर आई। पिंटू को भय-सा लगा। लड़की जब सामने आई तो झटका-सा लगा। ये पारुल थी। लेकिन दुलहन-सी सजी ये कहाँ से आ रही है? क्या ये आधी रात तक बाहर थी? बहन कहीं··· ! सौ सवाल मगजमारी करने लगे। इतना बड़ा धोखा? लगा, पैरों तले जमीन खिसक गई! मुट्ठियाँ भिंच गईं। तब तक पारुल बरामदे में आ गई और बिना खौफ कमरे की तरफ बढ़ी। पिंटू की आँखों में खून उतर आया। डाँटते हुए पूछा, "इतनी रात को कहाँ से आ रही हो?" पारुल मुसकराई और अपने कमरे की ओर जाने लगी। लगभग चीखते हुए पिंटू सामने आया, "मैं पूछता हूँ, आधी रात को कहाँ गई थी? सच-सच बता दे वरना··· !" "वरना क्या कर लोगे?" पारुल ने उसी तल्ख लहजे में दोहराया। "मैं तेरा खून पी जाऊँगा!" पिंटू फिर चीखा और बहन का हाथ पकड़ जाने से रोक दिया। "हाथ छोड़ो, मैं कहती हूँ, मेरा हाथ छोड़ो, वरना मैं तेरा गला दबा दूँगी। क्या तुम बता सकते हो, शेर-बब्बर बन मूँछें ऐंठनेवाले को आधी रात में शेविंग की नौबत क्यों आई? और घंटे भर पहले तुम्हारे कमरे में कौन था? इसके पहले कि माँ सहित पूरा मोहल्ला जाग जाए, तुम होश में रहो।" फिर वह झटके से हाथ छुड़ा अपने कमरे में दाखिल हो गई। पिंटू को लगा, लकवा मार गया। दिन में जब आँखों के आगे अँधेरा छाता है तो कुछ दिखाई नहीं देता है, यहाँ तो अँधेरे में अँधेरा छा गया था। शरीर पर सैकड़ों चींटियाँ साथ रेंगती नजर आईं। हलक सूख गया। लम्हा पहले अकड़नेवाली जुबान ऐंठकर बैठ गई। जब कुछ न सूझा तो बहन के कमरे में गया और धड़ाम से गिर गया। अंदर पारुल कपड़े बदल रही थी। पिंटू को देखा तो चीख पड़ी, "रे वहशी शैतान, तुझे तनिक भी तमीज नहीं कि बड़ी बहन कपड़े बदल रही है और तू बिना पूछे अंदर आ गया? औरत के शरीर में आखिर देखना क्या चाहता है तू? कह तो तेरे सामने वस्त्रविहीन हो जाऊँ? या तू ही अपने नापाक हाथों से मेरे कपड़े तार-तार कर दे। थू···थू··· ! अब तो इसकी आदत पड़ चुकी है तेरी!" आँखों पर हाथ रख लिये पिंटू ने। रोते हुए बोला, "ना दीदी, ना! मैं तो सिर्फ ये कहने आया था कि··· !" आगे आवाज गले में अटककर रह गई। "दूर हो जा मेरी नजरों से! इसके पहले कि एक औरत रणचंडी का रूप ले भस्म कर

दे, दफा हो जा मेरी नजरों से!" ऐसा लगा, पारुल पर कोई दैवीय शक्ति सवार हो गई हो! पिंटू धरती में गड़ गया। बहन का लहजा और सख्त होता गया, "रे कुल कलंकी, अपनी बहन को थोड़ी देर के लिए बाहर देख कितना नागवार गुजरा तुझे, वह भी, जो सिर्फ एक दिखावा था। ऐसी ही न हर भाई पर गुजरती होगी, जिसकी बहन की आबरू पर तेरे जैसे कमीने डाका डालते हैं! खैर, वह भाई बेचारा तो आज तक न समझ पाया कि उसकी बहन के साथ हुआ क्या है? और, क्यों उसकी बहन चेहरे पर लेप लगा चलती है?" संज्ञा-शून्य बने पिंटू को झटका लगा। हिम्मत कर बोला, "किस भाई की बात कर रही हो तुम?" मानसिक विकलांग बावले भाई का अक्स आँखों में उतरते ही रुलाई फूट पड़ी। बोली, "मुझसे पूछता है? तो सुन, अलका का छोटा भाई है वह। वही अलका, जिसकी इज्जत की धज्जियाँ बस-स्टॉप पर तूने और तेरे दोस्तों ने उड़ाई थी। जो हाथ जोड़ तुझसे और तेरे दोस्तों से आबरू की भीख माँगती रही। तुम तो उसके मुख से 'भाई' सुन भड़क गए थे न! कैसे एक असहाय औरत के अंगों पर अत्याचार किया तूने? रे अभागे, तनिक सोच! औरत के जिन अंगों को चोटिल किया तूने, वह उस औरत के शरीर में ईश्वर का दिया हुआ वरदान है। जिसे अमानत मान वह हिफाजत से सँभालती है, ताकि अपनी कोख से जन्म लेनेवाली औलाद को बतौर खुराक सौंप सके। मैं, तू या ये सारी सृष्टि उसी खुराक से परवरिश पाए हैं। सिर्फ ऊपरवाला जानता है कि उसे बेटी के शरीर से संसार का सिलसिला कायम रखना है, सो महान् रचयिता शरीर में सालों पहले आनेवाली नस्लों के लिए खुराक पैदा कर देता है। जिस घड़ी वह औरत माँ बनने का परम सुख पाती है, उसके चंद घंटे बाद ही उसके शरीर से दूध के सोते फूट जाते हैं। ओफ···जो आनेवाली पीढ़ी की खुराक थी, उसे चोटिल कर तूने परमेश्वर की रचना का अपमान किया है, वह क्षम्य नहीं है। और सुन, जिस बेटी को तूने बेआबरू किया, वह मेरी सबसे प्रिय सहेली अलका है। वो तो ईश्वर का लाख-लाख शुक्रिया कि ऐन मौके पर बस आ गई और तुम भेड़ियों को भागना पड़ा। थोड़ी देर हो जाती तो अलका जिस्म व जान दोनों से जाती। देखना चाहते हो तो मेरे मोबाइल में अपनी घिनौनी करतूत देख ले!" मात्र माह भर पहले का अतीत इतनी जल्दी वर्तमान को बिगाड़ देगा, पिंटू ने सोचा न था। उठा और बहन के पैर पड़ गया, "दीदी, मुझे माफ कर दो···!" पारुल ने पैरों को जोर का झटका दिया, "खबरदार, जो अपने नापाक हाथ से मेरे शरीर को छुआ या अपनी गंदी जुबान से मुझे दीदी कहा···! दरिंदा है तू···दरिंदा है तू···दरिंदा है तू···!" और झटके से दरवाजा बंद कर लिया।

बची हुई रात गुजरी। फिर पूरा दिन गुजर गया। पिंटू का कहीं अता-पता न था। बिन बताए तीन-तीन दिन गायब रहनेवाली उसकी आदत से सभी वाकिफ थे, सो किसी ने खोज-खबर न ली। लगी रात भी निकल गई। और, और···अगली सुबह अखबारों के मुखपृष्ठ पर सनसनीखेज समाचार छपा—'बेटियों को बेआबरू करनेवाला दस्ता आखिर पुलिस की गिरफ्त में आ ही गया···! पहले दस्ता-सरगने ने सरेंडर किया, फिर उसी की निशानदेही पर दो अन्य साथी भी पकड़े गए। तो क्या इसे पुलिस की कामयाबी मानें, स्टूडेंट यूनियन की बढ़ती दबिश···या सरगने का हृदय परिवर्तन···! फिलवक्त कुछ भी कहना जल्दबाजी होगी।' खैर, कारण चाहे जो भी हो, शहर तो शांत हो गया! पारुल अभी सोई हुई थी। तभी मोबाइल बजा, "हैलो, मैं लता बोल रही हूँ। अखबार देखो पारुल, हम कामयाब हो गए। गुंडों को सलाखों के पीछे भिजवा ही दिया।" फोन अभी रख ही रही थी कि शांभवी का नंबर उभरा। उसने सारा क्रेडिट स्टूडेंट यूनियन को दिया। बेटे की घिनौनी करतूत देख माँ को मूर्च्छा आ गई। बड़ी मुश्किल से पारुल ने सँभाला उन्हें। फिर गई शाम अलका का फोन आया, "पारुल, किन शब्दों में तेरे अहसान का शुक्रिया करूँ? माँ कह रही थी कि पिछले जन्म में तू मेरा बड़ा भाई रही होगी! इसलिए इस जन्म में ऐसा नेह-नाता निभाया। आज से मैं तुझे दीदी ही कहूँगी। तुझे कोई एतराज तो नहीं दीदी?" पारुल की आँखें भर आईं। बोली, "हाँ, ये आवाज मुझे बहुत प्यारी है। वो नहीं, तू ही सही। कोई तो दीदी पुकारे।" अलका ने टोका, "तू किसकी बात कर रही है?" बात का रुख पलटती पारुल बोली, "री पगली, थर्ड पेज पर कुछ देखा?" अलका चौंकी, "क्या है थर्ड पेज पर? अपने एक्जाम का शेड्यूल आ गया है।" फोन रखती पारुल बोली और माँ के कमरे की तरफ बढ़ गई···!

□

दादरवाली दीदी

"कान खोलकर सुन ले शहनाज, दुनिया की कोई भी ताकत तुझे इस कोठे से बाहर नहीं ले जा सकती। अगर किसी मरदूद ने ऐसी कोशिश करने की जुरअत भी की तो उसकी तड़पती हुई लाश इस कोठे के पहले जीने पर मिलेगी।" आँखों में आँसू लिये शहनाज बोली, "आखिर तुम चाहते क्या हो, क्यों मेरी जिंदगी को जहन्नुम बना रहे हो?" तभी जोर का ठहाका लगा, "हा, हा, हा···ये मत भूल शहनाज कि तू एक तवायफ की बेटी है और कोठे की दहलीज से बाहर की दुनिया तेरे लिए नहीं है। ले ये घुँघरू, बाँध अपने पैरों में और नाच··· नाच···नाच···!" कैस ने जैसे ही घुँघरू फेंके, वे फर्श पर बिखर गए। खौफ से शहनाज का गोरा बदन स्याह पड़ गया। थर-थर काँपने लगी और यूँ सहम गई, जैसे मासूम मेमने की माँ शेर की दहाड़ से दहल गई हो। फिर जैसे ही घुँघरू की तरफ हाथ बढ़ाया···कट हो गया। डायरेक्टर ही नहीं, सेट बॉय तक उछल पड़े। ताली बजने लगी। शॉट ओके हो गया। टेक्नीशियन 'वाह-वाह' कर उठे। अब दूसरे शॉट के लिए कैमरे का एंगल बदला जाने लगा। लाइटें ठीक की जाने लगीं। इस बीच आधे घंटे का ब्रेक हो गया। शहनाज का किरदार मशहूर अभिनेत्री प्रिया कपूर निभा रही थी। ए.डी. भागे और प्रिया को घेर लिए। तारीफों की झड़ी लग गई, "मैडम, गजब का परफॉर्मेंस दिया आपने। कितना सधा अभिनय था।" आगे डायरेक्टर ने लपक लिया, "इसलिए तो आप एक्टिंग क्वीन कही जाती हैं। पिछली पाँच फिल्मों ने बॉक्स ऑफिस पर जबरदस्त धमाल मचाया है। देखिएगा, ये फिल्म तो मील का पत्थर साबित होगी। रे, खड़ा काहे है, दौड़ो, मैडम को कोल्ड ड्रिंक दो। और हाँ, हीरो सूरज सेठी पहुँचनेवाले हैं। जैसे आएँ, सीधे मेकअप पर बैठाना।" दो सेट बॉय एक साथ भागे। कैस का किरदार कर रहा किशोर नया था, सो उधर किसी का ध्यान न गया। अलबत्ता उसने विलेन के किरदार में कोई

कोताही न की थी। जब एंग्री मूड में एंट्री मार डायलॉग बोला तो एक बार प्राण-अजीत जी उठे। आँखें नचा गजब अदाकारी की। चूँकि स्ट्रगलर था, सो भीड़ ने भाव न दिया। चुपचाप उठा, पानी पिया और अकेले स्टूल पर बैठ गया। देविका ने देखा, किशोर बिल्कुल शांत था और अगले शॉट के संवाद याद कर रहा था। उठी और जाकर बगल में बैठ गई, "थैंक्स किशोर, बहुत बढ़िया किया। किरदार में जितना गहरा उतरोगे, अभिनय में उतना निखार आएगा।" फिर उसकी पीठ थपथपाई और जाने लगी। बंदे ने हाथ जोड़ दिए, "थैंक्स मैम!" देविका मुसकराई और चली गई। ये इंडस्ट्री की नामचीन स्टोरी राइटर थीं। कई सुपर-डुपर फिल्मों की कथा-पटकथा लिख चुकी थीं। इंडस्ट्री में भारी डिमांड थी। इस फिल्म की कथा, पटकथा व संवाद सब इन्हीं के थे। निर्माता के विशेष आग्रह पर आज फिल्मसिटी आई थीं।

अब अगले शॉट की तैयारी होने लगी। इस बार कैमरा ट्रॉली पर आ गया। लाइटें ठीक कर ली गईं। एक्शन…रोल के साथ शूट शुरू हुआ—सहमी शहनाज पैरों में घुँघरू बाँध रही है। सामने कैस बैठा है और शहनाज को बेहया-सा घूरता है। फिर गीत बजता है—'पिया, पिया, किया घायल जिया, देख, घुँघरू दगा दिए…!' शहनाज गीत के बोल पर नाचने लगती है। बीच-बीच में कई क्लोजअप लिये जाते हैं। तभी हीरो की एंट्री होती है। आने के साथ चीखता है—"कमीने कैस, तेरी ये मजाल कि मेरी मँगतेर से मुजरा कराए! मैं तेरा खून पी जाऊँगा।" शहनाज नाचना बंद कर देती है और दौड़कर हीरो से लिपट जाती है। गुस्से में हीरो जैसे ही कैस पर उछला, कट हो गया। आगे फाइट सीन की तैयारी होने लगी। फिर आधे घंटे का ब्रेक हो गया।

शाम को जब शूट समाप्त हुआ तो किशोर काफी थक चुका था। होंठों से खून अभी रिस रहा था। सिर में भी चोट आई थी, लेकिन इसका कोई मलाल न था। विलेन था, सो पिटना ही था। खुशी इस बात की थी कि स्ट्रगल को मंजिल मिल रही थी। मेकअप उतारा और सीधे आगे बढ़ गया। देविका गाड़ी में बैठ चुकी थी, लेकिन किशोर को देखी तो गाड़ी रोक दी। किशोर दौड़कर आया और एक बार फिर हाथ जोड़ दिए। देविका मुसकराई और बढ़ गई। किशोर पैदल चलने लगा। महज तीन महीने पहले की वह उदास शाम याद आई—

उस दिन वह छत्रपति शिवाजी टर्मिनल पर बैठा पटना जानेवाली ट्रेन की प्रतीक्षा कर रहा था, तभी अनाउंसमेंट हुआ—'राजेंद्र नगर टर्मिनल को जानेवाली ट्रेन आज घंटे भर विलंब से प्लेटफॉर्म चार से खुलेगी। आपको हुई असुविधा के लिए

हमें खेद है।' यात्रियों में खलबली मच गई। सब सीढ़ियों की तरफ भागे। किशोर ने देखा, बगल में बैठी युवती परेशान थी। दो भारी सूटकेस थे, सो कुली के लिए इधर-उधर देखने लगी। तभी किशोर बोल उठा, 'मे आई हेल्प यू?' और बिना किसी प्रत्युत्तर के उसने एक सूटकेस उठा लिया। युवती थैंक्स भी न कह पाई। पीछे-पीछे चलने लगी। जब दोनों प्लेटफॉर्म नंबर चार पर आए तो खाली चेयर देख किशोर ने सूटकेस रखा। युवती ने बैठते ही थैंक्स बोला और बात शुरू करना चाहती थी कि किशोर का मोबाइल बजा।

बंदे ने बोलना शुरू किया, 'हैलो, मैं किशोर बोल रहा हूँ। कौन? अच्छा मुकेश, महाराजगंज? कैसे हो? मैं भी आज लौट रहा हूँ, बैग एंड बैगेज। बंबई रास न आई भाई! हीरो बनने के चक्कर में जिंदगी के जितने साल बरबाद हुए, उतने में कोई सिविल सर्विस निकाल लेता। अब तो न घर के रहे, न घाट के। हैलो, क्या करूँगा यार… ? किसी चौक-चौराहे पर पान की दुकान डाल लूँगा। अब बाय बंबई… !' बिंदास बोलता गया। फिर उसने फोन रख दिया। युवती ध्यान से सुन रही थी। देखा, किशोर अचानक खामोश हो गया। आँखें बंद कर लीं उसने। युवती ने खामोशी तोड़ी, 'हैलो, क्या आप फिल्मों में काम करने आए थे?' किशोर कुछ न बोला। शायद गहरा सोच रहा था। इस बार युवती ऊँचे स्वर में बोली, 'कितने दिन स्ट्रगल किया?' 'जी,' चौंका किशोर। 'यही कोई सात साल।' 'माई गॉड, सेवन ईयर्स एंड नो फिल्म!' किया न।' किशोर कहता गया, 'चार फिल्में कीं मैंने। तीन रिलीज ही न हुईं और चौथी प्रोड्यूसर-फाइनेंसर के लफड़े में बंद पड़ी है बक्से में।' 'तो अब क्या विचार है?' युवती ने फिर पूछा। 'बस यही सोच रहा हूँ, गाँव में लोगों का सामना कैसे करूँगा? माँ तो मान जाएगी, बाकी बाबूजी… ! फिर फब्तियाँ शुरू होंगी, देखो, हीरो जा रहा है! काश, बाबूजी का कहा मान बी.एड. कर लिया होता तो कम-से-कम मास्टर तो बन ही गया होता! अब तो घर की सेवई और ईदगाह का खुतबा दोनों गया।' कहते-कहते किशोर फिर खामोश हो गया। आँखें भीगने लगीं। युवती बोली, 'मेरी मानो, कुछ दिन और रुको। कल ग्यारह बजे ताड़देव में एक ऑडिशन है। मैं चाहती हूँ, तुम्हें वहाँ जाना चाहिए। मैं कॉन्टेक्ट नंबर दे देती हूँ। लौट जाओ। यार, बंबई बड़ी चाल चलती है, पहले खूब रुलाती है, बाद में हँसाती भी है। और यूँ हिम्मत हारकर चले जाना, कुछ अजीब सा नहीं लगता?' तभी सिग्नल हो गया। किशोर देखता रहा। ट्रेन आ गई। युवती मुसकराई, 'याद रहे ताड़देव, ठीक ग्यारह बजे।' फिर 'बाय' बोल चढ़ गई। ट्रेन ने सरकना शुरू किया। किशोर देर तक देखता रहा, जब तक आखिरी डब्बा ओझल न हो गया।

ताड़देव। ऑडिशन बहुत बढ़िया रहा। कास्टिंग डायरेक्टर ने बधाई दी और पूछा, 'देविका मैम को कब से जानते हो?' 'जी, कौन देविका मैम?' किशोर अचकचाया। 'भई, वही, जिनके रेफरेंस से यहाँ पहुँचे?' बंदे ने अब जाना कि युवती का नाम देविका था। 'खैर, कोई बात नहीं। वेल बिगन इज द हाफ डन। बड़े लोग अपने बारे में कहाँ बताते हैं! मख्तसर जान लो, देविकाजी फिल्म इंडस्ट्री की नामचीन राइटर हैं। सादगी पसंद लेडी हैं। शोर-शराबे व प्रचार में विश्वास नहीं रखतीं। मीडिया से दूर ही रहती हैं। बड़ी इज्जत है इंडस्ट्री में। मदद में हाथ उठे रहते हैं। हसबैंड अमेरिका में सैटल हैं। एक बेटी भी है। आती-जाती रहती है। दादर में अपना फ्लैट है। यू आर सो लकी, दैट सी हैड रेफर्ड यू। नाउ गो एंड वेट फॉर शूट।' विनम्रता से अभिवादन किया और स्टूडियो की सीढ़ियाँ उतरने लगा! खुद में खोया किशोर जान ही न सका कि फिल्मसिटी का गेट कब का आ चुका है। थकावट के बावजूद आज चाल में मस्ती उतर आई थी। सामने टैक्सी पकड़ी और घाटकोपर के लिए निकल गया।

ठीक पाँच महीने बाद फिल्म रिलीज हुई और कामयाब रही। सबसे बड़ी बात यह रही कि किशोर की पहचान बन गई। कट आउट में तो कम दिखा, लेकिन फिल्म में शानदार उभरा। मीडिया ने अच्छा कवरेज दिया। अगली फिल्म सेन साहब की थी। इसने किशोर को इंडस्ट्री में स्थापित कर दिया। चर्चा गाँव तक आई। लड़के फिल्म देखकर लौटे तो चौक-चौराहे पर चर्चा चल गई। किशोर स्टार बन गया। घर के हालात बदलने लगे। समाज में साख बनी। इलाके में धाक जमी। माँ-बाबू जुड़ा गए।

तीसरी फिल्म के लिए एक नए निर्माता ने एप्रोच किया। मजे की बात ये रही कि इसमें देविका ही राइटिंग कर रही थी। किशोर बिना किसी शर्त तैयार हो गया। फिल्म जब रिलीज हुई तो किशोर की किस्मत कामयाबी की तमाम बुलंदियाँ छू गई। निर्माताओं की लाइन लग गई। ट्रेंड चल गया—हीरो कोई हो चलेगा, लेकिन विलेन तो किशोर ही चाहिए। जिंदगी ने रफ्तार पकड़नी शुरू कर दी।

आज भगवान् का दिया सबकुछ है किशोर के पास। गाड़ी, फ्लैट सब हो गया। उस दिन स्टूडियो में डबिंग चल रही थी कि देविका का फोन आया, "कैसे हो किशोर? मैं तेरी दादरवाली दीदी बोल रही हूँ।" "जी दीदी, ठीक हूँ। आप कैसी हैं?" उधर से मद्धम स्वर आया, "अमेरिका जा रही हूँ। एयरपोर्ट के लिए निकल चुकी हूँ। अगर खाली हो तो आ जाओ।" काम छोड़ किशोर फौरन निकल गया। जब एयरपोर्ट पहुँचा तो देविका उसी की प्रतीक्षा करती मिली। अभी बोर्डिंग में

थोड़ा विलंब था, सो दोनों बैठकर बातें करने लगे। किशोर बोला, "दीदी, अचानक अमेरिका का प्रोग्राम बन गया, क्या कोई खास बात?" हाँ, इसीलिए तो बुलाया है। ये मेरे दादरवाले फ्लैट के पेपर्स हैं और ये चाभी है। इन्हें सँभालकर रखना। हो सकता है, मुझे लौटने में ज्यादा वक्त लगे। कभी-कभार दीये जलाते रहना। अगरचे न लौट सकी तो अब ये तेरी प्रोपर्टी होगी।"

किशोर को कुछ समझ में न आया, "दीदी, ये आप क्या कर रही हैं? आप हैं, बेटी है और जीजू हैं, फिर मुझे···!" "मैं जो कहती हूँ, उतना करो ना।" देविका बात काटते हुए बोली, "देखो, इमोशनल न होना। जो सच्चाई है, उसे बता देना जरूरी है। दरअसल मुझे गले में कैंसर डिटेक्ट हो गया है। बेहतर इलाज के लिए अमेरिका जाना जरूरी है। अगर सही-सलामत रही तो जरूर लौटूँगी, वरना···!" देविका पलकों पर आए आँसुओं को छुपा लेना चाहती थी, लेकिन आँसू कहाँ किसी का कहा मानते हैं! वो बरस पड़े। तभी बोर्डिंग का अनाउंसमेंट हो गया। देविका बिना मुड़े आगे बढ़ गई। किशोर सन्न रह गया। काफी देर तक वहीं बैठा रहा। उठने की हिम्मत न हुई। जब स्वयं में लौटा तो ढाई घंटे निकल चुके थे। फ्लाइट कब की जा चुकी थी। बोझिल कदमों से वापस हुआ।

दो हफ्ते गुजर गए। किशोर काम पर नहीं गया। न कोई शूटिंग की, न कोई डबिंग की और न किसी इवेंट में गया। निर्माताओं को बार-बार शेड्यूल कैंसिल करने पड़ रहे थे। दबी जुबान से आलोचना होने लगी। तरह-तरह के कयास लगाए जाने लगे। तभी देविका का फोन आया, "किशोर, काम पर क्यों नहीं जाते हो? अरे बाबा, मैं ठीक हूँ। ट्रीटमेंट शुरू हो गया है। मैंने मना किया था कि इमोशनल न होना। फिर वही गलती दोहराए जा रहे हो। प्लीज, स्टार्ट शूटिंग। भाई, फिल्म प्रोफेशन और इमोशन में छत्तीस का आँकड़ा है। जल्दी ड्यूटी निकलो, वरना आते ही सीधे कान के नीचे दूँगी।" दीदी के फोन ने कमाल कर दिया। बंदा फिर लाइन पर लौट आया।

समय का पंछी परवाज करता रहा। दादरवाली दीदी के फोन भी धीरे-धीरे कम होते गए। साल लगते-लगते लगभग बंद ही हो गए। किशोर ने कई बार कोशिश की, लेकिन फोन बंद ही मिला। इधर नाम बढ़ा तो काम भी बढ़ा। बंदा फ्लैट से बांद्रा के बँगले में आ गया। अपनी प्रोडक्शन कंपनी खोल ली। इंडस्ट्री की नामचीन शख्सियत बन गया। वो मनहूस रात थी, जब सूचना मिली कि दर्जनों हिट फिल्मों की लेखिका देविका दुनिया छोड़ गई! आखिरी साँस तक कैंसर से लड़ती रही, लेकिन हार गई! इंडस्ट्री में मातम छा गया। तीन दिन तक कहीं कोई काम न हुआ। सबने विनम्र श्रद्धांजलि दी। किशोर की तो कमर ही टूट गई। महीनों सदमे में पड़ा रहा।

साल-दर-साल कई साल गुजर गए। देविका की कहानी बीते दिन की बात हो गई। किशोर ने अपना सारा ध्यान प्रोडक्शन पर केंद्रित कर लिया। उस दिन रात के बारह बजे होंगे कि फोन की घंटी बजी। अटेंडेंट ने कॉल रिसीव किया और जरूरी समझ इंटरकॉम पर दे दिया। किशोर सो रहे थे। अचानक नींद खुली। कयास लगाया, इस वक्त कौन हो सकता है ? जैसे ही हैलो बोले, उधर से प्यारी सी आवाज आई, "हैलो किशोर मामू, कैसे हैं? नींद में खलल डालने के लिए क्षमा चाहती हूँ। मैं अमेरिका से पाखी बोल रही हूँ। पहचाना आपने ?" "कौन पाखी ?" किशोर लगभग झल्लाए स्वर में बोले। "अब ऐसे डाँटोगे तो मैं फोन रख दूँगी। पापा ने कहा तो डायल कर लिया। वैसे मम्मी तो मना करके ही मरी।" किशोर की नींद जाती रही। हकलाते हुए बोले, "बेटी, तुम किस मम्मी की बात कर रही हो ? प्लीज बताओ।" लड़की का स्वर उभरा, "मामू, मैं आपकी दादरवाली दीदी, देविका की बेटी बोल रही हूँ।" पागल हो गए किशोर। फोन से चिपक गए, "माफ करना बेटी, मैं···मैं··· !" "अब चुप रहो मामू! मेरी बात ध्यान से सुनो। मैं कल इंडिया आ रही हूँ और तुम्हारे प्रोडक्शन से बतौर हीरोइन डेब्यू कर रही हूँ। डोंट वरी फॉर स्टोरी। मम्मी की आखिरी स्टोरी है, पढ़ोगे तो पागल हो जाओगे। अब बोलो, ऑडिशन लोगे कि सीधे सेट पर उतारोगे ?" "बेटी, आप किसी तरह आ जाओ। हो सके तो पापा को भी लेती आओ। ये प्रोडक्शन तुम्हारा है बेटी, तुम इसकी मालकिन हो।" फिर फोन कट गया। किशोर अब सो न सके।

एरोड्रम से पाखी पापा के साथ बाहर आई। किशोर को बताने की जरूरत न पड़ी। भागे और भांजी से लिपट गए। पाखी बिल्कुल देविका की जेरॉक्स कॉपी थी। वही आँखें, वही नाक-नक्श और वही बोलने का अंदाज। पंद्रह साल पुरानी यादें ताजा हो गईं। मुरझाई लताएँ हरी हो गईं। सीधे अपने बँगले पर लाए। शाम को स्टोरी पर काम शुरू करना था, सो कुछ नामचीन एक्सपर्ट्स को बुला लिया।

जब स्टोरी पर काम शुरू हुआ तो किशोर को घोर आश्चर्य हुआ। देविका ने किशोर की बायोपिक ही लिखी थी। खुशी इस बात की हुई कि एक महान् लेखिका ने उसकी जिंदगी को लिखे जाने लायक समझा। दु:ख इस बात का हुआ कि देखने के लिए दीदी न रही। बहरकैफ, सारी तैयारी एक माह में पूरी कर ली गई। जिस दिन मुहूर्त हुआ, उसी दिन कयास लगाए जाने लगे कि किशोर की बायोपिक सुपरहिट होगी। पहला सीन छत्रपति शिवाजी टर्मिनल का ही था।

प्लेटफॉर्म नंबर चार। किशोर का किरदार कर रहे आर्टिस्ट के मोबाइल पर

फोन आता है—"हैलो, मैं किशोर बोल रहा हूँ। कौन, मुकेश महराजगंज से··· ? मैं भी बंबई छोड़ रहा हूँ यार! बैग एंड बैगेज आ रहा हूँ।···" फिर कट होता है।

देविका के किरदार में पाखी बोलती है, "मेरी बात मानो यार, वापस हो जाओ। ये बंबई है प्यारे, गजब चाल चलती है। पहले खूब रुलाती है, फिर हँसाती भी है। तो याद रहे—ताड़देव, कल ठीक ग्यारह बजे!"

राजेंद्र नगर टर्मिनल को जानेवाली ट्रेन आती है। देविका मुसकराते हुए चढ़ जाती है। ट्रेन धीरे-धीरे सरकना शुरू करती है। किशोर का किरदार करता आर्टिस्ट जाती ट्रेन को तब तक देखता है, जब तक आखिरी डब्बा आँखों से ओझल नहीं हो जाता! सीन शूट हो गया। फ्रेम से बाहर खड़ा किशोर सचमुच फ्रीज हो गया था!

□

नचनिया

रमेसरा सजा काट जब जेल से निकला तो तीजहरिया ढल चुकी थी। सुरती मलता संतरी बोला, "का रे, बिना सरे-सलामी चल दिया, चोर-सिपाही का धर्म भूल गया?" "नाहीं मालिक, हम अपना करतब नाहीं भूले हैं" और चवन्नी रख दी संतरी की हथेली पर। फिर, बोला, "आना-जाना तो लगा रहेगा मालिक, बस नेह-छोह बनाए रखिए।"

संतरी ने चवन्नी जेब के हवाले की और रमेसरा को खैनी बढ़ाई। "रहने दीजिए हुकुम, पाँच बरिस जेहल काटते इसकी लत भी जाती रही।" मुसकराते संतरी ने रजिस्टर पर अँगूठे का निशान लिया और झोली उसे वापस थमा दी। दो लंबी साँसें खींच जम्हाई ली तो देखा, सामने परमेसर पीतिया खड़े थे। उन्हें तो रमेसरा पहचान में न आ रहा था। बाल साधुओं जैसे बढ़ गए थे। रमेसरा ने पाँच साल बाद काका को देखा तो रोने लगा। काका आगे बढ़ उसके आँसू पोंछते हुए बोले, "कैसा हाल बना रखा है तूने?" खुद भी आँसू न रोक पाए। भतीजे का हाथ पकड़ा, संतरी को सलामी दी और स्टेशन की ओर बढ़ गए···।

रेलगाड़ी जब तीनगछिया स्टेशन पहुँची तो साँझलौका हो चला था। दीया-बाती जलने लगे थे। "सतमी के अन्हरिया अउर पाँच कोस की दूरी!" परमेसर ने भतीजे की ओर देखा, "का कहता है, टिशने पर टिकें कि आगे बढ़ें?" रमेसरा ने तड़ीबाना की ओर इशारा किया। धनपत साहू की दुकान से लिट्टी-चोखा अउर तड़ीबाना से भर लबनी ताड़ी ले दोनों बैठ गए। ढेर दिन के बाद काका-भतीजे की महफिल जमी।

परानपुर पार करते-करते तीनजोड़िया डूब गई। काका ने कहा, "तनी, मरद तरे डेग मार, नाहीं तो बाबुगाँव पहुँचने से पहले ही फरिच हो जाएगा।"

रमेसरा भी यही चाहता था, कब घर जाए और छुप जाए! आखिर लाज-हया

भी तो कोई चीज होती है, ऊ कौनो सीमा का सिपाही थोड़े है, जो मूँछें ऐंठता गाँव में जाए! चाल बढ़ा दी उसने। काका ने खामोशी तोड़ी, "अब का सोचता है अपने बारे में, ऐसे ही रात-बिरात लोगों का बैल-बाछा खोलते फिरेगा कि कवनों ईमान-धरम का धंधा भी करेगा?" "तुम ही बताओ काका, का करूँ?" रमेसरा ने हुंकारी भरी। "मेरी बात मान तो परहिया नाच में बहंगी ढोना शुरू कर दे। चार पैसे तो मिलेंगे ही, मुफ्त में मालपुआ भी। बोल, का कहता है? बाकी एक बात गिरे बाँध ले, धंधा निहायत ईमान का है। नाच-मालिक का विश्वास जीतना होगा। आखिर सैकड़ों की पूँजी बहंगिया ही तो ढोता है। ढोलक, नगाड़ा, तबला, झाल, पाट के सामान, बाप रे, धंधा बड़े भरोसे का है। नाच के बाद सामान सरियाना भी पड़ेगा।" रमेसरा जानता था, काका घुमा-फिरा के यहीं खूँटा ठोकेंगे। फिर कहेंगे, "बिहुला का पाट सीख ले, सुमिरन तो गजबे गाते हो। हुँह, जब से रसूल मियाँ के पार्टी में बहंगी ढोना शुरू किए हैं, पाँव जमीन पर नहीं पड़ते।" काका बोलते रहे, राह कटती रही।

सुरेमनपुर आते-आते अन्हरिया खत्म हो गई। काका ने आकाश में देखा, सताहवा सात बाँस ऊपर आ गया था। दोनों ने चाल बढ़ा ली। बाबू की बारी आई, फिर जामुनवाली परती। कभी यहाँ रामनवमी में भारी मेला लगता था। लेकिन अब वह बात न रही। जब से अंग्रेज बहादुरों की कोठियाँ खड़ी हुईं, इधर देखना क्या, झाँकना भी दूभर हो गया।

काका ने चुटकी ली, "चाहो तो यहीं साहेब बहादुर के इहाँ सईसी कर लो। घोड़े का घास छीलना अउर गोरी मेम के कपड़े धोना।" रमेसरा मुँह बिचकाते बोला, "ई अंग्रेजन की चाकरी! ना काका, ना, हमसे सात जनम ई काम ना होगा।" काका ने तंज किया, "काहे? नकद पगार के साथ सलामी भी मिलती है, फिर हर्जे का है?" "का बतियाते हो काका, जानते नहीं कितना भारी डकैत हैं ई सब?" बारी अब काका की थी, सो बोले, "तुम भी तो चोर हो, फिर इसमें फरके का पड़ता है, डकैत का अर्दलिया चोर।" अब क्या जवाब दे रमेसरा, बात पते की कही थी काका ने। सो बात पलटते हुए बोला, "आ ऊ भोला कैसा है काका?" काका बोले, "पाँच दिन पहिले जर-बुखार था। प्रधान के पोखरे से चार गो झींगा का पकड़ा, खूब पिटाया। घर आया तो मैया भी मारी। सारा गाँव तो हँसता है—चोर का बेटा चोर, अब किसका-किसका मुँह छापोगे?" रमेसरा को काका की बात अंदर तक हिला गई। भले उसे लोग लाख चोर-उच्चका कहें, बाकी बेटे को काहे··· ? काका ने बात आगे बढ़ाई, "आ उसकी माय का भी सुन लो—पाँच साल हुए, उसने कभी साज-सिंगार नहीं किया। राण-मुसमात जैसी जिनगी। जब तेरा चालान हुआ तो उसके पाँव

भारी थे। मैं सट्टा पर सोनपुर गया था। पापी पेट के खातिर बेचारी मारे-मारे फिरती रही। जब बरदाश्त नहीं हुआ तो बाबू के खेते जा बैठी, कटनी करने। आरे, उ तऽ बबुआइन भली थी, जे दु पसेरी जौ-बूटा भेजवा दिया, वरना मरा मुँह न देख पाते। पाँचों दिन तऽ सउरी में न रह सकी बेचारी। दौड़ के बाबू घर की दवँरी, भागकर भोलवा को दूध। अछे हुआ जे तू जेहल चला गया, वरना मय गाँव मिलके तेरा गला टिप देता। नईहर खबर भी भेजवाया, बाकी मयभा महतारी ना पिघली। भाई-भयवदी तो हुक्का-पानी बंद करने पर आमादा था, किसी तरह हाथ जोड़ सबकी दुहाई दी, तब जाके मामला ठंडाया। देख, मेरी मान, मेरा कहा कर, आदमी बन जाएगा।"

रमेसरा को लगा, जैसे देह का सारा खून किसी ने पिचकारी लगाकर खींच लिया हो।

अभी कोस भर चलना था, आकाश में शुकवा उग आया। बंगरा का बीस बिगहवा से मिसिरपुर का सीमाना शुरू होता था। अब नदी के तीरे-तीरे चलना था। सेमल, शीशम और बबूल के पेड़। सामने नीम का झंझाट गाछ। यहाँ से गुजरते देवंशी हवा बही, काका ने हनुमान चालीसा पढ़ा और गोड़ लागा। रमेसरा ने भी वैसा ही किया।

गाँव के पिछवाड़े की राह पकड़ी दोनों ने। बरगद के पास खाट पर पड़े रामफल बाबा खाँस रहे थे, बगल का घर रमेसरा का था। चंचरा हटाया, दबे पाँव भीतर घुसा। आँगन में चटाई पर भोला की माँ सो रही थी। उसने धीरे से जगाया। सामने साधू जैसे भेषधारी को देख डर गई। लगा, हरिश्चंद्र से राजपाट माँगने विश्वामित्र पहुँच गए हों। इसके पहले कि वो शोर मचाती, रमेसरा ने सारी बातें जल्दी-जल्दी बता दीं। पाँच साल से उबलता लावा फट पड़ा। झमक के उठी और बगल में बोरा डाल बैठ गई। रमेसरा ने भी मौनी बाबा की तरह दमी साध ली, जैसे देह में साँस-प्राण ही न हो। भलाई इसी में थी।

जब सूरज माथे पर चढ़ा तो रमेसरा की आँख खुली। सामने लोटे में पानी और दातुन रखा था। पत्नी बेटे को ले काम पर निकल चुकी थी। थोड़ी देर में काका तपेसर हजाम के साथ लौटे। कान में कुछ कहा। तपेसर मुसकराया और रमेसरा के बाल काटने लगा।

भोला के साथ उसकी माई जब लौटी तो बेरा दोल चुका था। गाँव में रमेसरा के लौटने की खबर किसी को न मिल पाई। पत्नी की तरफ ताकने की हिम्मत उसमें अब भी न जुट पाई।

आज गाँव में बड़ी हलचल थी। बाँके बाबू के घर बारात आनी थी। पूरे साध-सोहिला से बेटी ब्याह रहे थे। कई दिनों से झूमर, साँझा, प्रभाती गाए जा रहे थे।

माधोपुर के मन्नू मियाँ का इक्यावन चोंपवाला शामियाना लग चुका था। पूरा गाँव वर-व्यवस्था में जुटा था। सात गाँव में चूल्हनेवतुवा भोज था। चंपारन से परहिया नाच पार्टी आनेवाली थी। लोगों में खासा उत्साह था।

चार बजते-बजते धुँधके और सिंघा से जवार गमगमा गया। हाथी, घोड़े, ऊँटों से सारा इलाका पट गया। बम-गोले फटते तो लगता कि कान का परदा फट जाएगा। द्वार-पूजन के समय तो पैर रखने की जगह न बची। जब यहाँ ये हाल है तो नाच में क्या होगा? लोग अभी से इस चक्कर में परेशान होने लगे कि पता नहीं बैठने की जगह कैसे मिलेगी?

दस बजते-बजते लोग खा-पीकर नाच देखने बैठ गए। बाबू ने बड़ी अच्छी व्यवस्था की थी। चौकी जोड़-जोड़ के मंच बना था, पाँच बिगहा दूर से नाच देखा जा सकता था। औरतों के लिए घेरकर अलग जगह बना दी गई थी। परमेसर पितिया के कहने पर भोला की माँ भी आ बैठी। बड़ी-बड़ी कुरसियों पर दोनों समधी जब आ बिराजे तो नाच शुरू हुआ। पहले सरस्वती वंदना, फिर भक्ति के गीत गाए गए। बाद में रसूल, भिखारी और महेंदर मिसिर के गीतों ने लोगों को झुमाना शुरू कर दिया। रात के बारह बजे 'बिहुला-बाला लखंदर' के पाट की घोषणा हुई। शामियाना तालियों से गूँज उठा। औरतों का विशेष आग्रह भी इसी पाट का था। कलाकार ने सुमिरन गाए—'पुरुबऽ में सुमरी ए रामा…उगलऽ हो सुरुजवा, पछिमऽ में सुमरी ए रामा पीरऽ हो सुभनवा…जेकरा के चढ़े हो रामा मुरुगा हो मलीदवा… । तबे हम सुमरी ए रामा सतिया रे बिहुलवा… ।'

लोग अगले दृश्य का बेसब्री से इंतजार करने लगे। जब चंदू साव सौदागर ने विषहरि को पूजा देने से इनकार किया तो खेल में गति आ गई। विषहरि ने बारी-बारी से चंदू सौदागर के चारों बेटों को कोहबर घर में मार दिया। नाटक जमने लगा। लोग अगले सीन की प्रतीक्षा करने लगे। अब पाट में बिहुला का अवतरण होना था। कथा का दारोमदार बिहुला पर ही था। लोग साँसें थामे बाट जोहने लगे। मंच पर बिहुला आई। रूप-सिंगार ऐसा कि मेनका, रंभा शरमा जाएँ। नाच चलता रहा, कथा बढ़ती गई। रात के तीन बजे जब कोहबर घर में बाला लखंदर की नागिन के डँसने से मौत हुई तो महफिल में नीरव सन्नाटा छा गया। बिहुला-विलाप ने तो जान ही ले ली। सबकी आँखें भर आईं, औरतों ने सुबकना शुरू कर दिया। गजब का कलाकार था, जो बिहुला बना था! जब आलाप लेता तो सिहरन पैदा हो जाती, लोग जार-बेजार हो जाते।

सुबह के पाँच बज गए, लेकिन कोई टस-से-मस न हुआ। अभी इंद्रासन

से बाला के प्राण लाने बाकी थे। नाच चलता रहा, लोग रुके रहे और रुका रहा मिसिरपुर का जन-जीवन। जब तक बाला जी न जाता, लोग जा भी नहीं सकते थे।

आठ बजे जब बिहुला, बाला और उसके भाइयों को अपने सत्य से जिंदा कर लिया, तब नाच खत्म हुआ। फिर कलाकारों का परिचय कराया जाने लगा। जब बिहुला बने कलाकार का परिचय दिया जाने लगा तो एक बार फिर लोगों के जाते कदम रुक गए। कलाकार ही ऐसा था। तो फिर यह था कौन? ये कोई और नहीं, रमेसरा ही था। जब उसके नाम-गाँव की घोषणा हुई तो किसी को कतई यकीन ही न हुआ। लेकिन यह सच था। लोगों ने देखा, रमेसरा मंच पर सिर झुकाए खड़ा था। कलाकार का चोला उतर गया था, लेकिन चोर का चोला तो बाकी था। लोगों को काटो तो खून नहीं! फिर बाबू साहेब समधी सहित मंच पर आए, रमेसरा को गले लगाया, नकद इक्यावन रुपए इनाम दिए। फिर तालियाँ बजने लगीं। भोला की माँ फूली न समाई। वहीं से बलैयाँ लेने लगी। तालियाँ लगातार बज रही थीं। आखिर बजे क्यों नहीं, रमेसरा के शरीर से चोर का चोला जो उतर रहा था।

सारे दिन रमेसरा की ही चर्चा होती रही। कल तक जो चोर था, आज सबका प्यारा बन गया। दिन ढला, रात आई। रतजगे से माते लोग जल्दी सो गए। गाँव घूमघाम के रमेसरा जब घर पहुँचा तो देखा, परमेसर पितिया जाग रहे थे। दौड़ा, जाकर पैरों पर गिर गया। रोते-रोते बोला—"तुम्हरा ई अहसान जिनगी भर न भूलूँगा काका! क्योंकि सिर्फ वही जानता था, पितिया परमेसर ने कैसा पैंतरा चला था। कैसे उसे पाठ दिलाया था।" काका बोले, "सुबह का भूला अगरचे शाम को घर लौट आए तो उसे भूला थोड़े कहते हैं! जा बेटा, बहू बाट जोहती होगी।" उसने सामने देखा—भोला की माँ आज बीयहुति साड़ी पहन रखी थी। लाल जोड़े में उसका सौंदर्य निखर आया था। पति को पास देख झुक गई। रमेसरा ने गले लगा लिया। अचानक भोला जग गया, माँ का आँचल पकड़ पूछा, "ये कौन है?" लाल सुर्ख चेहरा लिये भोला की माँ बोली, "मिसिरपुर का नामी नचनिया!" फिर मारे शरम के अंदर भाग गई। भोला अब भी उसे टुकुर-टुकुर ताक रहा था। उधर रात भागती जा रही थी, लेकिन जिंदगी पास आ रही थी।

□

नालायक

रामदीन ने जैसे ही दुकान खोली, एक ग्राहक आ गया। अब ग्राहक तो भगवान् होता है, सो दौड़कर अगवानी की। सवाल बोहनी का था। कुरसी साफ की और पूछा, "बाबू, सिर्फ दाढ़ी-मूँछ कि बाल भी काट दूँ? आप निफिकिर रहें, सिर-मालिश फ्री में कर दूँगा।" ग्राहक ने रामदीन की दशा देखी, टखनों तक फटी धोती, ऊपर पुरानी बनियान। फिर दुकान का मुआयना करने लगा। दुकान क्या थी, पाँच पटरों के सहारे खड़ी छोटी गुमटी! जिसके दो पाँए कब के निकल चुके थे और उनकी जगह ईंटों ने ले रखी थी। बचे पटरों पर दीमक व हड्डी-बिरनी ने घर बसा लिया था। कुरसी जिस रफ्तार से चार साल पहले हिल रही थी, उसी रफ्तार से आज भी हिल रही थी; बल्कि यूँ कहें कि हिलने की रफ्तार कुछ बढ़ ही गई थी। सामने वही पुराना आईना था, जिसकी कलई गए जमाने पहले गायब हो गई थी। बड़ी मुश्किल से चेहरा झलकता था, जिसमें कभी आँखें फैल जातीं तो कभी नाकें लंबी हो जातीं। शीशे की वही कलई आज रामदीन व उसकी दुकान की भी कलई खोल रही थी। गुरबत गरीब का गिरेबाँ भी तो नहीं छोड़ती! ग्राहक ने सरसरी निगाह पुरानी पेटी में पड़े उस्तरे, कैंची और कटोरी पर डाली। कुछ भी तो नहीं बदला था। तब इस सैलून में शांत मिजाज का एक सोलह साल का लड़का हुआ करता था। हजामत के हुनर खूब आते थे उसे। खन्ना, बच्चन स्टाइल में बाल कटवानेवाले को अठन्नी बेशी देनी पड़ती थी। ग्राहक भी आज उसी उम्मीद से आया था, सो पूछ लिया, "बाबा, वो लड़का न दिख रहा है, जो बढ़िया बाल काटता था।" रामदीन मुसकराया, "उ नरेशवा है, हमरा छोटका बेटा। बाँके बाबू की बिटिया का ब्याह है। भारी बारात आ रही है। हाथी-घोड़ा की गिनती न रहेगी। पिपरा का बैंड अउर चंपारन के चुन्नू मियाँ की नाच पार्टी का नाम तो सुने होंगे! बावन चोपवाला शामियाना भी आ रहा है। मर-मशालची तो अभिए से आ गए हैं।

नरेशवा पाँच दिन से बाबू का नेवता पेठाने में लगा है। अब हमसे पार न लगता है, सो उसी को भेज दिए हैं। जब जवानी थी तो पैदलिये छपरा चले जाते थे। आप बैठो न बाबू, शिकायत का मौका न दूँगा। पता कर लीजिए, बाँके बाबू के पितिया का हजामत आज भी मैं ही बनाता हूँ। आरे, उहे श्यामबिहारी बाबू, जिनके घर कभी चकुनी हाथी का बासा होता था।" पुरानी पेटी से उस्तरा निकालते हुए रामदीन ने ग्राहक को बैठा ही लिया। फिर शिलापट पर पानी गिरा उस्तरा घुमा-घुमाकर तेजियाने लगा। "वैसे बाबू, आप इस हलका-जवार के लगते नहीं हो। कोई पर-पहुनाई आए हो क्या?" ग्राहक ने हामी भरी, "राजकिशोर बाबू हैं न, उनका साला हूँ। राते आया हूँ।" "धत तेरी की, आरे राजकिशोर बाबू के, के नहीं जानता है? पवन बाबू के पोता, सोहावन बाबू के लड़िका, बड़ा परतापी परिवार है। हमरे दुनु लइकन के बोर्ड फारम भराई उहे दिए थे। अब आप आराम से बाल कटवाइए, दाढ़ी बनवाइए। घर जाके हमरा नाम बता दीजिएगा। रामदीन हज्जाम के सभे जानते हैं। मैं उनका खानदानी पवनी-पसारी हूँ।" ग्राहक मुसकराया और रामदीन ने बाल काटने शुरू कर दिए। पहले तो लगा कि रामदीन की काँपती उँगलियाँ बाल कैसे काटेंगी? कहीं कान न कट जाए! लेकिन जब रामदीन ने अँगूठे और उँगली में कैंची फँसाकर चक-चक चलाना शुरू कर दिया तो ग्राहक की शंका समाप्त हो गई। रामदीन बोला, "बाबू, ये उँगलियाँ भी जानती हैं, बढ़िया से काम न किए तो पेट न भरेगा। वैसे आपने अपना नाम नहीं बताया?" "मेरा नाम राघवेंद्र है। मैं सेना में सिपाही हूँ।" "वाह बाबू! वाह, कद-काठी से तो यही लग रहा था। धन्य हैं वो माई-बाप, जिन्हें आप जैसा सपूत मिला। बढ़े पूत पिता के धर्मे आ खेती निपजे अपना कर्मे। कवने स्टाइल काट दें बाबू?" रामदीन ने पूछा। "बाबा, हम लोगों का तो एक ही सदाबहार कट होता है। आराम से बनाइए। वैसे आपके अन्य दो बेटे क्या करते हैं, जिनके बोर्ड फार्म भरने की बात आप कह रहे थे?" रामदीन मुसकराते हुए बोला, "रामजी की कृपा से बड़े और मँझले बेटे ऊँचा ओहदा पा गए। इहे छोटका नरेशवा नालायक निकल गया। दु बार बोर्ड का इम्तहान दिया, दुनु बार गुलटेनिया मार दिया। बहुत समझाए, समाज का सगरी ऊँच-खाल दिखलाए, पर नालायक न समझा। दो बार लुधियाना-पंजाब गया। दुइयो महीना ना टिका। किसी ने कह दिया कि मइया बीमार है, सो सुनते ही ससुर गाड़ी पकड़ लिया। अब मामूली जर-बुखार किसको कब न होता है! तब से हमरे कपारे बैठा है अउर इ खानदानी धंधा करता है। चिंता घुन-सी चाटती है। ससुर कुछ कर-धर लेता तो चैन से मरते। अब पाकल आम के का भरोसा, हवा

का हलका झोंका कब टपका दे!" राघवेंद्र ने गौर किया, रामदीन, अपने दोनों बड़े बेटों के बारे में कुछ न कहा, सिर्फ नालायक नरेश पर ही बोलता रह गया, सो फिर टोका, "बाबा, आपने बड़े बेटों के बारे में कुछ न बताया। वे क्या करते हैं, कहाँ रहते हैं?"

रामदीन के होंठों पर फीकी मुसकान उभरी। कहने लगा, "बड़का अमेरिका में इंजीनियर है। मँझला इंग्लैंड में बड़ा डॉक्टर है। गाँव के लोग बोलता है, उहाँ सवा भर सोना रोज बरसता है। बड़का की शादी यहीं शामपुर में हुई है। छोटका वहीं बियाह कर लिया।" रामदीन बिंदास बोलता जा रहा था। "कभी घर आते हैं कि नहीं?" राघवेंद्र ने टोका। "आए थे न! आठ साल पहिले बड़का के ससुराल में शादी थी। तब मय परिवार आया था। दस दिन रहा लोग। फिर चले गए। इहाँ भी आए थे। अब इहाँ की गरमी बरदाश्त न हुई, सो घंटे भर में निकल गए। नरेशवा की माई पोता-पोती के देखे की आस लिये मर गई। अब लिखा न था, सो मुलाकात न हुई। काहे, आपने खबर क्यों न किया?" उत्सुकतावश राघवेंद्र ने पूछा। "खबर हुई थी। जब लगा कि उ न बचेगी तो खबर करनी मजबूरी हो गई। बड़का बोला, 'छोटका को बुला लो।' छोटका बोला, 'जब बड़े भैया न जा रहे हैं, तब हमीं क्यों जाएँ?' कवनो न आया। राह ताकती मइया रामजी की प्यारी हो गई। अब लिखंत न था तो का कपार पीटें! खैर, नरेशवा सब पार लगा दिया।" राघवेंद्र ने देखा कि रामदीन पलकों पर छलक आए आँसुओं को छुपाने की कोशिश कर रहा था। बाल कट चुके थे। अब दाढ़ी बनाने लगा। तभी एक लड़का आया, काठ की पैडल और बिना मडगार्ड वाली साइकिल लिये। आते ही रामदीन से बोला, "बाबू, नेवतवनी के नब्बे रुपए रखो।" फिर खाने की पोटली और दवा रखते हुए बोला, "सुरेमनपुर का चार गो नेवता रह गया है। बाँके बाबू के ससुराल का मामला है। मालकिन कह रही थीं, नेवतवनी में पियरी धोती तो मिलेगी ही। सो देकर लौटता हूँ। तब तक आप खा लो। और हाँ, बाबू एगो बनियान दिए हैं। नहा के पहन लेना। वैद्यजी बोले हैं, दवा बिल्कुल नागा न होनी चाहिए।" और वह चल दिया।

"यही नरेश है क्या बाबा?" जाते हुए लड़के की तरफ इशारा कर राघवेंद्र बोले। "हाँ बाबू, यही वो नालायक है। कुछु कहना ना मानता। कहता हूँ—रे, अबो कहीं बाहर-भीतर जाओ। बाकी जाता ही नहीं। कहता है, 'मेरे चले जाने के बाद आपकी सेवा कौन करेगा, बना के खिलाएगा कौन?' ई नालायक ना सुधरेगा बाबू।" राघवेंद्र ने फिर टोका, "ब्याह क्यों न कर देते?" शायद रामदीन पहले से

इस सवाल के लिए तैयार बैठा था। सो छूटते ही बोला, "अब टुटही पलानी पर कवन बुरबक बेटी दे देगा इस नालायक को?" फिर वह जाते हुए बेटे को देखने लगा। पश्चिम दिशा में साइकिल बड़ी मुश्किल से जा रही थी। फिर भी वो नालायक पछियारी हवा को चीरता सुरेमनपुर चला जा रहा था। सवाल बाबूजी को मिलनेवाली धोती भी थी···!

□

पागल था वह!

हाँ, पागल था वह। सारा शहर तो इसी नाम से जानता था। कभी रेलवे स्टेशन, कभी बस-स्टॉप तो कभी चाँदीवली चौराहे पर दिख जाता। सालों पुराना कंबल, चिथड़ों से भरा झोला, एक पैर में जूता, दूसरे में टूटी चप्पल…कुल यही पहचान थी उसकी। जमाने से हजामत न बनी थी। बेतरतीब बढ़ी दाढ़ी व सिर के बाल सीने तक झूलते रहते। खुद से बातें करता व खुद में खोया रहता। कभी रोता, कभी ठहाके लगाता। बजबजाती नालियों तले बैठा रहता। कुत्ते देखते तो भौंकने लगते। राह चलते लड़के ढेला फेंकते। लेकिन वह अपनी रौ में रमा रहता। जुम्मे को मसजिद की राहों में नजर आता। मंगलवार हनुमानजी के हवाले होता। कभी तख्त साहिब की सीढ़ियों पर सोया मिलता तो कभी क्रिश्चन-कब्रगाहों पर अकीदत के फूल चढ़ाता। उसके लिए मजहब के यही मायने थे। हफ्ते में तीन दिन जब रोटियाँ मयस्सर हो ही जातीं तो बाकी दिनों की क्या परवाह! लोग तरह-तरह के कयास लगाते। कोई खुफिया विभाग का आदमी कहता, कोई पहुँचा हुआ फकीर बताता। कचरों के ढेर पर यूँ पैर चढ़ाए बैठा रहता, जैसे कोई बादशाह दरबारे खास में हो। आजादी की सालगिरह पर बड़े लठ में तिरंगा बाँध, जय हिंद के नारे लगाता और पूरा शहर घूम जाता। लेकिन बदन से आती बदबू दगा दे जाती और लोग समझ जाते कि पगला जा रहा है। शहर का जर्रा-जर्रा उसकी मौजूदगी का गवाह था। खासतौर पर एक खूबी की चर्चा होती—'बंदा कभी हाथ न फैलाता।'

खूबसूरत वादियों में बसा यह शहर अपने अमन व चैन के लिए जाना जाता। यहाँ भाईचारगी मिसाल थी। अचानक एक दिन फिजा बदल गई। शहर पर संकट के बादल मँडराने लगे। फिर सरकारिया ऐलान हुआ—आतंकवादियों का दस्ता अपने नापाक मनसूबों को अंजाम देने शहर में घुस आया है। लिहाजा बाखबर किया

जाता है—"अनजान आदमियों से सावधान रहें। लावारिस पड़ी वस्तुओं को हाथ न लगाएँ। ऐसे किसी हालात की सूचना तुरंत दें।" देखते-देखते कुदरती छाँव में बसा शहर छावनी में तब्दील हो गया। जिंदगीयाँ दरो-दीवारों में कैद होने लगीं। दिहाड़ी मजदूरों का जीना दूभर हो गया। स्कूल-कॉलेज बंद हो गए। खौफ के साए में सहमे लोग शाम होते ही साँकलें चढ़ाने लगे। चौक-चौराहों पर पहरे पड़ गए। साँय-साँय करते सायरन सिहरन पैदा करने लगे। जब एक रात गुजर जाती और कहीं कुछ न होता तो लोग मान लेते कि आज जीना लिखा था। दिन उँगलियों पर गिने जा रहे थे। रातें तो और भयावह हो जातीं।

वह सर्द-स्याह रात थी। दिन भर तूफानी बर्फीली हवाएँ चली थीं। लोग घरों में दुबके हुए थे। तभी चाँदीवली चौक पर भयंकर विस्फोट हुआ। दिशाएँ थर्रा उठीं। दरो-दीवारें कुछ देर तक काँपती रहीं। लगा, धरती डोल गई। चीखते बच्चे माँओं के सीने से चिपक गए। अनहोनी की आशंका सच साबित हुई—पता नहीं कितने मरे, कौन मरे··· ? सहमा शहर और सिहर गया। किसी की हिम्मत न हुई कि बाहर निकले। सायरन बजाती गाड़ियाँ सरपट भागने लगीं। फिर ऐलान किया जाने लगा—"चाँदीवली चौक की तरफ कोई न जाए। पुलिस को अपना काम करने दें।" लोग दुबके रहे। रात धीरे-धीरे रेंगने लगी। जब घड़ियाल ने भोर के चार घंटे मारे तो साँसें सामान्य हुईं। लोग हिम्मत कर छतों पर चढ़े। देखा, चौक पर काले बादल छाए हुए हैं। धीरे-धीरे गर्द-गुब्बार छँटने लगा। सुबह हुई। सूरज की किरणें क्या आईं, जान-में-जान आई। फिर घरों के दरवाजे भी खुले। लोग चौक की तरफ भागे। चौराहे को सील कर दिया गया था। अधिकारी कैंप कर रहे थे। पहर भर सूरज चढ़ आया, लेकिन कोई टस-से-मस न हुआ। फिर माइक पर आवाज गूँजी, "घबराने की कोई बात नहीं। सिर्फ सात आदमी मरे हैं, लेकिन ये हमारे नागरिक नहीं, बल्कि आतंकवादी हैं। हमने सीसीटीवी फुटेज को हेडक्वार्टर भेज दिया है। रिपोर्ट आने के बाद सारी स्थिति स्पष्ट हो जाएगी। जिस गाड़ी के परखच्चे उड़े हुए आप देख रहे हैं, वह आतंकवादियों की गाड़ी है। और हाँ, एक दुःख की खबर ये कि वो पगला भी मारा गया। पता नहीं कैसे इस गाड़ी से आ टकराया और उसके भी परखच्चे उड़ गए। इसके आगे अभी कुछ नहीं कहा जा सकता। अब आप या आपका शहर खतरे से बाहर है। आप घरों को जाइए और चैन से रहिए।" सहमी साँसों ने रफ्तार पकड़नी शुरू की। लोग घरों को लौटने लगे। कुछ पगले के लिए उदास भी थे। एक बुजुर्ग ने अफसोस जाहिर किया, "जब सारा शहर घरों में कैद था तो इसको क्या जरूरत थी बाहर जाने की ?" दूसरे ने हामी भरी, "शायद किसी

ने रोका न होगा।" तीसरे सज्जन बोले, "अब पागल का क्या भरोसा, वह तो कुछ भी कर सकता है···!"

और···सचमुच तीसरे दिन उस तीसरे सज्जन की बात ही सच निकली, "पागल का क्या भरोसा, वह तो कुछ भी कर सकता है।" सीसीटीवी फुटेज की आई रिपोर्ट ने तहलका मचा दिया था। लगभग सभी अखबारों ने मुखपृष्ठ पर लिखा था—"पगला जानबूझकर आतंकवादियों की गाड़ी से टकराया था। हमें नहीं लगता कि वह पागल था।" फिर सबकुछ साफ होता चला गया। दरअसल आतंकवादी बख्तरबंद गाड़ी में अपने मिशन पर निकल गए थे। आज उन्हें हर हाल में अपने मनसूबे को अंजाम देना ही था। ऐसी ही तूफानी रात की तलाश थी उन्हें, जब लोग घरों में दुबके हों और मौसम की मार से गश्त धीमी पड़ गई हो। लेकिन वे अनजान थे कि शहर में बिंदास एक बंदा सड़कों पर ही होता है। जो जिंदगी को मौत के आईने से देखता है। फिर क्या, सारा शहर पगले के बारे में जानने के लिए उतावला हो उठा। चौक-चौराहों पर सिर्फ उसी की चर्चा थी—बंदा था कौन, कहाँ से आया था··· ? पगला अखबारों की सुर्खियाँ बन गया।

दूसरे दिन खोजी पत्रकारों ने उलझी हुई कड़ियाँ सुलझा लीं। दूर पड़े पगले के झोले से एक डायरी बरामद हुई। डायरी में लिखे हर्फों ने सबकुछ बयाँ कर दिया। सच्चाई जान शहर आँसुओं के सैलाब में डूब गया—हिमांशु नाम था उसका। निहायत ही शरीफ इनसान। सोना उसकी जिंदगी थी। बेइंतहाँ मोहब्बत करता था उससे। उसके नयनों की नूर व कोहिनूर सबकुछ थी वह। लेकिन अफसोस···सोते-जागते दिलोदिमाग पर छाई सोना, सोना क्या, पीतल भी साबित न हुई। उसने हिमांशु को धोखा दे दिया। बेवफाई का खंजर कलेजे को चाक करता चला गया। महीनों सो न सका। नतीजा, जेहन जकड़ता गया। जब मोहब्बत के मायने बदले, प्यार से पाकीजगी उठी तो जिंदगी बेमानी और दुनिया वीरानी हो गई। फिर उसने भयंकर निर्णय लिया। जैसाकि डायरी के पन्ने गवाह थे—वह आत्महत्या करना चाहता था। मरने के कई तरीकों पर विचार किया था उसने। कभी सोचा—बिजली का नंगा तार पकड़ लेते हैं। फिर खुद से कहा—धत, ये भी कोई मौत होती है ? ऐसे तो सैकड़ों मरते हैं। कभी गंगा में कूद पड़ने की ठानी। कभी पानी की टंकी से छलाँग लगाने की सोची। इसे भी रद्द किया। मौत के ये तरीके उसे कतई पसंद न आए। साल-दर-साल कई साल गुजरते चले गए। और···और, सचमुच उस रात उसने मरने का नायाब तरीका ढूँढ़ लिया। जब आतंकवादियों की बख्तरबंद गाड़ी सामने से गुजरी तो बंदे ने लंबी छलाँग लगा दी। अचानक आई इस स्थिति के लिए गाड़ी का

ड्राइवर तैयार न था। हाथों का संतुलन बिगड़ा और गाड़ी सामने ट्रैफिक टावर से जा टकराई। पूरी गाड़ी बारूद और असलहों से भरी थी। टावर के टक्कर ने सोए बारूद में हलचल पैदा कर दी। लम्हे न लगे, भयंकर विस्फोट हुआ और गाड़ी समेत तमाम आतंकवादियों के परखच्चे उड़ते चले गए। इसी के साथ पगले का वजूद भी खत्म हो गया। उसने जरूरते खास को जरूरते आम बना दिया। साथ ही, सात साल की घुटन, तड़पन व चुभन से छुटकारा पा लिया। मरकर शहर को जिंदा कर गया… !

दूसरे दिन सूरज निकलने के साथ सारा शहर उमड़ पड़ा। बिखरे मांस के लोथड़ों को समेटकर लाश का रूप दिया गया। सैकड़ों हाथ एक साथ सलामी में उठे। फिर पगले की शवयात्रा निकली। यह पहला मौका था, जब हिंदू, मुसलिम, सिख और ईसाई एक साथ कंधा दे रहे थे। कल जो कंधों का बोझ था, आज बड़े आराम से कंधों पर जा रहा था। फिर तो सारा शहर चिल्ला उठा, “ओ पगले, जिंदाबाद…ओ पगले, जिंदाबाद…ओ पगले, जिंदाबाद… !”

□

पीहर के पाँव

बाबा विश्वनाथ की नगरी, वाराणसी। उत्तर भारत का धार्मिक व सांस्कृतिक शहर। हिंदुस्तानी शास्त्रीय संगीत का मशहूर मरकज। मलमल, रेशमी कपड़े, इत्र, हाथी दाँत और विभिन्न शिल्पों का शहर। हिंदू महाकाव्य श्रीरामचरितमानस के रचयिता गोस्वामी तुलसीदास, निर्गुण ब्रह्म के उपासक व उदारमार्गी कबीर दास, संत रैदास, गौतम बुद्ध, महर्षि अगस्त्य, धन्वंतरि, पतंजलि और शंकराचार्य का शहर। दिल्ली, मुंबई और भोपाल को भारत के पूर्वी राज्यों से जोड़नेवाले रेलमार्ग पर अवस्थित बनारस संसार के प्राचीनतम शहरों में शुमार है। सुब्ह-सवेरे स्टेशन से निकलिए तो इमरती जरूर मिल जाएगी। मिठाईवाली नहीं, दातुन बेचनेवाली इमरती। नीम, बबूल का गट्ठर लिये ठीक स्टेशन के सामने बैठी रहती है। दो रुपए दीजिए और पाँच उठा लीजिए। अगर फुटकर पैसे नहीं हैं तो भी कोई बात नहीं, इमरती एकाध दातुन ऐसे ही दे देती है। पैसे हों तो दीजिए, वरना चलते बनिए। उसे कोई एतराज नहीं। काशी हिंदू विश्वविद्यालय के विद्यार्थी उसे नाम से जानते हैं। याद है, जब वे आए थे तो यहीं मिली थी। आज छह साल बाद जब जा रहे हैं तो इमरती वहीं बैठी है। बनारस स्टेशन से गुजरनेवाली तमाम रेलगाड़ियों के नाम याद हैं उसे। राजधानी किस प्लेटफॉर्म पर आ रही है और सुपर फास्ट कितने विलंब से चल रही है, उसे सब मालूम रहता है। बहुतेरे यात्री तो उसी से पूछकर अपनी गाड़ी पकड़ लेते हैं। युग बदले, जमाने बदले, लेकिन इमरती न बदली। हाँ, सन-से पके बिखरे बाल, अतीत को समेट बैठी आँखें और दुबली-पतली काया। मुँह के दाँत कब के टूट चुके हैं। सो फुसफुसाकर बोलती है। अलबत्ता सामने का एक दाँत, जिस पर कभी चाँदी का वर्क चढ़ा था, बिजली के खंभे-सा खड़ा है। यदा-कदा हिलता भी रहता है। लोगों को ईंट पर बैठाकर दाढ़ी-बाल बनानेवाले नवरंगिया नाई के आईने में इस दाँत को बड़े गौर

से निहारती है। कहती है, कभी इसी पर उसका आदमी नेमिया निछावर हुआ जाता था। ओह, वो भी क्या दिन थे! खैर, अब तो अबरा के मेहरारू अउर गाँव भर की भौजाईवाली बात है। नगर थाने का मोहना मुंशी उसका मुँहलगा है। अकसर उलटा-पुलटा बोल देता है तो तौल-तौलकर गाली देती है। लोग ठहाके लगाते हैं। वह बोलता भी तो इसलिए है। ऐसे ही एक दिन बोल दिया, "का रे बुढ़िया, तू कौन सा अमृत का घड़ा पीकर भगवान् घर से उतरी है कि मरती ही नहीं! रे, ई काशी है। ईहाँ मरेगी तो सीधे बैकुंठ जाएगी। तेरे संगी-साथी, गाछ-बृक्ष कब के उखड़ गए और तू अब तक जामुन की जड़ पकड़े बैठी है!" "रे नाशपीटा, रे मुँहझौंसा, मरे तेरी माई, मरे तेरी लुगाई, मरे तेरा बाप और मरे तेरा भाई। भला मैं क्यों मरूँ?" इमरती देर तक गाली देती रही और लोग ठहाका लगाते रहे। तभी रफीक रिक्शावाला आ गया। आते ही मोहना मुंशी को आड़े हाथों लिया, "अरे का मुंशीजी, काहे इस गरीब बेबस की बद्दुआ लेते हो? छोड़ दो न उसे।" सुनकर मोहना ढीला पड़ गया और अपनी पैंट सँभालता चला गया। फिर दोनों बैठ गए। रफीक ने अपना गमछा जमीन पर फैला दिया और इमरती ने पूरे दिन की कमाई उस पर उलीच दी। एक···दो···तीन···तेरह···तिरपन और तिरहठ। उस दिन की कुल कमाई। इसमें मालधनी के तीस और रफीक के रिक्शाभाड़े का बीस काटकर तेरह रुपए इमरती के हुए। यही जमापूँजी। आहे दिन पार लगाए।

साँझ होने लगी है। स्टेशन के सामने खड़े पेड़ों पर पंछी लौटने लगे हैं। जो आ गए हैं, वे शोर मचाकर अपने संगी-साथियों को बुला रहे हैं। इन पेड़ों के नीचे कई चबूतरे बने हैं, जहाँ नवरंगिया नाई, बहारना बारी और रफीक रिक्शावाले रहते हैं। दूसरे चबूतरे पर इमरती और पॉलीथिन-प्लास्टिक चुननेवाली परबतिया जैसी औरतें रहती हैं। तीसरे चबूतरे पर भरदुलवा भिखारी अपना आसन जमाए रहता है। वहाँ अंग-भंग और अंधों की जमात है। कुछ ही दिन पहले गेनिया जेल से छूटकर आया है। ससुर लोगों की पॉकेट साफ करता था। अब चबूतरा साफ करता है। कसम-किरिया खाई, उठक-बैठक किया तो समाज में शामिल कर लिया गया। सभी अपना धंधा निपटाकर लौट चुके हैं। और, अब दिन भर की कमाई का हिसाब कर रहे हैं। फी आदमी पाँच रुपया अलग भी कर रहे हैं। भरदुलवा उँगली पर हिसाब करता है। पंद्रह जन हैं तो पचहत्तर रुपए हुए। थोड़ी देर में स्टेशन का सोहना सिपाही आता है। मोटी तोंदवाला सोहना किसी यमदूत से कम नहीं दिखता। बारी-बारी से हर चबूतरे पर बैठे आदमी की मुंडी गिनता है और हिसाब लगाता है—पंद्रे पचे पचहतर। फिर सीधे भरदुलवा के पास जाता है, जो वहाँ का मेठ-सरदार है।

भरदुलवा सोने का स्वाँग भरता है। सोहना डंडा मारता है। भरदुलवा हड़बड़ाकर उठता है और लीजिए, माई-बाप कहते हुए मुट्ठी बढ़ा देता है। सोहना जल्दी-जल्दी जोड़ता है—"रे, इसमें दो रुपए कम पड़ रहे हैं। ला दे पूरा हिसाब।" भरदुल गिड़गिड़ाता है—"मालिक, जिसने जो दिया, हुजूर को हाजिर कर दिया। अब इतने निष्ठुर न होइए हुकुम! आप ही के आसरे इहाँ पड़े हैं।" सोहना धमकी देता चला जाता है। भरदुलवा अपनी चालाकी पर हँस रहा है। उधर इमरती गाली बक रही है, "हरामजादा, एक दिन सबको इहाँ से हटवा के मानेगा। का जरूरी था हिसाब से दु रुपया गायब करने का?" परबतिया सुर मिलाती है, "अभागा आदत से मजबूर है।" इस बीच बहारना बीड़ी का पॉकेट ला चुका होता है। दोनों सुलगाते हैं। लंबी कश लेते हैं और धुआँ छोड़ते हैं। फिर थाली बजा-बजाकर गेनिया गाने लगता है—'पिया मोरे गईले ए रामा, पुरुबी हो बनिजिया··· !' गीत देर तक चलता है। रात के बारह बज रहे हैं। पेड़ों पर पंछी बिल्कुल शांत हैं। इमरती भी उठ बैठी है और गौर से गीत सुन रही है। उधर सियालदह की सीटी सुन रफीक रिक्शा निकाल रहा है। शायद कोई पैसेंजर मिल जाए। धीरे-धीरे तीनों चबूतरे खामोश हो गए हैं, लेकिन खेन्हर बीच-बीच में खाँसता है। इमरती बड़बड़ाती है, "ई करमजाला कहियो ना सुधरेगा। कमाएगा तीन आ खरचेगा तेरह। जब दम्मा जोड़ लगाएगा तो घुट-घुट के मरेगा। अब रोज पियो दारू··· !"

पंछियों का कलरव बढ़ गया है। गोया रात बीत चुकी है। चबूतरे खाली हो चुके हैं। इमरती रफीक का रास्ता देख रही है। भोर में उतरनेवाले मुसाफिर सबसे पहले दातुन की ही तलाश करते हैं। यही धंधे का समय है। फिर तो पूरे दिन मक्खी ही मारनी है। दस के भी बिक गए तो गनीमत ही समझिए। तभी रफीक दातुन का गट्ठर लिये आता है। इमरती उसे बित्ते-बित्ते लंबाई में काट रही है। एक ग्राहक आता है। नीम-बबूल का एक-एक गट्ठर लेता है। लीजिए, चार रुपए से बोहनी हुई। खुश होकर इमरती इसमें से दो रुपए निकालती है। रफीक चाय लाता है। दोनों साथ पीते हैं। उधर भरदुल भी पाँच कमा चुका है। सभी अपने-अपने धंधे में लग गए हैं। एक-दूसरे पर नजर पड़ती है तो मुसकराते हुए इशारों में बात करते हैं—देख, मेरी बोहनी हो गई और मैंने सात कमा लिये। बंदे दोपहर तक भाग-भागकर भारी मेहनत करते हैं। यहाँ रेलें चलती हैं तो रोटी मिलती है। खुदा न खास्ता, अगर किसी को अठन्नी भी हाथ न लगी तो वह मुरझाया मुँह लिये इमरती के पास जा खड़ा होता है। इमरती समझ जाती है। अपने लिए सत्तू और उसके लिए चार रोटियाँ मँगा देती है। जिंदगी अपनी रौ में चलती चली जा रही है।

बनारस की गलियों में घूमना हो तो रिक्शा मुफीद सवारी है। जहाँ चाहें, चले जाएँ। रफीक को गली-गली का पता मालूम है। ऐसे ही आज एक बुजुर्ग दंपती मिल गए, जो गंगा नहाने और बनारस घूमने आए थे। रफीक को देखा तो मोल-भाव करने लगे। बड़ी शालीनता से रफीक बोला, "बाबूजी, शिकायत का मौका नहीं दूँगा। जहाँ कहिए, ले चलता हूँ। जब तक दिल करे घूमिए। जो वाजिब समझिए, मजदूरी दे दीजिए। रफीक आपकी रजामंदी के बगैर कोई काम न करेगा।" फिर उनका सामान उठा रिक्शे पर रख लिया। बुजुर्ग की अनुभवी आँखों ने ताड़ लिया, बंदा गलत न होगा। मुसकराए और पत्नी सहित बैठ गए। स्टेशन से निकल रिक्शा सड़कों पर आ गया है और अब फर्राटे से आगे बढ़ रहा है। "बाबूजी, ई देखिए, लंका गेट। अंदर बहुत बड़ी यूनिवर्सिटी है। बहुते लइका-लइकनी लोग पढ़ता है इहाँ। किसिम-किसिम की पढ़ाई होती है। देखिए, सामने दशाश्वमेध घाट है। उधर मुड़िए तो मणिकर्णिका घाट, आगे अस्सी घाट। बाबूजी, इस चौराहे का पान न खाए तो क्या काशी आए!" फिर बगल में रिक्शा खड़ा कर दौड़कर दो चाय लाता है। मिट्टी के बरतन की सौंधी सुगंधवाली चाय बड़ी प्यारी लगी। जब तक दोनों चाय पी ही रहे थे, तब तक पान भी आ गया। पान देते रफीक बोला, "बनारसी पान है बाबूजी! तैयार होने में थोड़ा टाइम तो लगता ही है।" फिर वह उछलकर रिक्शे की सीट पर बैठ गया। उसके बैठते ही बुजुर्ग बोले, "रफीक, तुम कुछ नहीं खाए!" "खा लूँगा बाबूजी, अभी चले ही कितनी दूर हैं!" फिर उसने पैरों से पैडल पर दबाव बढ़ाने शुरू कर दिए। "ई देख रहे हैं न बाबूजी, इसी गली में कभी मुंशीजी रहा करते थे। अरे, वही कथा-सम्राट् मुंशी प्रेमचंद। मैं तो आपको वह जगह भी दिखाऊँगा जहाँ जयशंकर प्रसाद और आचार्य रामचंद्र शुक्ल रहा करते थे। शहनाई सम्राट् बिस्मिल्ला खाँ का घर भी दिखाऊँगा। जानते हैं बाबूजी, हिंदुस्तानी शास्त्रीय संगीत के मशहूर घराने यहीं हैं। शाम को गली से गुजरिए तो तबले की तिरकिट, सितार के सरगम और घुँघरुओं की रुन-झुन से मन-मयूर नाच उठता है। कोशिश करूँगा कि आपको घुमा दूँ।" रफीक इतनी बारीकी से बयाँ कर रहा था कि बुजुर्ग दंपती की उत्सुकता बढ़ती गई। बोले, "रफीक, तुम्हारी समझदारी देख लगता है कि पढ़े-लिखे हो। कहाँ घर है तुम्हारा? कब से यहाँ रिक्शा चला रहे हो?" चेहरे पर आया पसीना पोंछते रफीक बोला, "सारन का नाम तो सुने ही होंगे। सात साल पहले बीवी बहुत बीमार पड़ी। इलाज के लिए यहीं लाया। वह तो बच न सकी, अलबत्ता बनारस ने मुझे बचा लिया। तब से यहीं रिक्शा चलाता हूँ और बेटा-बेटी को बी.एच. यू. में पढ़ाता हूँ। मालवीयजी एक बड़ा नेक काम कर गए, वरना किफायत में

गरीब-गुरबा के बच्चे अच्छी तालीम नहीं पाते। मौला उन्हें जन्नत में ऊँचे मकाम से नवाजे। मैं आठवीं जमात के ऊपर न जा सका।" "रहते कहाँ हो?" बुजुर्ग ने छूटते ही पूछा। "जी, आज सवेरे जहाँ मिले थे। स्टेशन के सामने जो तीन चबूतरे हैं, वही हमारे रैन-बसेरे हैं। मेरे जैसे बहुते संगी-साथी रहते हैं।" "कहीं किराए पर कोई घर क्यों नहीं ले लेते?" बुजुर्ग का अगला सवाल था। "ले लेता बाबूजी, लेकिन बच्चों के सिर छत देने के लिए बाप को खुले आसमान के नीचे सोने से भला क्या एतराज! अच्छा, छोड़िए इन बातों को। यहाँ की आलू-टिक्की का आनंद लीजिए। फिर थोड़ा ठंडाई का भी लुत्फ लीजिएगा। सुबह से धूप में चल रहे हैं। मिजाज बिल्कुल फ्रेस हो जाएगा।" "अरे, रहने दो रफीक! इसमें कुछ नशा-वशा भी रहता होगा।" "बस, हलका सा बाबूजी! बाबा भोले का प्रसाद समझ ग्रहण कर लीजिए।" फिर क्या था, विभिन्न व्यंजनों का खूब आनंद लिया गया। प्रमुख धार्मिक स्थलों का भ्रमण भी हो गया। तिजहरिया ढलने को आई। सभी दूर निकल आए थे। सो लौटना लाजिमी था। बुजुर्ग बोले, "बेटा, अब गंगा स्नान कराकर काशी विश्वनाथ के दर्शन करा दो। रात में हम अयोध्या के लिए निकल जाएँगे।" सिर हिलाते रफीक बोला, "ठीक बोले बाबूजी! मैं भी यही सोच रहा था। देर होने से मइया बेचैन हो जाती हैं।" "अरे, तुम तो बता रहे थे कि तुम सारन से हो, फिर ई मइया कहाँ से आ गई?" भारी उत्सुकता से बुजुर्ग की पत्नी बोली। रफीक ने कहना शुरू किया, "इमरती नाम है उसका। सत्तर से ऊपर की होगी बेचारी। दातुन बेचती है और हम सबकी माँ बन रहती है। साथ में परबतिया सगी बहन-सी रहती है। मैं उसे मौसी बोलता हूँ। इमरती माई बहुत दूर की है बाबूजी! पूरब से आनेवाली रेलगाड़ियों को घंटों निहारती रहती है। अपने बारे में कुछ न बताती। बीस बरस से यहीं रह रही है।" "क्या उसके बाल-बच्चे नहीं हैं?" बुजुर्ग की पत्नी ने पूछा। "कई बार कोशिश की, लेकिन कुछ न बताया। अलबत्ता सिसक-सिसककर रोने लगी। तब से पूछना छोड़ दिया।"

बात करते-करते कब गंगाजी के पास आ गए, मालूम ही न हुआ। बुजुर्ग रिक्शा से उतरते हुए बोले, "बहुत शुक्रिया। तुम्हारे साथ बनारस घूमकर अच्छा लगा।" फिर पॉकेट से कुछ रुपए निकाले और रफीक को देते हुए बोले, "इसे रख लो बेटा! कुछ कम हों तो बताना।" रफीक ने मुट्ठी में आए रुपयों पर एक सरसरी निगाह डाली और मुसकराते हुए कहा, "बहुत हैं बाबूजी! इतने में आराम से बेटी की बॉटनीवाली किताब आ जाएगी। मंगल को मिला था तो माँग रही थी।" बुजुर्ग मुसकराए और गंगा किनारे सीढ़ियाँ उतरने लगे। रफीक जोर से सलाम बोला और इमरती के लिए दातुन लाने शिवपुर की तरफ रिक्शा मोड़ लिया।

इमरती। नाम ही की तरह प्यारी गुड़िया। माँ तो पल भर के लिए भी न बिसराती। दिन-रात पलकों पर बैठाए रखती। सोमू सोनार से उसके एक दाँत पर चाँदी का वर्क चढ़वा दिया था, जिसे देख-देखकर निहाल होती रहती। वह भी तो परियों-सा आसमान में विचरती रहती। लेकिन यह खुशी ज्यादा दिन रह न सकी। इमरती जब सात साल की हुई तो बंसूली बेटा के लिए बेचैन हो गया। दुर्भाग्य कहिए कि इमरती की माँ दूसरी कोई औलाद जन न सकी। सारे टोटके आजमा लिये गए। ओझा-गुनी भी आए-गए। वह खुद भी तो सगरी देवास अगोर आई। लेकिन कहाँ कुछ हुआ! नतीजा, बंसूली की नजर में खटकने लगी। बालू पेरकर तेल चुवानेवाला जुरदोझना माथा घुमा दिया। अंजाम अच्छा न हुआ। बंसूली बगल के गाँव के गनपत की बड़ी बेटी को ब्याह लाया। कुछ दिन तो ठीक-ठाक चला, लेकिन साल लगते-लगते स्थिति बिल्कुल बदल गई। बंसूली की नजर में इमरती की माँ की अहमियत सुलगते कर्पूर की तरह स्वाहा हो गई। घर की मालकिन अपने ही घर में नौकरानी बनकर रह गई। फिर क्या था, एक बार जो पाँव देवड़ी से निकले तो वापस घर नहीं लौटे। बेटी के साथ बाहर बथान भेज दी गई। मजदूरी नियति बन गई। बंसूली पर नजर पड़ती तो मुँह फेर लेता। वह टकटकी लगा ताकती रहती। बेटी का मुँह देखती और जिंदा रहती। औरत सबकुछ सह लेती है, लेकिन सुहाग का बँटवारा उसे सालता रहता है। देह का मर्ज तो देर-सवेर भर जाता है, लेकिन दिल का मर्ज तो जान पर बन आता है। और यही हुआ। मर्ज बढ़ता गया और शरीर जर्द पड़ता गया। मासूम इमरती माँ की मनोदशा को थोड़ा-बहुत समझने लगी थी। सो दिन-रात उसके पल्लू पकड़े बैठी रहती।

वह मनहूस रात थी, जब मइया इमरती के हाथ पकड़ बिलखते हुए बोली, "बेटी, मैं जा रही हूँ। अब हिम्मत जवाब दे रही है। लेकिन तुम हिम्मत न हारना।" और उसने हमेशा के लिए आँखें बंद कर लीं। इमरती की चीख निकल गई। पूरी रात माँ के पास अकेली बैठी रोती रही। उसका साथ देने कोई न आया। अलबत्ता दूर कहीं कुत्ते-सियार रो-रोकर जरूर साथ निभाते रहे। दूसरे दिन गाँव के सीमाने पर उसने माँ की जलती चिता देखी। उधर माँ का वजूद समाप्त हुआ, इधर इमरती के वजूद पर सवालिया निशान लग गए। साल लगने को आए। सौतेली माँ अब पूरी तरह स्वतंत्र थी। बात-बात पर गाली देती, हाड़तोड़ मेहनत कराती और रूखी-सूखी रोटियाँ खाने को देती। वह कुछ न कहती। समय पंख लगाकर उड़ता रहा।

इमरती अब सोलह साल की है। ब्याह के बढ़िया गीत गाती है। जिसके यहाँ शादी-समारोह होता है, वे इमरती को बुलाना नहीं भूलते। गाती है तो समाँ बँध जाता

है। शिव-पार्वती के गीत हों या राम-विवाह, उसे सबमें महारत हासिल है। लोग खुश होकर एक साँझ का भोजन और कर का एक वस्त्र दे देते हैं। हर जगह सराही जाती है। यह सराहना सौतेली माँ को फूटी आँख न सुहाती। ऐसे ही एक दिन खेतों से काम कर लौट रही थी तो मिट्ठू मिल गया। उसकी बहन की शादी में भी इमरती ने खूब गाया था, सो लगा तारीफ करने, 'जानती हो इमरती, तुम जब गाती हो तो लगता है कि अमराइयों में कोयल ने तान छेड़ रखी हो। जब बेटी-वियोग पर स्वर लगाती हो तो नदी किनारे सिसकते पपीहे का भान होता है। भगवान् ने क्या खूब गला दिया है!' पहली बार हमउम्र युवा साथी से अपनी सराहना सुनी तो बिंदास बाला जोर से खिलखिला उठी। दुर्भाग्य से बगल बारी में बैठी सौतेली माँ ने सुन लिया। फिर क्या था, नमक-मिर्च मिलाकर बंसूली के कान भरे। नतीजा बहुत बुरा हुआ। आनन-फानन में नेमतपुर के नेमिया संग ब्याह दी गई। जब डोली चढ़ रही थी तो सौतेली माँ ने टोका—'समझो कि पीहर पराया हो गया। दुबारा फिर कभी पाँव रखने की जुरअत न करना। तुझे तेरी अपनी माँ की कसम।' इमरती ने देखा, सौतेली माँ बेटी विदा न कर रही थी, बल्कि दामन में फँस आए काँटे निकाल फेंक रही थी। उसने अपने आँसू समेट लिये। डोली जब गाँव के सीमाने पहुँची तो भर नजर वह जगह निहारी, जहाँ माँ की चिता जली थी। वहाँ अब आम का एक नन्हा पौधा उग आया था।

नेमिया अच्छा पति साबित हुआ। उसने उसे हर वह खुशी दी, जिसकी वह हकदार थी। रंग-रूप की खूब तारीफ करता और चाँदी के वर्क लगे दाँत पर न्योछावर हो जाता। पीहर के पाँव यहाँ मजबूती से जम गए। समय पर गोद भरी और दो बच्चे पैदा हुए। समय सरकता रहा। बच्चे बड़े हो गए तो उनकी भी शादी हो गई। घर भरते ही इमरती का दामन भी खुशियों से भर गया। लेकिन पता नहीं किसकी बुरी नजर लगी या क्या हुआ, इमरती के आँचल से यह खुशी भी मुट्ठी के रेत की तरह फिसल गई। नेमिया खेतों में काम करते समय आसमानी बिजली का शिकार हो गया। इमरती तो बदहवास ही हो गई। वक्त मरहम लगाता रहा। बेटों का मुँह देख उठने की कोशिश की। लेकिन समय ने भी कहाँ साथ दिया? नेमिया को गए अभी साल भी न हुआ था कि बहुएँ बात-बात पर आपस में झगड़ने लगीं। बेटे भी उनके सुर-में-सुर मिलाने लगे। इमरती समझाती, तरह-तरह की नजीरें पेश करती, लेकिन किसी पर कोई फर्क नहीं पड़ता। एक दिन तो हद हो गई। किसी बात पर बहुओं में बहस शुरू हुई। दोनों एक-दूसरे को कामचोर साबित करने पर तुली हुई थीं। बात बिगड़ी तो बेटों में मारपीट की नौबत आ गई। हवा का पलटा रुख तूफान बन बरसा।

नतीजा पंच-पसेरी आए और घर-द्वार, जगह-जमीन, ताखा-ढिबरी सब बाँट गए। आँगन में दीवारें खिंच गईं। इमरती को साझे में रख दिया गया। तय हुआ कि एक साँझ बड़ा बेटा रोटी देगा, दूसरी साँझ की जिम्मेवारी छोटे को दे दी गई। एक बार फिर इमरती का आश्रय बथान बन गया। हाय रे, किस्मत! यह इतने से ही बाज न आया। देखते-देखते अपने ही बच्चे इमरती से दूर होते गए। उसे गैरों से कोई गिला न था, लेकिन जब अपने ही सिक्के खोटे साबित हुए तो दूसरों से क्या आस-उम्मीद करना! समय के साथ बेटों ने नजरें पलट लीं। जब दो जून की रोटी मुहाल होने लगी तो इमरती ने पंच बुलाने की बात कही। बात बड़े बेटे को अखर गई। उसने आव देखा न ताव, माँ पर हाथ छोड़ दिया। एक पीटता रहा, दूसरा देखता रहा। इमरती कुछ न बोली। आज उसने आँसू भी न गिराए। अलबत्ता, मइया बहुत याद आई और उसी रात उसने घर छोड़ दिया। पूरी रात पैदल चलती रही। शहर आया। स्टेशन से कोई गाड़ी खुलने के लिए तैयार खड़ी थी। इमरती जा बैठी। रेलगाड़ी पूरी रात चलती रही। लोग चढ़ते-उतरते रहे। इमरती की कोई मंजिल न थी। उसे तो सिर्फ चलते जाना था। दूसरे दिन दोपहर जब रेलगाड़ी रुकी तो सारे मुसाफिर उतर गए। मालूम हुआ कि रेलगाड़ी अपनी मंजिल पर पहुँच चुकी है। तो क्या यही उसकी भी मंजिल थी? बहरहाल, इमरती स्टेशन से बाहर निकली और ठीक उसी जगह बैठ गई, जहाँ आज भी बैठती है। यह बनारस था। आगे चलकर परबतिया मिली। फिर भरदुल, बहारना और गेनिया आए। आखिर में रफीक रिक्शेवाला मिला। बीसों होली, दीवाली, दशहरा आते-जाते रहे। सबकुछ बदलता रहा। अगर कुछ नहीं बदला तो वह था इमरती का संसार।

सावन में बनारस आनेवाले भक्तों की भीड़ बढ़ जाती है। हजारों की तादाद में स्टेशन से निकलते हैं। खूब दातुन की बिक्री होती है। लेकिन आजकल इमरती वहाँ नहीं बैठती है। उसकी जगह परबतिया ने ले रखी है। मुसलसल बारिश से कई सारे धंधे बंद हो गए हैं। इसमें रफीक का धंधा भी है। मुसाफिर रेल से उतर सीधे टैंपू की तरफ भागते हैं। बंदा टकटकी लगाए खड़ा रहता है। एकाध मिल गए तो खोराकी चल जाती है। चबूतरे का पाकड़ पेड़ उदास खड़ा है। आजकल वहाँ कोई नहीं रहता। पंछियों ने भी अपने रैन-बसेरे बदल लिये हैं। बारिश में भीग जाने से इमरती को जर-बुखार उतर आया है। मुसाफिरखाने के कोने में पड़ी पूरे दिन खाँसती रहती है। रफीक दो बार सरकारी अस्पताल घुमा लाया है। थोड़ी देर के लिए जर उतरता है तो पानी माँगती है। फिर आँखें बंद कर पड़ी रहती है। बारी-बारी से सब देखने आते रहते हैं। रफीक की बेचैनी बढ़ती जा रही है। भाग-भागकर दवाएँ लाता

है। परबतिया पूरी रात पास पड़ी रहती है। गेनिया ने गाना बंद कर दिया है। भरदुल भीगते-भीगते गरम पानी लाता है। नगर थाने का मोहना मुंशी भी देख गया है। आज पहली बार हुआ कि इमरती से कुछ न बोला। सोहना सिपाही नकद बीस रुपए की मदद कर गया है, लेकिन इमरती की दशा बिगड़ती जा रही है। अब उसने बोलना छोड़ दिया है। इशारे में बात करती है। रफीक कोई सवारी लेकर बाहर गया है। इधर सभी परेशान हैं और पैसे जोड़ रहे हैं। रफीक आए तो कोई रास्ता निकले। रफीक आता है और सीधे अस्पताल ले जाता है। परबतिया सहारा दिए साथ बैठी है।

स्टेशन का घड़ियाल बारह बजाता है। इस समय कई रेलगाड़ियाँ आती हैं। हजारों शिवभक्त साथ उतरते हैं। बाबा विश्वनाथ के जयघोष से स्टेशन गूँज उठता है। शोर कुछ देर चलता है, फिर थम जाता है। अगले चार घंटे तक कोई रेलगाड़ी नहीं आनेवाली। अलबत्ता विलंब से चलनेवाली कोई गाड़ी आ जाए तो दूसरी बात है। इस बीच कोई मालगाड़ी गुजरती है तो पटरियाँ देर तक खड़खड़ाती हैं। फिर नीरव सन्नाटा छा जाता है। सूई लगने से इमरती कुछ ठीक है। पास में परबतिया गहरी नींद सो रही है। जिसे जहाँ जगह मिली है, वहीं पसर गया है।

अब भोर हो रही है। तीन तरफ से तीन रेलगाड़ियाँ अलग-अलग प्लेटफॉर्मों पर साथ पहुँची हैं। शोरगुल बढ़ता है। सभी जागने लगते हैं। रफीक तेजी से अंदर आता है। परबतिया अभी सोई हुई है, लेकिन इमरती का कोई पता नहीं है। वह कहाँ गई होगी? रफीक अनुमान लगाता है और दौड़कर परबतिया को जगाता है। वह हड़बड़ाकर उठती है। सभी भाग-भागकर चारों तरफ देखने लगते हैं। इमरती कहीं नहीं मिलती। स्टेशन का कोना-कोना छान मारा जाता है, लेकिन इमरती का कहीं पता नहीं चलता है। सिलसिला पूरे दिन चलता है। नगर थाने का मोहना मुंशी भी अपने तरीके से खोजता है, लेकिन इमरती का कहीं पता नहीं चलता। साँझ हो रही है। सभी उदास बैठे हैं। रफीक की आँखें भीग गई हैं। तभी परबतिया उसे इमरती की थाती सौंपते हुए कहती है, "रफीक, इसे रख लो बेटा! कल सूई दिलवाकर जब लौटे तो इमरती इशारतन बोली, 'परबतिया, अगर मैं न रहूँ तो इसे रफीक को दे देना और कहना कि अपनी बेटी को दे दे। शायद उसके कुछ काम आ जाए।'" रफीक फटे-पुराने कपड़ों में सँजोकर रखी गई इमरती के जीवन भर की थाती खोलता है और धाड़ मारकर गिर पड़ता है।

तीसरा दिन। रात के ग्यारह बज रहे हैं। रेलगाड़ी कटिहार-कुरसेला के छोटे से स्टेशन पर रुक रही है। यहाँ बहुत कम मुसाफिर उतरते हैं। अँधेरी रात होने के चलते लोग स्टेशन पर ही ठहर जाते हैं। बाहर छिनतई और भूत-पिशाच का भय

भी सताता है। लेकिन इसी अँधेरे में एक साया चलता जा रहा है। बिजली कड़कती है तो उसके जाने का आभास होता है। यह कौन है, जिसे अपनी जान की जरा भी परवाह नहीं! सिर्फ चलता जा रहा है। पाँव रुक नहीं रहे हैं। उनमें गजब की फुरती समा गई है। अब सामपुर शुरू हो रहा है। आगे छोटी नदी है, जिस पर चंचरी का पुल बना हुआ है। यह हवा के हलके झोंके से भी हिलता है। लोग इससे बहुत कम गुजरते हैं। लेकिन साया बिंदास बढ़ता जाता है। सामने सरेह शुरू हो रहा है। यह इलाका खतरनाक माना जाता है। तीनजोड़िया डूब चुकी है। गोया कि पहर भर रात और रह गई है। आगे नीम-बबूल के झंझाट गाछ-वृक्ष हैं। साँझ होने के बाद इधर आदमी का रहगुजर नहीं होता। बावजूद साया बिंदास बढ़ता जा रहा है। मेघ गरजने लगते हैं। आसमान काले बादलों से घिर जाता है। साया दूर जाता नजर आ रहा है। अब सड़क किनारे लंबे-लंबे ताड़ के पेड़ शुरू हो रहे हैं। गोया कि बाबू की बारी आ रही है। तभी मेह बरसने लगते हैं। सामने किसी गाँव का सीमाना शुरू होता है। आगे आम का एक बड़ा दरख्त है। साया चाहकर भी आगे नहीं बढ़ पाता है। लगता है, पैरों को किसी ने जकड़ लिया है। मजबूरन वहीं रुक जाता है। बिजली का कड़कना बदस्तूर जारी है।

दिन के दस बज गए हैं। बारिश बंद हो चुकी है। लोग घरों से निकलते हैं और खेती-बारी की तरफ बढ़ते हैं। अचानक किसी की नजर पड़ती है और वह जोर से चिल्लाता है। पूरा गाँव जमा हो जाता है। सामने आम के दरख्त के नीचे कोई औरत मरी पड़ी है। कौन है वह? लोग पहचानने की कोशिश करते हैं, लेकिन पहचान नहीं पाते। तभी लाठी टेकते एक वृद्ध सामने आते हैं और औरत के चेहरे से कपड़ा उठाते हैं। आँखें बंद हो चुकी हैं, लेकिन मुँह अब तक खुला हुआ है। मुँह में एकमात्र दाँत दिखता है, जिस पर चाँदी का वर्क चढ़ा है। वृद्ध माथा पकड़ बैठ जाते हैं और रो-रोकर बताते हैं, "अरे, ई इमरती है रे! बंसूली की बेटी। आज युगों बाद बेचारी आई भी तो सीमाने पर ही मर गई।" लोग न जान सके कि ऐसा क्योंकर हो गया? सच तो ये था कि 'पीहर के पाँव' घर के लिए ही निकले थे। लेकिन इमरती की माँ ने उसे सौतेली माँ की कसमें याद कराकर वहीं रोक दिया और बेटी को छाती से लगा लिया। यह वही जगह थी, जहाँ इमरती की माँ को जलाया गया था। जहाँ आगे चलकर आम का दरख्त पैदा हुआ।

इमरती की पहचान करनेवाले वृद्ध कोई और नहीं, मिठू महतो ही थे। ये वही मिठू थे, जिनकी बहन की शादी में इमरती ने गीत गाए थे। शायद इसी काम के लिए भगवान् ने उन्हें अब तक जिंदा रखा था। बंसूली के मरने के बाद दूसरी पत्नी भी

बेऔलाद मर चुकी थी। सो वहाँ से कोई आनेवाला नहीं था। कृतज्ञ गाँव ने आम के उसी दरख्त के नीचे चिता सजाई। मिठू महतो ने मुखाग्नि दी। लोगों ने देखा, गीली लकड़ियों में भी आग पकड़ते देर न लगी। इमरती धू-धू कर जलने लगी और देखते-देखते सारा आकाश धुएँ से भर गया।

बनारस। सात साल बीत चुके हैं। लंका गेट से उत्तर 'इमरती स्मृति औषधालय' बन चुका है। रफीक के बेटा-बेटी डॉक्टर हैं। आठ घंटे सरकारी सेवा करने के बाद चार घंटे इस औषधालय को देते हैं। दीन-दु:खियों की नि:शुल्क सेवा ही उनका मकसद है। समय के साथ परबतिया भी जा चुकी है। लेकिन भरदुल, बहारना और गेनिया आज भी जिंदा हैं। उन्हें अब स्टेशन के चबूतरे पर रहने की जरूरत नहीं रह गई। सभी औषधालय में मजे से रहते हैं और अपने तरह के लोगों की खूब सेवा करते हैं। रफीक कहता है, "मइया जाते-जाते अपना संसार बसा ही गई।" अलबत्ता उसे आज तक नहीं मालूम कि इमरती कहाँ गई, क्या हुआ उसका? हालाँकि बंदे को अब रिक्शा चलाने की जरूरत नहीं रह गई, बावजूद, बिला नागा हर शाम स्टेशन जाता है, उसी चबूतरे पर बैठता है और पूरब जानेवाली रेलगाड़ियों को घंटों निहारता रहता है… !

□

बाबूजी की पाठशाला

बुटन का बीड़ी पीना बड़ा बखेड़ा खड़ा कर गया। हालाँकि उसने तमाम एहतियात बरती थी, रेल ब्रिज के नीचे छिपकर पी भी रहा था, लेकिन क्या पता था कि एक जोड़ी आँखें लगातार उसे घूरे जा रही हैं! यह बाबूजी थे। पलक झपकते संगी-साथी नौ-दो-ग्यारह हो गए, लेकिन उसे तो लकवा मार गया। हलक सूख गया। चेहरा पीला पड़ गया। लगा, रुलाई फूट पड़ेगी। बंदा खड़ा न रह सका। बैठ गया और घुटनों के बीच सिर छुपाए देर तक सिसकता रहा। सोच रहा था कि अभी कड़कती हुई आवाज आएगी—'कूड़े के ढेर से प्लास्टिक उठानेवाले हो, पूरी जिंदगी कूड़े पर ही पड़े रहोगे। नाली के कीड़े को नाली से निकाल साफ-सुथरी जगह पर रख दो, लेकिन वह खामख्वाह नाली में कूद ही जाता है। तुम्हारा कुछ नहीं हो सकता। तुम नहीं सुधरोगे।' लेकिन आज ऐसा कुछ न हुआ। देर तक जब ऐसी कोई आवाज नहीं आई तो हिम्मत कर सिर उठाया। परंतु यह क्या? सामने कोई नहीं था। बाबूजी कबके जा चुके थे। स्थिति अब और गंभीर हो गई। ऐसा पहली बार हुआ, जब बाबूजी बिना कुछ बोले चुपचाप चले गए थे। कल कैसे बाबूजी का सामना करेगा? स्लम बस्ती के सारे बच्चे जब उछल-उछलकर अपना सबक याद कर रहे होंगे तो वह नजरें नीची किए कहीं दूर खड़ा होगा। क्या नहीं किया था बाबूजी ने उसके लिए? नई किताबें ला दी थीं। एक जोड़ी चप्पलें, जिसे वह अब तक पहन रहा है, उन्हीं की खरीदी हुई हैं। कितने प्रेम से पिछली होली में नए कपड़े सिलवाए थे! ऐसा तो बाबूजी ने उसके कई संगी-साथियों के लिए किया था, लेकिन वह जानता है, बाबूजी उसे कुछ ज्यादा ही मानते हैं। उसे बाबूजी के बारे में विशेष कुछ नहीं मालूम। सिर्फ इतना जानता है कि सामने खड़ी बड़ी इमारतों के बीच कहीं रहते हैं। सरकारी स्कूल के मास्टर थे। रिटायर हो चुके

हैं और अब बेटा-बहू के साथ रहते हैं। जैसे ही दिन के ग्यारह बजते हैं, बाबूजी आ जाते हैं। तब तक वह भी अपने दिगर संगी-साथियों के साथ शहर के तमाम चौक-चौराहों पर पड़े कूड़े के ढेर से प्लास्टिक की थैलियाँ बटोर चुका होता है। धंधा खत्म कर भागता आता है और जल्दी-जल्दी गंगा में तीन-चार डुबकी मार अपनी खोली में पहुँच जाता है। तब तक मइया भी दो-तीन घरों से झाड़ू-पोंछा कर लौट चुकी होती है। कमाई के दस रुपए मइया के हवाले, बाकी दो-चार अपनी जेब में। मइया इतने पर ही राजी रहती है, सो कभी हील-हुज्जत नहीं करती। बड़े बाबू के घर से मिली रातवाली रोटियों पर नमक-तेल रख खाते-खाते बस्ता उठाता है और दौड़ पड़ता है बाबूजी की पाठशाला में। यही रोजनामचा तमाम साथियों का होता है। गंगा किनारे पीपल के पेड़ के नीचे बाबूजी की पाठशाला लगती है। सारे बच्चे बोरे पर बैठते हैं। बाबूजी के लिए एक बढ़िया बोरा अलग कर दिया गया है। भाषा-गणित की सामान्य समझ सभी बच्चों को हो आई है। अगले साल से अंग्रेजी भी पढ़ाई जाएगी। यह जानकर बच्चों में बहुत कौतूहल है। बाबूजी कुछ पूछते हैं तो वही पहले हाथ उठाता है। सही जवाब पर बहुत शाबाशी मिलती है। लेकिन जब से गेनिया, गनपत उसके साथ आए, उसकी आदत बिगड़ती चली गई। बीड़ी की लत उन्हीं की देन है। शुरू में कूड़े पर पड़े बीड़ी-सिगरेट के टुकड़ों से काम चलाया गया, फिर खुद खरीदारी भी शुरू हो गई। मुँह महका तो चोरी पकड़ी गई। बाप तो थे नहीं, सो मइया ने सीधे बाबूजी से शिकायत कर दी। पहले तो बाबूजी ने प्यार से समझाया, लेकिन आदत न बदली तो डाँटने लगे। तब वह साफ मुकर जाता था। लेकिन अब कैसे मुकरेगा? आज तो रँगे हाथ पकड़ा गया था। कुछ सूझ न रहा था। तभी तीन बजिया रेल ब्रिज से गुजरी। समय का अंदाजा हुआ। बोझिल कदम बढ़ नहीं पा रहे थे, लेकिन लौटना मजबूरी थी।

बाबूजी! गोया कि गंगदयाल प्रसाद। गाँव के लोग गंगा बाबू के नाम से ही पुकारते थे। पुरखों से मिली पचपन बीघे जमीन को जब पाँच पट्टेदारों में बहिस्से बराबर बाँटा गया तो एक हिस्सा यानी ग्यारह बीघे जमीन के अकेले स्वामी बने थे गंगा बाबू। तब इतनी मिल्कियत बहुत कम लोगों की होती थी। ऊँची कद-काठी के बैल और कठियावाड़ी नस्ल की दुधारू गायों से द्वार भरा रहता था। नौ कमरों का बँगलानुमा मकान और सामने बड़ा सा दालान। इलाके में इज्जत और समाज में साख थी। बगल गाँव के सरकारी हाई स्कूल के शिक्षक गंगा बाबू के पास भगवान् का दिया सबकुछ था। सुमित्रा जैसी जीवनसंगिनी का साहचर्य किसी

स्वर्ग से कम नहीं था। शाम को जब स्कूल से लौटते तो देखते ही विवेक, वनिता साइकिल पर सवार हो जाते। बेटा-बेटी का मन रखने के लिए गंगा बाबू को गाँव का एक चक्कर लगाना ही पड़ता। दिन मजे से गुजर रहे थे, लेकिन चालीस बसंत के बाद जो पतझड़ आया तो फिर नहीं लौटा। वह मनहूस रात आज भी सिहरन दे जाती है, जब सुमित्रा ऐसी चिर निद्रा में सोई कि दुबारा उठ न सकी। दूसरे दिन जब सुबह का उजाला हुआ तो गाँव ने देखा, गंगा बाबू का संसार घोर अँधेरे में डूबा हुआ था। कोहराम मच गया। चारों तरफ मातम पसर गया। तब वनिता छह और विवेक चार साल के थे। वक्त मरहम बनता रहा और गंगा बाबू बेटा-बेटी का मुँह देख जीते रहे। कइयों ने कहा कि दूसरी शादी कर लें, लेकिन गंगा बाबू साफ इनकार कर गए। बच्चे जहीन थे, सो गंगा बाबू ने उनकी परवरिश और शिक्षा-दीक्षा में कोई कोर-कसर न रखी। स्नातक बाद वनिता का ब्याह हो गया। विवेक पढ़ाई में अव्वल आते रहे। उस दिन युगों से ठहरे पोखर के पानी में एकबारगी लहरें उठ खड़ी हुईं, जब बेटे का कमीशन से रिजल्ट आ गया। विवेक पटना में बड़े अधिकारी बन गए थे। फिर तो दूर-दूर से रिश्ते आने लगे। ऐसे ही एक रिश्ता पटना से भी आया। लड़की दिल्ली में पढ़ी-लिखी थी और फिलहाल पटना के बड़े प्रतिष्ठित कॉन्वेंट स्कूल में पढ़ा रही थी। यह रिश्ता खूब पसंद आया। फिर क्या था, गंगा बाबू ने तनिक देर न की। बेटे को भी ब्याह दिया। कुछ दिन तो खुशियाँ आँगन में आराम से बैठी रहीं। लेकिन बेटा-बहू के जाते ही उदासी ने आ घेरा। रिटायरमेंट के बाद तो खालीपन और बढ़ गया। दिन पहाड़-से लगते। रात काटने से न कटती। घंटों चलनेवाले कदम धीरे-धीरे कमरों में कैद होते गए। जवानी तो जवाँ दिली से इनसान जी लेता है, लेकिन बुढ़ापा बिना जीवनसंगिनी के बोझिल होता चला जाता है। ऐसे में सुमित्रा की बरबस याद आती रहती। नतीजा कुछ ही दिन में शरीर कमजोर पड़ने लगा। विवेक बार-बार फोन करते। स्वास्थ्य पर ध्यान देने की बात कहते, लेकिन गंगा बाबू पर कोई खास असर नहीं होता। जब देखा कि बाबूजी की सेहत दिनोदिन गिरती जा रही है तो एक दिन आए और बाबूजी को उठा ले गए। गंगा बाबू गाँव छोड़ना नहीं चाहते थे, लेकिन बेटे की जिद पर जाना ही पड़ा। घर में ताला लग गया। खेत बटाई पर उठा दिए गए।

पटना अब कितना बदल चुका है! लाखों आबादी की परवरिश करता यह ऐतिहासिक नगर अपने सीने पर हजारों गगनचुंबी इमारतों का बोझ लिये खड़ा है। गांधी मैदान से पश्चिम दानापुर की तरफ चलते जाइए तो बड़ी-बड़ी कॉलोनी

और सोसाइटियों का जो सिलसिला शुरू होता है, वह समाप्त होने का नाम नहीं लेता। ऐसी ही एक सोसाइटी में विवेक ने फ्लैट ले रखा है। गंगा बाबू आजकल वहीं रहते हैं। चौथी मंजिल के महज तीन कमरों में यहाँ संसार सिमटा हुआ है। बाहर बालकनी में थोड़ी सी जगह है। गंगा बाबू की विश्राम स्थली यही है। यहाँ से कलकल बहती गंगा साफ नजर आती है। सुमित्रा से किया वादा याद कर आँखें भर आती हैं। बेचारी पटना का गोलघर देखने और गंगा-स्नान करने की अधूरी इच्छा लिये चल बसी। कंक्रीट के कमरों से मन जब उचाट हो जाता है तो बालकनी में आ बैठते हैं और जे.पी. सेतु से गुजरती रेलगाड़ियों को निहारते रहते हैं। बेटा-बहू नौ बजे निकल जाते हैं और गए शाम लौटते हैं। सो यही बालकनी सहारा बनती है। किससे बात करें, कहाँ जाएँ? गाँव तो है नहीं कि छड़ी उठाए और जा बैठे महतोजी के दालान में। यह शहर है। यहाँ सभी स्वयं में सिमटे हुए हैं। नीचे सोसाइटी के गेट पर बाबूजान धोबी रहता है। सुबह से शाम तक हाकिम-हुक्मरान और मेम साहबान के कपड़ों पर आयरन करता रहता है। उसे सारे फ्लैटों का अता-पता मालूम है। किस ब्लॉक के किस फ्लोर पर कौन साहब रहते हैं, छूटते ही बता देता है। बीसों ड्राइवर ग्राउंड फ्लोर पर बने सर्वेंट क्वार्टर्स में रहते हैं। अपने-अपने साहबों को ऑफिस से लाकर पोर्टिको में गाड़ी खड़ी कर देते हैं। फिर इनका अपना संसार जी उठता है। सहरसा का सोहना 'रे जान…' करके जब गीत गाता है तो शरीर में सुरसुरी समा जाती है। कैमूर के कामेसर को निर्गुन-पूर्वी में महारत हासिल है। भगेलू भागलपुर से है। उसके नस-नस में बिहुला-बाला लखंदर की कहानी समाई हुई है। कोहबर घर में बिहुला विलाप का प्रसंग गाता है तो रोंगटे खड़े हो जाते हैं। असेसर आल्हा पर खूब आलाप भरता है। सोसाइटी के संतरी भी इस समाज में शामिल रहते हैं। देर रात अगर किसी साहब की गाड़ी आकर गेट पर हॉर्न बजाती है तो उठकर जाना पड़ता है। फिर सीटी मार साइड करना पड़ता है। तब बहुत अखरता है। बूढ़ा संतरी बब्बन भुनभुनाता है—'मशीन भी कुछ देर आराम करती है। आखिर हम तो आदमी हैं।' जिंदगी अपनी रौ में चलती रहती है। गंगा बाबू का दिल करता है कि इनके साथ कुछ देर बैठें, बातें करें, लेकिन चाहकर भी ऐसा नहीं कर पाते। एक दिन दो मिनट के लिए खड़े क्या हुए, बहू ने टोक दिया, "बाबूजी, अगर अपना नहीं तो कम-से-कम इनके स्टेटस का तो खयाल कीजिए!" दिहाड़ी या मासिक मजदूरी पर काम करनेवाले ये श्रमिक शरीर से चाहे जितना पसीना बहा लें, लेकिन साहबों के साहचर्य का सुख नसीब

नहीं होता। इन्हें इसका कोई मलाल भी नहीं। सबका अपना-अपना संसार है भाई!

विवेक काम से लौटते तो थोड़ी देर के लिए बाबूजी के पास जरूर बैठते। नई-नई पत्रिकाएँ लाकर पढ़ने को देते। हाल-समाचार पूछते और अपने कमरे में चले जाते। हालाँकि यहाँ कोई कमी न थी, लेकिन विवेक ने गौर किया, बाबूजी कुछ ज्यादा ही गुमसुम रहने लगे हैं।

उस दिन सुबह-सवेरे दूध लेकर लौट रहे थे कि चौराहे पर बुटन से भेंट हो गई। कचरे के ढेर से प्लास्टिक की थैलियाँ चुन रहा था। साथ में कुछ और बच्चे थे। बेतरतीब बढ़े बाल, पीले-पीले दाँत, नंगे बदन, कीचड़ भरी आँखें, लेकिन उनमें गजब की रोशनी! गंगा बाबू देर तक देखते रहे। एक बच्चे ने ढेर से दो रुपए का सिक्का पा लिया था और इतना खुश था, जैसे कारून का खजाना हाथ लग गया हो! बाकी मायूस थे। गंगा बाबू से देखा न गया। सबको बुलाया और बीस का नोट देते हुए बोले, "लो, सामने दुकान से कुछ खा लेना।" बुटन से यही पहली मुलाकात थी। फिर तो सिलसिला चल निकला। अब अकसर भेंट हो जाती। देखता तो दौड़ा आता। प्रणाम करता और 'बाबूजी-बाबूजी' कह बातें करने लगता। कभी हाथ से सब्जी का झोला ले लेता और कुछ दूर पहुँचा देता। बोलना शुरू करता तो बिना रुके बोलता जाता। उसने अपना रोजनामचा सुनाया। अपनी बस्ती के बारे में विस्तार से समझाया। यह भी बताया कि तैरने में उसे महारत हासिल है। कभी गंगा में दूर चला जाता है। फिर बड़े आराम से लौट भी आता है। मासूम मन की प्यारी बातें सीधे दिल में उतरतीं। सुबह सोसाइटी से निकलते समय बुटन से मिलने की इच्छा बलवती हो जाती। वह भी किसी-न-किसी मोड़ पर मिल ही जाता। ऐसा कुछ दिन चलता रहा। बुटन मिलता रहा और गंगा बाबू निहाल होते रहे। यह एक ऐसा रिश्ता था, जिसका कोई नाम न था। फिर तो ऐसा आकर्षण पनपा, जो गंगा बाबू को खींचता चला गया और यही आकर्षण गंगा बाबू को बुटन और उसकी बस्ती तक खींच लाया। गंगा किनारे पाठशाला खोल दी और बच्चों के 'बाबूजी' बन गए। उधर बेटा-बहू नौकरी पर निकलते, इधर गंगा बाबू पाठशाला चल देते। शाम को समय से हाजिर रहते। बेटा-बहू को इस बारे में कभी नहीं बताया। भय भी था। कहीं ऐसा न हो कि अनायास आई खुशी कर्पूर की लौ की तरह क्षण भर में स्वाहा हो जाए!

आज गंगा बाबू बच्चों का मौखिक मूल्यांकन कर रहे थे। बीते सप्ताह मुंशी प्रेमचंद की कालजयी कहानी 'ईदगाह' पर खूब चर्चा हुई थी। रमजान के तीस

रोजों के बाद ईद आने की खुशी, गाँव में बढ़ती चहल-पहल, बिना जूते हामिद का साथियों संग मेले जाना, मेले में चरखी-हिंडोला की मस्ती और आखिर में गाँव वापसी का बाबूजी ने ऐसा वर्णन किया कि कहानी के दृश्य और किरदार जीवंत हो उठे थे। बच्चों को बड़ा मजा आया। हामिद के हालात पर तो कइयों की आँखें भर आई थीं। तब बुटन सामने बैठता था। अफसोस, आज नहीं है। बच्चे बताते हैं कि पिछले कई दिनों से वह घर से नहीं निकला। धंधे पर भी नहीं जाता। दम साधकर बैठा रहता है। सुनकर बाबूजी को सदमा लगा। गलती का अहसास ही सुधार की सीढ़ी होती है। सो बुटन के लिए बेचैनी बढ़ गई। बहरहाल, बाबूजी ने पूछना शुरू किया, "हामिद के अब्बा कैसे मरे थे?" चुनमुन उछलकर बोला, "जी, हामिद के अब्बा हैजे से मरे थे।" बाबूजी ने शाबाशी दी और दूसरा सवाल किया, "नमाज खत्म होने पर लोगों ने क्या किया?" अब बारी चुनिया की थी, "जी, लोग आपस में गले मिले और मिठाई की दुकानों पर टूट पड़े।" तीसरा प्रश्न, "अमीना का दिल क्यों कचोट रहा था?" "क्योंकि ईद के दिन अमीना के घर में एक दाना तक नहीं था और हामिद अकेला महज तीन पैसे के साथ मेले जा रहा था।" यह जवाब मुखीराम का था। गंगा बाबू गद्‌गद हो गए। ऐसे छोटे-छोटे ढेरों सवाल पूछे गए। बच्चे बारी-बारी से सटीक उत्तर देते गए। अंत में बाबूजी ने पूछा, "हामिद ने मेले से कोई खिलौना न लेकर चिमटा ही क्यों खरीदा?" सवाल थोड़ा घुमाकर था, सो बच्चे उलझ गए और एक-दूसरे का मुँह ताकने लगे। बाबूजी ने सवाल को फिर दोहराया, लेकिन इस बार भी कोई जवाब न आया। वर्ग में सन्नाटा छा गया। तभी पेड़ों की ओट से आवाज आई, "क्योंकि उसकी दादी अमीना की उँगलियाँ तवे से जल जाती थीं।" सभी मुड़कर देखने लगे। आवाज पहचानी-सी लगी। यह बुटन था, जो बोलकर भाग गया। अब बाबूजी बैठे न रह सके। उठे और दौड़ पड़े। पीछे सारे बच्चे हो लिये। देखा, बुटन भागा जा रहा था। रुकने के लिए कई बार आवाज लगाई, लेकिन बुटन भागता रहा। आखिर में बाबूजी ने चिल्लाकर कहा, "लेकिन हामिद की जगह अगर तुम होते तो क्या अपनी माँ के लिए चिमटा खरीदते? नहीं···नहीं···तुम ऐसा नहीं करते। तुम तो बीड़ी खरीदकर पी जाते। तुम्हें क्या चिंता कि इस बार जब सड़े-गले टीन की छत से बरसात का पानी टपकेगा तो तुम्हारी माँ कहाँ रहेगी?" आवाज नश्तर-सी सीने में चुभ गई। भागते कदम अचानक रुक गए। बुटन मुड़ा और आकर बाबूजी के पैरों पर लोट गया। फिर बिलख-बिलखकर रोने लगा, "बाबूजी, मुझे माफ कर दीजिए। वादा

करता हूँ, जिंदगी में फिर कभी बीड़ी को हाथ न लगाऊँगा। आप न पतियाते हैं तो माँ से पूछ लीजिए। मैंने गेनिया-गनपत से कुट्टी कर ली है। आपसे अलग होकर एक क्षण भी सही साँस न ले सका। मेरी हिम्मत न हो रही थी कि आपके सामने आऊँ।" फिर रोते-रोते उसने दोनों हाथ जोड़ दिए। लम्हे न लगे, बाबूजी मोम की तरह पिघल गए। आँखें आँसुओं का भार सँभाल न सकीं। वे बरबस बरस पड़ीं। झुके और बुटन को उठाकर गले लगा लिया। बोले, "कोई बात नहीं बेटा! सुबह का भूला अगर शाम को सलामत घर लौट आए तो उसे भूला हुआ थोड़े कहते हैं! चलो, अभी तुम्हें ढेर सारे काम करने हैं।" सभी चल पड़े। लेकिन इस बार चाल बदली हुई थी। बुटन बाबूजी की उँगली पकड़े आगे चल रहा था। सामने थोड़ी दूर पर बाबूजी की पाठशाला थी।

□

बालचन

तब बैलों के लिए बाबुगाँव से बढ़िया कोई मेला न था। लोग साल भर इंतजार करते। अबकी मेला लगते ही मय बारी-बगइचा भर गए। बालचन दु दिन पहिलहीं खूँटा गाड़ लिया। 'साधो-माधो' बैल नहीं, स्वाँग थे उसके। इन्हें बेचना उसे गवारा न था। बाकी अब उसकी सुनता कौन है? बेटा-बहू जिद पर अड़े हैं कि बैलों को बेचकर ही आना। बड़की पूरब चलती है तो छोटकी पच्छिम। दुनूँ अइसी मति मारी कि बेटे हाथ से फिसल गए। छोटका त बऊके-बकलोल है। बड़की, बहिन से बियाह का झाँसा दे लुगा-लुगरी फिंचवा लेती है। उस दिन छोटकी मुसका के का बोली, "ससुर नीम गाछि पुतली चढ़ गया दतुवन तुरने। जब गिरा तऽ झाँकने भी न आई। ई माइये थी, जे जांगर जोड़ पकड़ा। तब से हुचुक-हुचुक के चलता है। अब अउर करो भावज की तीमारदारी!"

परबतिया न जाने कवन जनम के करजा खाए बैठी है। डोली उतरे बारहे दिन हुए थे, ठीक से महावर भी न उतरे थे, बेचारी हँसुआ ले जा बैठी कटनी करने! लाल टेस मेहँदिया हाथ देख कलेजा फट गया था। अब ए उमर में पाँच-पाँच पंजा के बोझा ढोए! बालचन को पत्नी पर गुस्सा आया, "ले अब समलबाई से झुकी कमर ले कहरती रह!" तभी एक व्यापारी की नजर साधो-माधो पर पड़ी। दाम पूछा। खुद में खोया बालचन हुमचौवा रोकड़ माँग दिया। व्यापारी बोला, "भाई बैल बेच रहे हो कि हाथी?" बालचन यही चाहता था कि कइसहूँ सतमी सलामत उतरे और बंदा घर की राह धरे। बैल बिक गए तो दुबारा बासे न चढ़ेंगे। फिर माधो महतो का हरवाहा बनना पड़ेगा। आ, अबकी जे इनके हर का मूठ पकड़ाया, तऽ जिनगी सिरा जाएगी। तीन पीढ़ी से इहे होता आया है। अब उहो का दुआरे खड़ा होने देंगे? बीसो बार चौपारन से चाउर लाद के लाया तऽ ठीक था। आ एक बार जे उ.पी. से यूरिया लादने से इनकार किया तो खार खाए बैठ गए। अब के बॉडर पार करे आ सिपाही

जी का सोटा खाए। आखिर ईमानो-धरम कवनो चीज होती है कि ना ? इधर छोटकी कतिक नहाने से गोंडाई खातिर मुँह फुलाए बैठी है। बड़की नैहर के नकबेसर ले गुमाने बैठी रहती है। धत, अइसे कहीं घर चलता है ? साधो-माधो मेला घूम लिये, बहुत हो गया। अब तनि घुघुर-घाँटी हो जाए, फिर जय सिया राम। बालचन ने प्यार से बैलों की गरदन सहलाई। साधो-माधो मुंडी हिलाने लगे।

दसहरा की सतमी आते-आते मेला उफान पर आ गया। हार-के-हार व्यापारी उतरने लगे। गहकीआव बढ़ गया। बालचन को बैल बेचने न थे, सो महटिआता रहा। एक दिन भोरे-भोरे भरदुल आ धमका। ई भारी भीतरगुनिया था। राम-राम के बेरा साँझा माई के किरिया खाता था। बालू पेर के तेल चुवाने में माहिर था। आकर बैलों का खुर निहारा। फिर वापस जाने लगा। बालचन चिहुका—"का भया भरदुल भाई ?" "ना, कोई बात नहीं।" "तऽ एतना घूर-घूर के का देखा ?" बालचन बेचैन हो पूछा। भरदुल फुसफुसाया, "भाई, मेला के उत्तर में खुरहा बीमारी फैल गई है। कई बैल गिर गए। लोग औने-पौने बेच के भाग रहे हैं। तुम्हरा भाग ठीक है, जो तेरे बैल सलामत हैं। फिर जिधर से आया था, उधर निकल गया।" भरदुल तो चला गया, बाकी बालचन में बेचैनी समा गई। वह बार-बार बैलों के खुर निहारने लगा। तभी दो आदमी और आए। एक ने दाम पूछे ही थे कि दूसरे ने टोक दिया, "भाई, अब बैल क्या खरीदने, थाती सलामत रही तो ढेर बैल मिलेंगे। कौन ई महामारी में जोखिम उठाए, चलो घर चलते हैं।" और दोनों निकल गए। बालचन के देहे सुरसुरी समा गई। सोचने लगा कि कुछ उन्नीस-बीस हो गया तो बेटे-बहू को का मुँह दिखाएगा ? घिग्घी बँधने लगी। ऐन मौके पर एक और व्यापारी आया। उसने भी बैलों के दाम पूछे। टूटता बालचन बोला, "भाई, आप ही मुनासिब दाम लगा दो।" व्यापारी ने तीन सौ रुपए कहे। बालचन को ई दाम नहीं, गाली लगी, सो बोला, "भाई, बैल खरीदने आए हो कि बकरी ?" व्यापारी हँसा। "क्यों, तुम्हीं न परसों हाथी बेच रहे थे।" बालचन को याद आया कि अरे, ये तो वही बंदा है, जो पहले दिन आया था! सब जतरा का फेर है। तीने दिन में का से का हो गया ? व्यापारी ने खामोशी तोड़ी, "क्या सोचने लगे, अगर बेचने हैं तो पाँच सौ लो और खुशी-खुशी नाथ-पगहा थमाओ।" बालचन ने उँगलियों पर हिसाब लगाया—तीस का घाटा हो रहा था। सोचा, भागत भूत के लँगोटे काफी। परबतिया को वह समझा लेगा। फिर भी हिम्मत कर बोला, "भाई, दिया बैल तुझको, बाकी मेरी खुशी चाहते हो तो इसमें पाँच और बढ़ा दो।" हिसाब लगाया, अगरचे पाँच और मिल गए तो परबतिया खातिर लुगा ले लेगा। बउका को मर्दानी जरूरी है। जामा भी जघे-जघे फट गया है। बड़का पोता को

पीपुही चाहिए, छुटकी जाँता देख जुड़ा जाएगी। व्यापारी गहरी सूझ-बूझ का बंदा था, बैलों की असली कीमत आँक लिया था, सो झट बात मान ली। बालचंद जब बैलों का पगहा पकड़ाने लगा तो वे कातर भाव से ताकने लगे, मानो पूछ रहे हों—'इतनी जल्दी हार मान गए मालिक?' बालचन से देखा न गया, उसने नजरें झुका लीं।

अब बालचन के लिए मेले का कोई मतलब न था। साँझलौका हो चला था। रात काटनी थी। साधो-माधो के जाने के बाद मन उचाट हो गया। सोचा, एक पहर रात रहते निकल जाएगा। तब तक बजरंगबली की आरती सुन ले।

पांडेपरसा पार करते-करते सुकवा उग आया। आगे पाँतर रास्ता था। छिनतई होती रहती थी। गेंठे नगद नारायन पर हाथ फेरा। थाती सलामत थी। गरीब ईमान की तरह अपनी संपत्ति भी सँभालता है। बालचन विश्वासन बोला, "तीन कोस बरम बाबा पार लगा देंगे। आगे की राह पीर बाबा के हवाले।" जब प्रानपुर पहुँचा तो भोर होने लगी। अभी तीन कोस चलना था। चाल बढ़ा दी उसने। साधो-माधो की याद आने लगी। 'क्या हुआ होगा उनका? अगर भरदुल की बात सच निकली तो…!' सोचकर सिहरन होने लगी। भगवान् न करे उनके साथ कुछ हो। ओफ, बैलों के बिना जीना मुहाल हो जाएगा। कंधे पर हल लिये जब घर से निकलता था तो सीना सवा बित्ता चौड़ा हो जाता था। बेटे अबकी साथ दें तो बलिया से बढ़िया बैल लाएगा। बुझावन जब से घूरा बैठना लगा, तबे बुझा गया—अब घर को गरहन लगा। ई बुझावन नहीं, आग-लगावन था। इसका काटा लहर न देता था। उसने बेटों को खबरदार किया, ऊँच-खाल सब दिखाया, बाकी उसकी बात न सुनी गई। डोमा आ केवटी से भी सावधान किया, "ई सब घर-फोड़वा है, एके फेर में मत पड़ना।" लेकिन बात मगज में न घुसी। घरघुमना के पतोह जब से आगी लेने आँगन आने लगी, बहुओं के सुर बदलने लगे। परबतिया छाती पीटती रही, बाकी सब अपने मन छितराते रहे।

बालचन जब गाँव पहुँचा त सुरुज माथे चढ़ चुका था। दुआरे मय गाँव का बिटोर हुआ था। दिलावर व दसई चौधुर कचहरी लगाए बैठे थे। ये इलाके के रसूखवाले लोग थे। अमीर देवान, शिवनंदन, अकलू व बदल की मौजूदगी मामले को गंभीर बना रही थी। झगरू आज दौड़-दौड़ के लोगों को पानी पिला रहा था। ई अली बक्श का नंबरी गोईयाँ था। बुझावन बड़े बेटे के साथ बैठा था। छोटका महँगुआ के पास था। ई लंठई में नामी था। मोहरम मियाँ व रामधेनी को देख जान-में-जान आई। ये ईमान-धरम के लोग थे। बचपन के संगी-साथी। काशी-अजमेर एके साथ हो लिये थे। परबतिया इन्हीं के पास बैठी थी। साथ में बउका था। बहुएँ

औरतों के झुंड में थीं। मजमा देख बालचन को थास मार दिया। भहरा के बैठ गया। वही हुआ जिसका डर था। दसई चौधुर बोले, "सही टाइम पर आए बालचन! देखो, तेरे दोनों बेटों ने कल बात-बात में बिगाड़ कर लिया। जमके बवाल हुआ। नतीजा सामने है।" बालचन ने देखा, छोटका की उँगली कट गई थी। बड़का पैर में पट्टी बाँधे हुए था। बहुएँ भी चोटिल थीं। कल से चूल्हा न जला था। भूख से बिलखते बच्चों को देख कलेजा मुँह को आ गया। दौड़कर पोती को उठाया। वह दादा से जाँता पा खुश हो गई। पोता अपनी पीपुही के लिए दौड़ा, लेकिन बहू ने रोक लिया। तभी छोटी बहू आई और बेटी के हाथ से जाँता छीन फेंक दिया। दोनों चिल्ला-चिल्ला के रोने लगे। आज बालचन को लगा, जैसे तपते लाल लोहे से किसी ने दाग दिया हो। दिलावर दिलासा देते बोले, "भाई, नाहक मगज मारी का क्या मतलब? दूध फट चुका है। अब जोरन डाल दही नहीं जम सकता। जब बेटे बाँट-बखरा पर उतर गए तो उन्हें रोकना भी मुनासिब नहीं।" बुझावन व महँगुआ ने भी सुर मिलाए, "रात-दिन की किच-किच से अच्छा है, खिचड़ी अलगे-अलगे पके।" अकलू पीछे न रहे, "एक दिन ई होना ही था।" ऊँचा उठकर देखा तो घर-घर का एक ही लेखा! दसई भाई ठीके कह रहे हैं।

बेरा दोलते-दोलते बाँट-बखरा की नौबत आ ही गई। मोहरम मियाँ व रामदेनी ने बहुत कोशिश की कि मामला रफा-दफा हो जाए। सभी मिल-जुल के रहें, लेकिन ई किसी को नीक न लगा। छोटकी बहू उलटा-सीधा बकने लगी। नाराज हो दोनों चले गए। अब जो बच गए थे, वे वही थे, जिनका बालचन से कोई-न-कोई खुन्नस थी। बँटवारा होने लगा। बखरी, ओसारा, दालान ही नहीं, ताखा व ढेबरी तक बँट गए। माँ-बाप पर भी गोटी पड़ा। परबतिया बड़े बेटे तथा बालचन छोटे के हिस्से आए। सब दिन की तरह आज भी बउका को आदमी न समझा गया। बेचारा लावागोली में रह गया। साधो-माधो से मिली पूँजी को दोनों बेटों में बहिस्सा बराबर कर दिया गया। परबतिया से रहा न गया, झझक के बोली, "एकदम से आन्हर हो क्या, तुम कुछ क्यों नहीं बोलते? मौनी बाबा की तरह दमी साध के बैठे हो। ऐसे जिनगी पार लगेगी?" बाकी बालचन कुछ न बोला। वह तो चकोह में पड़ा नाच रहा था। उठा और बउका संग बथानी चला गया। परबतिया वहीं बैठी रही। सभी कृपा-निधान कृपा बरसाकर चल दिए।

तीन माह गुजरे। बलिया का मेला लगा। सभी अपने-अपने बैलों को साज-सँवारकर ले जाने लगे। बालचन देखता रहा। अपने करम को कोसता रहा। तीने माह में परबतिया सूख के काँटा हो गई थी। बउका भी दुबरा गया था। वह अपनी पीड़ा

किससे कहे ? जब दो जून की रोटी मुहाल होने लगी तो रहा न गया। बालचन ने खुद को निहारा, आँखें धँस गई थीं। पैरों में पीड़ा व हाथों में कँपकँपी होने लगी थी। ऐसे तो एको साल न टिकेगा··· !

माधो महतो का मकान। नौ कोठरी का दालान। अच्छे काश्तकार थे। दुइए साल पहिले बालचन इनका हरवाहा हुआ करता था। आज भोरे-भिनुसारे दुआर अगोरे बैठा था। साथ में बउका भी था। परबतिया को मियादी बुखार हो गया था। इलाज के लिए पैसे चाहिए। बेटे मुँह मोड़ लिये थे। जरूरतें गरीब का गुरूर छीन लेती हैं। महतोजी उम्मीद की आखिरी किरण थे। टकटकी लगाया बालचन उनकी राह देख रहा था। महतोजी आए। बालचन हाथ जोड़ खड़ा हो गया। होंठों पर मुसकान लिये बोले, "आज कईसे रास्ता भूल गए ?" कातर भाव बालचन बोला, "मालिक ! कुछ कर्ज वास्ते आया हूँ। बढ़िया इलाज न हुआ तो परबतिया न बचेगी। देखिए, ना मत कहिएगा। आपका नमक खाया हूँ। मरते दम तक न भूलूँगा।" कहते-कहते बालचन की आँखें भर आईं। महतोजी की मुसकान गहरी हो गई। बोले, "हमने कब ना कहा है ? तुम्हीं न छोड़कर चले गए थे। तुम्हरे जाने के बाद कोई बढ़िया हरवाहा भी न मिला। वैसे मुझे विश्वास था, देर-सवेर तुम लौटोगे। चलो, आज से ही शुरू कर दो। परबतिया की चिंता तुम मुझ पर छोड़ दो। आ हाँ, बैलों की नई जोड़ी आई है। सँभालकर हल चलाना।" बालचन बढ़ा। ओसारे में बैल खा रहे थे। सामने जो देखा तो आँखों पर विश्वास न हुआ। ई साधो-माधो थे। उसके अपने स्वाँग ! लेकिन ई यहाँ पहुँचे कैसे ? मासूम मन न जान सका कि महतोजी के मंतर पर भरदुल ने कैसा पैंतरा चला था ? वह तो खुश था कि उसके साधो-माधो वापस मिल गए। जब कंधे पर हल लिये निकला तो महतोजी मूँछों पर ताव फेरने लगे।

सामने सरेह में आज तीन हल चल रहे थे। दिलावर का हल बड़का बेटा चला रहा था। दसई चौधुर ने छोटका को अपना हरवाहा रख लिया था। बाप-बेटों ने एक-दूसरे को देखा। उनमें होड़ लग गई। कल तक इनका अपना हल हुआ करता था। आज तीनों दूसरे का हल चला रहे थे। बालचन ने बेटों को देखकर बैलों को ललकारा, "जा भैया, बूढ़े बालचन की इज्जत का सवाल है।" साधो-माधो ने बालचन को ताका, मानो पूछ रहे हों कि 'मालिक, हम त अनबोलु पशु हैं। हमारा खूँटा तो बदलता ही रहता है। लेकिन तुम आदमी होकर इतनी जल्दी अपना खूँटा क्यों बदल लिया ?' फिर उन्होंने चाल उठा ली। आखिर बालचन की इज्जत का जो सवाल था··· !

□

बेजुबान

जनता एक्सप्रेस अपने निर्धारित समय से घंटे भर विलंब से चल रही थी। गोरखपुर गुजरा तो अपनी माटी की महक आने लगी। गंगा ने उँगलियों पर हिसाब लगाया। सातवाँ स्टेशन आते-आते भोर होगी। बहत्तर रुपए बच गए थे। अब इतने में कोई का बहिनौरा जाय! मइया कह रही थी कि बहन देखने को छछनती है। एक त लुधियाना रास न आया, दूसरे जमापूँजी रेल बाबू के हवाले चढ़ गई। धत, इत्ता भी कोई फाइन मारता है! सब जतरा का फेर है। बाबू कहते थे—गंगा, ढोलक पर रियाज न छोड़ना, बाकी मइया को लगता, पंजाब-हरियाना में सोना-चानी झरता है। लो, अब झाँपी भर रखना। पाँयतो करके चलने पर ई हाल! का जरूरी था नेमी काका का ऐन मौके पर छींकना? संबलबाई से झुकी कमर लिये दौड़े चले आते हैं—बबुआ दही-गुड़ खाके जइहो। बची-खुची कसर ससुरी बिलाई ने रास्ता काट पूरा कर दिया। वरना कारखाना काहे बंद होता? आ दरजा दू पास को कोई थोड़े मुंसिगीरी में रख लेगा? जा हो···रेलबाबू, भला ना किए। बहत्तर से धनपत साव का पचहत्तर कैसे लौटेगा? रामबरन हजाम, बदरी तुरहा, भरदुल गोंड़, नकछेद चौधरी त देखते कपार पर चढ़ जाएँगे। बम सिंह से के अझुराए! हिसाब गड़बड़ाने लगा। सतनारायण भगवान् का परसादी थोड़े है कि तनिका-तनिका बाँट दिया जाए! सोचते-सोचते कब टेशन उतरा, कब बेनीपुर की राह धरी, खेयाले ना रहा। अभी तीन कोस चलना था। तेलिया-नाला पार करते-करते सुरुज महराज मुँहे चढ़ गए। गेहूँ की दवरी-मिसनी हो चुकी थी। सगरे खेत उघार पड़े थे। ठंडी पुरवाई लहोर मारती थी। सामने बभनौली कोठी पड़ी। इहाँ शुक-सोमार को नामी बाजार लगता था। चाय-पानी के लिए मुफीद जगह लगी।

बेनीपुर में घुसते ही मौला मियाँ से दुआ-सलाम हुआ। बहिन की शादी में इहे अगुआई किए थे। सामने परदेसी पाहुन का घर था। गंगा को देखते दौड़ पड़े। यमुना

भाई की आवाज सुन भागी आई और पैर पकड़ रोने लगी। गंगा खुद भी सुबकने लगा। पाहुन मुसकियाने लगे। चचिया ससुर बाबूराम की बेटी दौड़कर पितरिया थारी में पानी ले आई। उसने गंगा के दोनों पैरों को बड़े मन से मल-मलकर धोया, उँगलियाँ पटकाईं, फिर अपने आँचल से गीले पैर पोंछ दिए। यमुना पंखा झलती रही। गंगा ने इशारे से पूछा, "ई के है?" बहन फुसफुसाई, "बाला बबुनी···चचेरी ननद।" वह मुँह में आँचल दाबे धरती ताक रही थी। भगवान् कुछ चेहरे फुरसत में बनाते हैं। गंगा ने देखा तो देखता ही रह गया। बाला, बला की खूबसूरत थी।

आज शंकर मिसिरजी बेटा ब्याह के लौटे हैं। मय बेनीपुर तीन दिन से बर-व्यवस्था में लगा रहा। खूब भोज चला। बाकी बिगुआ से कुछ जन नाराज थे। ससुरा पुड़ियो गिन के चलाता था। बुनिया त अईसे फेंकता कि चार दाना पत्तल पर त दु दाना बहरी गिरता। लगता, बाप की गंठरी कट रही हो। आठ बजे शास्त्रीजी का गीत-गवनई था। लयकारी में बड़ा नाम था। बाकी बिना तीन नमरी लिये डोलते न थे। आने-जाने के लिए सवारी अलग से। सुर, साज व आवाज के धनी थे, सो बड़ी पूछ थी। दस कोस में कोई जोड़ न था, गाते तो मजमा लग जाता। शास्त्रीजी साज-सजिंदा सहित साँझलौका होते-होते आ बिराजे। खातिरदारी खूब हुई। लोगों का आना शुरू हो गया। तीने-चार गाँव आते-आते भारी भीड़ जमा हो गई। हुआ कि जल्दी प्रोग्राम शुरू कर दिया जाए। मिसिरजी तीनों भाइयों के साथ बैठे। बंबईवाले फूफाजी के लिए गुदगर बिछावन हुआ। बगल में राँचीवाले मामाजी पसर गए।

शास्त्रीजी साजिंदा सहित मंच पर बैठे। झाल-झलवैया ठोक-ठाक करने लगे। तभी एक भारी पेच खड़ा हो गया। अभी तक तबलची न पहुँचा था। इधर लोग शोर मचाने लगे। बेकाबू होती भीड़ देख शास्त्रीजी खड़े हुए और हाथ जोड़ बोले, "भाइयो, मेरा तबलची जिस ट्रेन से आ रहा है, उ तनिका लेट है। आप लोगों में से अगर कोई तबला बजाना जानता हो तो आ जाए। थोड़ो-बहुत संगत कर देगा तो मैं सँभाल लूँगा। है कोई?" लोग अगल-बगल निहारने लगे, कोई न बोला। शास्त्रीजी ने फिर दोहराया, "भाई, अगर ढोलको बजानेवाला हो तो आ जाए, कम-से-कम लहरा तो मिला देगा।" गंगा, परदेसी के साथ बैठा था। यमुना औरतों के गिरोह में थी। बाला घर अगोरने रह गई। जब कोई न उठा तो परदेसी ने गंगा को कहा, "जा ना।" गंगा सकपकाया, लेकिन वे न माने और मंच पर चढ़ा दिया।

शास्त्रीजी ने देखा तो बड़े खुश हुए। बोले, "बबुआ, तीन ताल सोले मातरा बजा न लोगे?" गंगा ने 'हाँ' में सर हिलाया। शास्त्रीजी ने मन-ही-मन सोचा—जब तक तबलची न आ जाए, कुछ-न-कुछ होता रहे। वरना बेनीपुरवाले ढेलो फेंकना

जानते हैं। सो जल्दी हरमुनिया खोले, गंगा कड़ी खींच ढोलक ठीक करने लगा। भीड़ बैठने लगी। ढोलक चढ़ाने का अंदाज देख शास्त्रीजी को लगा कि बचवा सँभाल लेगा। मय झलवहिया को हिदायत दी, "देख भाई, नया लड़का है, मिला के बजाना। फिर उनकी उँगलियाँ हरमुनिया की पटरियों पर सरकने लगी। गंगा ने ताल पकड़ ढोलक ठोक दिया। शास्त्रीजी को लगा कि बंदा काम का है, सो जल्दी लहरा खत्म कर संगीत की गहराई में उतरने लगे। गंगा पीछा करने लगा। सुर और ताल का संगम होने लगा। दादरा की उठान में जब तिरकिट लगाया तो शास्त्रीजी चौंके! रूपक ताल में चक्करधार तिहाई बजाया तो लोग 'वाह-वाह' कर उठे। कहरवा में तो कहरे बरपा दिया। फिर दुगुन, चौगुन और लगी! झलवहिया पसीना पोंछने लगे। एक ताल पर ठेका मार बंद किया तो भीड़ तालियाँ बजाने लगीं। ढेर दिन बाद शास्त्रीजी को कोई सामने से सीधी टक्कर दे रहा था। चाय-पानी के लिए विराम हुआ। शास्त्रीजी पूछ बैठे, "बाबू के बाड़ऽ ? जी, हम परदेशी के साला…।" मस्त मिसिरजी नीचे बैठे परदेसी की बाँह पकड़ बगल में बैठा लिये। रात भर गीत-गवनई चलता रहा। भिखारी ठाकुर, महेंद्र मिसिर, रसूल मियाँ, मास्टर खलील, विद्यापति सभी गाए गए। पाँच, दस करके ढेरों इनाम आए। शास्त्रीजी आज इतना मयगर हुए कि मय इनाम गंगा को दे दिए। बेनीपुर में बहन-बहनोई की धाक जम गई। मिसिरजी की माँ ने बड़ी श्रद्धा से विदाई की। मिस-मिस के चलनेवाले मामाजी को भी जेब ढीली करनी पड़ी।

शाम को परदेसी रोहू ले आए। बाला ने बनाया। सार-बहनोई खाने बैठे। वाह, क्या मछली बनी थी! यमुना छुटकी को सुलाने लगी, सो खिलाने-पिलाने का काम बाला ने सँभाला। गंगा बीच-बीच में पाहुन से नजर बचा उसे ताक लेता था। खाकर परदेसी बथाने चले गए। बंदा खाता रहा। बाला को अकेली देख मुसकराया, लेकिन वह बुत बनी रही। दाल गलती न देख हार-पाछ के हाथ धोने उठा। वह लोटे से पानी गिराने लगी। अभी एक्का बाकी था, सो फेंक दिया—"तहके मालूम है बाला, ढोलकाही में रात हमके कितना पैसा मिला?" बाला चुप। अबकी झल्ला के बोला, "रामजी जीभ-जबान दिए हैं कि ना?" कोई उत्तर नहीं। हारा जुआरी हाथ पोंछने लगा। इसी बीच बाला पीछे से आई और भर लोटा पानी गंगा पर उड़ेल दी। वह छनक के कूदा और पकड़ने दौड़ा, बाला भाग गई। गंगा के मन में बताशे फूटने लगे। तभी यमुना बाहर आई, "रे गंगा, बाला बबुनी पर पानी काहे डाला?" गंगा चौंका, "मैंने कब डाला, मैं क्यों डालूँगा?" अचानक अंदर से बाला आई। उसके कपड़े भीगे थे। गंगा सोच में पड़ गया…! बहन बोली-होली खेलना था तो

माह भर पहले आते! फिर हँसते हुए अंदर चली गई। बाप रे, चोरी आ सीनाजोरी! बाला बीस पड़ गई।

गंगा की नींद खुली तो सूरज पहर भर चढ़ चुका था। देखा कि सामने कुएँ से पानी लिये बाला आ रही थी। कपड़े गीले थे। बहन-बहनोई काम पर चले गए थे। छुटकी खेल रही थी। उजाले में उसने बाला को भर मन निहारा—भीगी फुफुती फदर-फदर करती, वह अंदर चली गई।

मिसिरजी के घर से गंगा की कई बार बुलाहट हुई। उसका हुनर व भोलापन सबको भा गया। आज बंबईवाले फूफाजी जा रहे थे। उन्होंने गंगा को काम दिलाने का वादा किया। जाती हुई फुआ ने गोड़ छुआई में इक्यावन रुपए दिए और कहा, "देख, अबकी पकिया टिकट लेकर ही रेल चढ़ना। वरना रेलबाबू···!" सभी हँसने लगे। गंगा ने अनुमान लगाया—रामबरन, बदरी, भरदुल, नकछेद अउर बम सिंह की लेन-देन वापस करने के बाद भी बहत्तर बच रहे थे। आज ढोलक पर पहली बार प्यार आया।

दोपहर से बेर झुकी तो गंगा घर के लिए तैयार होने लगा। ये पाँच दिन कैसे गुजरे, पता न चला। निकलते समय बाला नजर न आई। पाँच दिनों में वह चाहकर भी बाला से बात न कर सका था। इसका बड़ा मलाल था। जाना था, सो निकल पड़ा। गाँव का सीमाना पार करते-करते अचानक बाला दिख गई। पोखर से पियरी माटी लिये लौट रही थी। गंगा जोर से चिल्लाया, "बाला···बाला···!" लेकिन वह रुकी नहीं। गंगा ने फिर पुकारा। वह चलती रही। साथ चल रही लड़कियाँ हँसने लगीं। गंगा दौड़कर पास गया। हँसते हुए एक लड़की बोली, "नाहक परेशान होते हो, पाँच दिन बेनीपुर में रहे, फिर भी न जान सके कि बाला बोल व सुन नहीं सकती?" वज्रपात हुआ गंगा पर। चौंका, "क्यों?" "क्योंकि वह गूँगी-बहरी है और लड़कियाँ पगडंडी पकड़े बढ़ गईं। गंगा को विश्वास न हुआ, भागा और लौटकर बहन के पास आया। हाँफते-हाँफते पूछा, "दीदी, दीदी, क्या बाला गूँगी-बहरी है?" बहन हँसी, "वह तो जन्मे से ऐसी है। तुम अब तक न जाने!" यमुना ने भाई को निहारा, लगा कि अभी उसकी रुलाई छूट पड़ेगी। फिर गंगा वहाँ एक पल भी न रुका। सामने बाला माथे से टोकरी उतार रही थी। गंगा को देख मुसकराई और अंदर भाग गई।

कोई सात दिन बीते होंगे घर पर। माँ ने गौर किया, गंगा कुछ खोया-खोया रहता है। सो पूछ बैठी, "क्या बात है बेटा, कुछ परेशान-से दिखते हो?" लेकिन गंगा टाल गया। ऐसा कोई पल न गुजरा, जब वह बाला के खयालों से खाली रहा हो।

ठहरी हुई झील में उठी तरंगें जब किनारों पर पहुँचीं तो यमुना के कान खड़े हुए। गंगा की घर वापसी से बाला का उदास चेहरा गवाही दे रहा था कि चोट एकतरफा नहीं थी। तो क्या, भाई बाला को अपना बना लेगा? क्या माँ इस बेजुबान बहू को स्वीकार करेगी? ऐसे ढेरों सवाल जेहन में उठे, जिनका फिलवक्त कोई जवाब न था। उसने इंतजार करना मुनासिब समझा। पति और पितिया तक इन बातों को नहीं जाने दिया।

कोई दो माह बाद बंबई से फूफाजी का तार मिला। हफ्ते भर में गंगा को जाना था। तीसरे दिन डेढ़ सौ रुपए मनीऑर्डर से आए। परदेसी खबर ले ससुराल पहुँचे। मइया बड़ी खुश हुई। नेमी काका दौड़े आए और हिदायत दी, "बबुआ, पच्छिम का जतरा सोमारे-शनिचर को होता है। आज बियफे है, परसों चले जाना।" लेकिन गंगा न रुका। उसी दिन बहनोई के साथ हो लिया। बेनीपुर पहुँचते-पहुँचते अँजोरिया उग आई। एकदम से दोनों दुआरे आ खड़े हुए। बाला सो गई थी। यमुना बेटी को सुला रही थी। गंगा ने सोई बाला को देखा, वह दूधिया चाँदनी में ऐसी लगी, मानो किसी संगतराश ने संगमरमर से मोजस्समे को निकाल तराशा हो और कुछ काम कल पर छोड़ दिया हो! इसके पहले कि बहन उसे देखती, उसने नजरें घुमा लीं।

आठ बजे मिसिरजी मोटर लेकर आए। दसबजिया ट्रेन धरनी थी। काका कातर नजरों से गंगा को देख रहे थे। गंगा ने बहन-बहनोई के पैर छुए। बाबू थोड़ा दही खा लो, कहती यमुना गंगा को आँगन ले आई। बोली, "मैं जान चुकी हूँ गंगा, तुम बाला से···!" तब तक हॉर्न बजा। बात अधूरी रह गई। गंगा ने बाला को देखा, उस बेजुबान परिंदे में जान न थी।

मुंबई। फूफा के यहाँ रहते गंगा को तीन महीने गुजर गए। अभी कहीं जुगाड़ न लगा। दिन भर गाड़ियाँ आती-जाती, रात में बाला के सपने आते। एक दिन हिम्मत कर फूफा से पूछा, "कोई काम-धाम न मिला! क्या करूँ?" फूफाजी मुसकराए, "दरअसल जिनसे बात हुई थी, वो बाहर निकल गए हैं।" गंगा को आश्चर्य हुआ, "बंबई तो सबसे बाहर है, अब इहाँ से कोई कहाँ बाहर जाता होगा?"

फिर एक दिन फूफाजी दौड़े आए, "गंगा, जल्दी तैयार हो जाओ, आज काम पर चलना है।" तैयार हो दोनों अँधेरी पहुँचे। ऊँची इमारतों के बीच महाराजा रिकॉर्डिंग स्टूडियो था। सर-सजावट तो ऐसे जैसे इंद्र भगवान् का दरबार लगा हो। गंगा ने देखा तो देखता ही रह गया। हालाँकि फूफा ने ताकीद कर रखी थी, कहीं डीठ गड़ा के ताकना नहीं। फूफाजी दोहराए—"गंगा, आज अगर टेस्ट पास कर लिया तो समझो जिनगी सँवर गई।" दोनों स्टूडियो में घुसे। फूफाजी रसूखवाले लोग

थे। जिसने भी देखा, सलाम किया। सामने भारी जीट-जाट में एगो जेंटलमैन बैठे थे। ये बर्मन साहेब थे। उन्होंने गंगा पर सरसरी नजर दौड़ाई। बिना किसी लाग-लपेट के सवाल दागा, "क्या-क्या बजा लेते हो?" गंगा हाथ जोड़ बोला, "जी, ढोलक, थोड़ा-बहुत तबला। वैसे मेरे बाबूजी पखावज बजाते थे, वह भी बजा लूँगा।" बर्मन साहेब का दूसरा सवाल था—"इससे पहले कहाँ-कहाँ बजाया?" "जी होली, हरकीर्तन, अष्टयाम में मैं ही बजाता था।" बर्मनजी के साथ फूफा भी मुसकराए। फिर उन्होंने कुछ रिकॉर्ड उतारे, उसे ग्रामोफोन पर चढ़ाया और गंगा को गीत सुन ठेका का नाम बताने को कहा। रिकॉर्ड जैसे ही बजा, गंगा उछला, "साहेब, ई दादरा, ई एक ताल का ठेका, ई रूपक ताल में चक्करधार तिहाई और···ई कहरवा···।" रिकॉर्ड बंद हुआ। बर्मन साहेब ताली बजाने लगे, "वाह बेटा!" फिर फूफाजी की ओर मुखातिब हुए, "भाईसाहब, इस अनमोल हीरे को कहाँ छुपा रखा था?" बर्मन साहेब ने गंगा की पीठ ठोकी और बोले, "परसों आ जाओ, गीत रिकॉर्ड करते हैं।" दोनों उठे। "अरे हाँ, तूने अपना नाम नहीं बताया।" "गंगा"···फूफाजी ही बोले और दोनों निकल गए। "देखा गंगा, यहाँ पहले काम देखा जाता है। अगर काम पसंद तो नाम भी पूछ लिया जाता है। यही बंबई है प्यारे! पहले रुलाती है···फिर···।" फूफाजी अपनी रौ में बोलते गए।

कहना न होगा, गंगा ने बर्मन साहेब का दिल जीत लिया। सिनेमा के कई गीत रिकॉर्ड हुए, जिसमें उसने ठेका बजाया। पहली कमाई मिली—आठ सौ रुपए। इतने बड़े-बड़े नोटों को एक साथ इससे पहले उसने हाथ में लेकर न देखा था। सो ईमान की तरह बचाकर लाया और फुआ के हाथ में रख दिया। फुआ बड़ी खुश हुईं।

और···गंगा की गाड़ी चल पड़ी। साल लगते-लगते अच्छी जान-पहचान हो गई। कई जगह से बुलावा आने लगा। तब काजल एक उभरती गायिका थी। इंडस्ट्री में उसके पैर जमने लगे थे। हर पाँचवीं फिल्म में उसके गीत होते थे। अपना फ्लैट, अपनी गाड़ी, उसके पास सबकुछ था। उस दिन किसी फिल्म की सिल्वर जुबली थी। लाइव कॉन्सर्ट प्रोग्राम था। फिल्मी दुनिया की बड़ी-बड़ी हस्तियाँ आ रही थीं। आज मंच से काजल को परफॉर्म करना था। म्यूजिकल पार्टी में गंगा भी था। जब सितारों का जमघट हो गया तो कार्यक्रम शुरू हुआ। काजल ने गाने शुरू किए। ओह, क्या कशिश थी आवाज में! लोग 'वाह-वाह' कर उठे। गई रात तक गाना-बजाना चलता रहा। गंगा ने जान लगा दी। काजल गंगा से बड़ी प्रभावित हुई। फिर तो मिलने-जुलने का सिलसिला चल निकला।

कार्यक्रम के दौरान बजाते-बजाते गंगा जब उसकी तरफ देखता तो वह हँस

देती। कभी वह मुसकराती तो गंगा हँस देता। मुसकान, हँसी और हँसी कब प्यार में बदल गए, गंगा जान न सका। वह तो अपनी रौ में बहा जा रहा था। उस दिन काजल उसे छोड़ने आई। दोनों साथ कार से निकले। फूफा-फुआ साथ चाय पी रहे थे। साथ देख फुआ मुसकराई और फूफा से बोली, "लो अब सँभालो अपने गंगा को! बात यहाँ तक पहुँच गई और हमें खबर तक नहीं!" फूफा ने ठहाका लगाया। शायद उन्हें पहले से मालूम था। मायानगरी को बड़ी गहराई से जानते थे। काजल ने दोनों के पैर छुए और अपने बारे में विस्तार से बताया। इस बीच गंगा किसी काम से बाहर चला गया। काजल ने यह भी बता दिया कि वह गंगा को चाहती है और जैसे ही उसके मम्मी-पापा लंदन से लौटेंगे, वह शादी कर लेगी। फुआ कुछ कहें, उससे पहले ही फूफा ने रिश्ते पर अपनी रजामंदी जाहिर कर दी। लेकिन थोड़ा इंतजार करने को कहा।

उधर यमुना के घर आज कुछ हित-कुटुंब आए हैं। परदेसी ने रात-दिन एक करके मेहमानों को बुलाया है। काका की एक ही इच्छा है, कहीं किसी तरह बाला का ब्याह हो जाए तो चैन से मरें। बाला बुलाई गई। मेहमानों ने उससे ममहर के नाम पूछे। वह कुछ न बोली। दुबारा पूछा गया, वह खामोश रही। मेहमान भड़क गए, "क्या आपकी बेटी गूँगी है, जो बोलती नहीं?" परदेसी कुछ कहें, उससे पहले बाबूराम ने हाथ जोड़ दिए, "लेकिन सारा काम कर लेती है, सिलाई-कटाई सबकुछ।" मेहमान पैर पटकते चले गए। बाला मुसकराई और टोकरी उठा काम पर चली गई।

गंगा, गंगा न रहा। बड़ा आदमी बन गया। जिंदगी ने रफ्तार पकड़ी और पाँच साल गुजर गए। गंगा कभी गाँव न गया।

यदा-कदा कुछ पैसे मइया वास्ते जरूर भेजता।

काजल और गंगा की जोड़ी इंडस्ट्री में एक हिट जोड़ी के रूप में जानी जाने लगी।

आज शाम गंगा जब घर आया तो फुआ ने एक चिट्ठी थमाई। यमुना ने भेजी थी—

'बाबू गंगा, खुश रहो।

सुना है, बड़े आदमी बन गए हो। और आगे जाओ तो और खुशी होगी। नेमी काका न रहे। माँ दमे की रोगी हो गई। दिन-रात खाँसती है। सुरेमनपुर के वैद्यजी की दवा चल रही है। अभी अपने पास बुला ली हूँ। तुम्हें देखने को लेकर मेरा प्राण खाए रहती है। इसलिए मिसिरजी की मलकाइन से यह चिट्ठी पेठा रही हूँ। इसको

चिट्ठी नहीं, तार समझना और जल्द आ जाना। और हाँ, खुशी की बात एक और कि बाला का ब्याह परानपुर के पितांबरजी से होना करार पाई है। पाहुन पाँच-छह बेटा, पतोह के मालिक हैं। कहते हैं, बाला के आ जाने से बुढ़ापे का सहारा मिल जाएगा। तुम आओगे न··· !

तुम्हारी बहन
यमुना, बेनीपुर।'

उस रात गंगा सो न सका। वो बुलंदी किस काम की जब पराए हो जाएँ? दम घुटती माँ याद आने लगी। आज गंगा को अहसास हुआ कि इतना कुछ पाकर भी वह खाली है। कुछ नहीं है उसके पास!

सुब्ह-सवेरे उठा, फुआ-फूफा के पैर छुए और स्टेशन निकल गया। तीसरे दिन बेनीपुर पहुँचा। यमुना की नजर पड़ी, उसे अपनी आँखों पर विश्वास न हुआ। लेकिन यह सच था, सामने भाई खड़ा था। दौड़ी और लिपट गई। मइया बेटा को देख जुड़ा गई। परदेशी और काका खुश हुए—'चलो अच्छा हुआ, गंगा आ गया। अब ब्याह में हाथ बँटाएगा।' इतने में बाला पानी से भरी वही पितरिया थाली ले आई और उसके पैरों के पास बैठ गई। गंगा बहुत मुश्किल से बाला को पहचान पाया। बाला को देखकर ऐसा लगा, मानो वो संगतराश उस मुजस्समे को तराशने कभी लौटा ही नहीं! और वो मुजस्समा उसका इंतजार करते-करते खुद-ब-खुद टूट गई! बाला ने गंगा का पैर धोने के लिए पकड़ा ही था कि उसने अपने पैर खींच लिये। बाला देखती रह गई। यमुना से यह देखा न गया। दौड़ के आई और भाई का हाथ पकड़ बाला के कमरे में ले गई।

माटी का घर। माटी की दीवारें। यमुना बोली, "इन दीवारों को देख गंगा!" गंगा चौंका। पूरी दीवारें लकीरों से भरी पड़ी थीं। उसे कुछ समझ में न आया, सो बहन से पूछा, "ये सब क्या है?" यमुना ने कहा, "ये लकीरें कुछ और नहीं, एक बेजुबान की जुबान हैं।" गंगा बोला, "मैं समझा नहीं।" यमुना बताने लगी, "बाला ने तुम्हारी याद में इन लकीरों को खींचा है। एक लकीर बीते हुए एक दिन को बताती है। जितनी लकीरें हैं, तुम उतने दिन बंबई रहे। जिस दिन तूने बेनीपुर छोड़ा, उसके दूसरे दिन से बाला ने लकीरें खींचनी शुरू कर दीं। इस बेजुबान ने हर दिन एक लकीर खींची। पहले मुझे भी समझ में न आया। लेकिन जब गौर करना शुरू किया तो कुछ-कुछ समझ में आने लगा।" गंगा टूटने लगा। कातर हो पूछा, "दीदी, ये काली या उजली लकीरें क्या हैं?" यमुना बोली, "भाई, ये अन्हरिया-अँजोरिया हैं। पंद्रह काली रेखाएँ जब खिंच जाती थीं तो बाला बेहिसाब खुश होती थी। मतलब

आधा माह निकल गया। अब अँजोरिया आएगी और उस अँजोरिया के साथ तुम भी आ जाओगे। लेकिन वह अँजोरिया आकर वापस चली जाती थी, फिर सामने अन्हरिया का ही आलम होता था। अब तो समझ गए न गंगा? दीवार पर आड़ी-तिरछी खीचीं ये लकीरें कुछ और नहीं, सिर्फ बाला के इंतजार हैं। बताओ गंगा, बाला क्या बेजुबान है?" चक्कर आ गया गंगा को। बड़ी मुश्किल से खुद को सँभाला। बोला, "नहीं दीदी, बाला बेजुबान नहीं है। आज बाला ने मुहब्बत के मायने बता दिए, प्यार की बड़ी परिभाषा लिख गई।" फिर बच्चों की तरह बिलख-बिलखकर रोने लगा। छह साल से मायानगरी की पथरीली दीवारों में कैद आँसुओं को जब जगह मिली तो वे सारी सीमाओं को तोड़ बह चले। बहन भाई के हालात देख खुद भी टूट गई। एक बार फिर गंगा-यमुना की धाराएँ एक हो गईं। बड़ी मुश्किल से दोनों चुप हो पाए। फिर झटके से गंगा खड़ा हुआ और बाहर निकला। सामने बाला खड़ी थी। गंगा बाला का सामना न कर सका। बहन को पुकारा। बहन भागी आई। बोला, "दीदी, पाहुन से कह दो, परानपुर से बारात न आएगी।" फिर तेजी से निकला। बहन ने पूछा, "कहाँ चले?" "पोस्ट ऑफिस जा रहा हूँ। फूफा-फुआ व काजल को तार भेजने। मेरी शादी में उन्हें भी तो आना होगा!" फिर पीछे मुड़कर न ताका! लेकिन, यमुना पीछे मुड़ी, देखा कि बाला जाते हुए गंगा को ही निहार रही थी। दौड़ी और बाला को गले लगा ली। बोली, "मेरी प्यारी भाभी, आज से हम एक-दूसरे के ननद और भावज दोनों हुए।" पहली बार बाला सिसक-सिसककर रोने लगी। यमुना इशारे में बोली, "अब क्यों रोती है पगली!" फिर बाला हँसने लगी। मइया भी आई, परदेसी भी आए और काका भी आ गए। सभी ने देखा, बाला रो भी रही थी और हँस भी रही थी!

□

ब्लैक एंड व्हाइट

होरिल हिम्मत कर स्टूडियो के गेटकीपर से अंदर जाने के लिए गिड़गिड़ाया, "भैया, मेहता साहब से मिलवा दो। बड़ी कृपा होगी।" गेटकीपर ने सरसरी निगाह डाली और मुसकराया, "ओह तो तुम हो! पिछले पाँच साल से देख रहा हूँ। न तुम बदले और न तुम्हारा हुलिया बदला। पिछली बार जब आए थे तो शायद यही शर्ट-पैंट था। हाँ, आँखें अब जरूर धँस गईं। गाल बैलून से निकली हवा की तरह पिचक गई। फिर भी हिम्मत न हारे। पता नहीं किस मिट्टी के बने हो? जरूर बिहार-यू.पी. के भैया होगे!" होरिल हारे जुआरी-सा मुसकराया और हाथ जोड़ दिया। "ठीक है, मिलवा देता हूँ। ऐसा कर, अपना नाम एक परची पर लिखकर रख। साहब जब घंटी देंगे या चाय-कॉफी के लिए कहेंगे तो तेरी परची भी लेता जाऊँगा। तब तक सामने वहाँ बैठ।" बूढ़े गेटकीपर ने आश्वस्त किया। ऐसी कई परचियाँ पॉकेट में पड़ी रहती थीं। जैसे—नाम-होरिल शर्मा, पेशा-स्टोरी राइटर, हाल मोकाम-गोरेगाँव ईस्ट। इस उम्मीद से कि पता नहीं किस्मत कब साथ दे दे और कोई निर्माता, निर्देशक अता-पता माँग बैठे! उस समय कौन लिखता है भाई? और, क्या गारंटी कि कागज-कलम साथ दे ही दे! सो होशियारी इसी में थी कि अपना काम चौकस-चौबंद रखा जाए। और इतने बड़े नामी-गिरामी लोगों के पास समय ही कितना होता है! हैलो-हाय हुआ नहीं कि चल दिए। होरिल ने तुरंत पॉकेट से एक परची निकाली और गेटकीपर के सुपुर्द कर दी। फिर सामने की बेंच पर बैठ इंतजार करने लगा। झोले में पड़ी थाती पर हाथ फेरा, जो सही-सलामत थी। और थाती ही क्या थी, कागजों का बड़ा बंडल, जिसे वह स्क्रिप्ट, स्क्रीन-प्ले और न जाने क्या-क्या कहता था! मन-ही-मन मेहता साहब के सामने स्वयं को प्रस्तुत करने के तरीकों पर विचार करने लगा। सोच लिया, पिछली गलती कदापि न करेगा। खैर, इस बार हाथ से लिखी स्क्रिप्ट थोड़े है! पूरे पाँच

सौ रुपए खर्च कर बढ़िया कागज पर टाइप कराई है। मोटे अक्षरों में फिल्म का नाम लिखा हुआ है। राइटर एसोसिएशन से रजिस्टर्ड भी है। फिर तो कोई कमी न रह जाती है। किसी तरह मेहता साहब महज आधा घंटा दे दें तो पूरी कहानी सुना डाले। अगरचे पसंद आ गई तो सात साल का संघर्ष मंजिल पा लेगा…। होरिल सोचता रहा, समय बीतता रहा। ऐसे दो घंटे गुजर गए। इस बीच ठंडा-गरम कई बार अंदर-बाहर आए-गए। हालाँकि गेटकीपर ने परची पहुँचा दी थी। अब मेहता साहब जानें और उसका भाग्य जाने। वैसे आज के राशिफल में भाग्योदय की बात अखबार में देखकर ही चला था। जरूर कुछ बढ़िया होना चाहिए।

तकरीबन तीन बजे एक लंबी घंटी बजी। गेटकीपर भागकर अंदर गया। लौटा तो चेहरे पर मुसकान थी। आते ही होरिल से कहा, "देख भाई, हमने रास्ता तेरा साफ कर दिया है। अब जा अंदर और आजमा ले अपनी तकदीर। और हाँ, बुलंदियों पर बैठ जाना तो नीचे इस बूढ़े पर भी नजर रखना। तेरे जैसे कइयों का बेड़ा पार लगा चुका हूँ। लेकिन नेम-फेम मिलते ही पलटी मार जाते हैं।" होरिल हाथ जोड़ चुपचाप चला गया। अंदर का नजारा जो देखा तो आँखें चौंधिया गईं। महँगे सोफों पर बड़े-बड़े लोग बैठे थे। सामने मेहता साहब थे। बगल में निर्देशक और उनके तीन-चार असिस्टेंट थे। अगले प्रोजेक्ट पर काम चल रहा था। करीने से कमरे में बिछे कीमती कालीन पर कील ठोकी चप्पलों को रखने की हिम्मत न हुई, सो दरवाजे पर जल्दी से निकाली और झुककर अभिवादन किया। मेहता साहब की एक्स-रे करती आँखों में चालीस साल का अनुभव समाया हुआ था। कोयले के ढेर से हीरा ढूँढ़ने में माहिर उस्ताद थे। बैठने का इशारा किया और मुसकराते हुए बोले, "हाँ, तो तुम होरिल शर्मा, स्टोरी राइटर हो! कभी किसी फिल्म के लिए लिखा?" पहला ही उत्तर ना में जा रहा था। सो बाअदब बातों को थोड़ा घुमाकर बोला, "लिखा न सर, आपकी फिल्म के लिए लिखा है। मेरी आत्मा कहती है, यह फिल्म मील का पत्थर साबित होगी। राजकपूर और नरगिस का जमाना फिर से लौट आएगा। दशकों तक दिल-दिमाग से फिल्म न उतरेगी। आप मुझे महज आधे घंटे का समय दें, मैं पूरी कहानी कह जाता हूँ।" मेहता साहब गंभीर हो गए। "भाई, इतना समय तो नहीं है हमारे पास। अच्छा, ये बताओ कि यहाँ कितने दिन से स्ट्रगल कर रहे हो?" "जी, सात साल हो गए।" मेहताजी के माथे पर बल पड़ गए। "और अभी तक कोई फिल्म नहीं की?" "की थी सर! अफसोस वह आधी ही शूट हो पाई।" "अच्छा, कोई बात नहीं। पुराने हो तो इन्हें जानते होगे?" पास बैठे एक भारी-भरकम सज्जन की तरफ इशारा कर मेहता साहब बोले, "ये हमारे

प्रोडक्शन हाउस के निर्देशक, मि. बाबूराव हैं। पिछली तीन हिट फिल्मों का क्रेडिट इन्हें ही जाता है।" "जी सर, श्रीमान को कौन नहीं जानता ?" आज्ञाकारी बालक-सा होरिल बोला। "ओके, तो इन्हें पूरी कहानी सुनाओ। मैं एक जरूरी मीटिंग में जा रहा हूँ। लौटने पर इनसे डिसकस कर लूँगा।" इतना कह मेहता साहब निकल गए और गेंद बाबूराव के पाले में डाल गए।

होरिल हाथ जोड़ राव साहब के अगले आदेश की प्रतीक्षा करता रहा। पहले चाय, फिर सिगरेट के दो लंबे कश के बाद बाबूराव बोले, "हाँ तो शुरू हो जा बरखुरदार! जब मेहता साहब का हुक्म हो गया है तो तेरी कहानी सुनकर ही उठूँगा। लेकिन याद रहे, यस-नो मैं नहीं करूँगा। अगर कहानी पसंद आई और कोई यूनिक आइडिया निकला तो हम और मेहता साहब मिलकर डिसीजन लेंगे। ओके…!" होरिल ने अपनी सारी ऊर्जा समेटी और स्क्रिप्ट झोले से निकाल मेज पर रख दी। राव साहब ने एक सरसरी निगाह डाली और बोले, "भाई, मेरी हिंदी बहुत कमजोर है। अगर यह अंग्रेजी में होती तो पढ़ लेता। बहरकैफ, तुम्हीं सुनाओ।" होरिल बोला, "सर, कास्टिंग के बाद स्क्रीन पर फिल्म का पहला दृश्य उभरता है। गाँव के चौपाल पर पंचायत बैठी है। लोगों का भारी जमघट है। सरकारी चापाकल की मुंडी रात में किसी ने खोल ली है, लिहाजा लोगों में भारी आक्रोश है। सरपंच सामूहिक दंड लगाना चाहते हैं। महतो टोली के लोगों को इस पर खासा एतराज है। तभी एक बूढ़ी औरत बिलखते हुए आती है और पंचों के सामने रो-रोकर कहती है—पंचो, नाहक महतो टोली पर दंड न लगाओ। मेरा बेटा भरदुल ही चापाकल की मुंडी खोला है। सभी अवाक् रह जाते हैं। यहीं पहला दृश्य कट होता है।" होरिल ने राव साहब से दृश्य पर प्रतिक्रिया लेने के लिहाज से सिर उठाया। देखा, राव साहब दूसरी सिगरेट सुलगा रहे थे। पता नहीं दृश्य नहीं जमा या क्या हुआ, राव साहब अजीब अंदाज में बोले, "अमाँ यार, हम ऊटी-नैनीताल से निकल स्विट्जरलैंड में शूट कर रहे हैं, तुम ये गया-गोंडा का गाँव-देहात क्यों दिखा रहे हो ? या बलराज साहनी के समय की टेन एम.एम. वाली कोई ब्लैक एंड व्हाइट फिल्म बना रहे हो ? भाई, हम कोई डॉक्यूमेंट्री या आर्ट मूवी नहीं बनाते। हमारा लंबा इंवेस्टमेंट होता है। हम तुलसीदास की तरह स्वांतः सुखाय मानस नहीं लिखते!" "कौन कहता है कि श्रीरामचरितमानस स्वांतः सुखाय रचना है ? भले ही गोस्वामीजी ने इसे स्वांतः सुखाय लिखा हो, परंतु पूज्य मानस तो विश्व स्तर पर पढ़ी व सराही जाती है।" होरिल ने छूटते ही जवाब दिया। बात राव साहब को लग गई। आक्रोश में बोले, "तो ठीक है। शॉर्ट में पूरी स्टोरी नैरेट करो।" होरिल को अपनी गलती का आभास हो चुका था। फटाफट

सुनाना शुरू किया। अभी दस मिनट भी न गुजरे होंगे कि राव साहब उठ खड़े हुए। जाते-जाते बोले, "इसे तुम फिल्म कहते हो? आधी गुजर गई और अभी तक विलेन की एंट्री न हुई। हीरोइन छुईमुई-सी आई और निकल गई। इस पर कौन बेवकूफ फाइनेंस करेगा? बंडल को झोले में डालो और गाँव जाकर रामनवमी मेले में ड्रामा करो। इससे ज्यादा इसका कुछ नहीं हो सकता।" और राव साहब तुरंत निकल गए। उनके असिस्टेंट भी हँसते हुए चल दिए। होरिल अकेला बैठा रहा। पहले भी अकसर ऐसा ही होता था। लेकिन इस बार की बात कुछ और थी! कई महीने रात-रात भर जागकर स्क्रिप्ट तैयार की थी। किरदारों को गढ़ते समय पागलों सा हँसता-रोता था। और राव साहब ने एक झटके में सबकुछ खारिज कर दिया! आसमान चढ़ी उम्मीदें पल भर में धराशायी हो जमीन पर बिखर गईं। कुछ समझ में न आया कि क्या करे, कहाँ जाए? तभी वह बूढ़ा गेटकीपर आया और कंधे पर हाथ रखते हुए बोला, "क्या हुआ? राव साहब तो इसे स्क्रिप्ट ही नहीं मानते। कहते हैं कि गाँव जाकर ड्रामा करो।" गेटकीपर ने पूछा, "अब क्या करना है? जब राव साहब जैसे दिग्गज निर्देशक सुने बिना उठ गए तो अब इसका क्या करना? भैया, आप इसे कचरे की पेटी में डाल देना।" गेटकीपर ने देखा, होरिल की आँखें आँसुओं के बोझ को सँभाल पाने में असमर्थ हो रही थीं। फिर वह झटके से निकल गया।

भुसावल पार करते-करते भोर हो गई। रेलगाड़ी अपनी रफ्तार से चली जा रही थी। होरिल ने अनुमान लगाया कि कल दस बजे गाँव पहुँच जाएगा। बेमुरव्वत बंबई रास न आई। फॉर्मूला फिल्मों का जमाना है। एक हिट हुई नहीं कि अंधाधुंध नकल शुरू हो गई। जहाँ जिस्म की नुमाइश व फर्जी मारधाड़ को बाजारू माँग माना जाता है और कैमरे का एंगल बदल-बदलकर खूब परोसा जाता है, वहाँ लीक से हटकर लिखो तो निर्माता ब्लैक एंड व्हाइट बोलता है और ऐसे भड़कता है, जैसे किसी बिगड़ैल बैल ने लाल छाता देख लिया हो। धत्त, वह नहीं लिखता यह सब! बाबूजी के साथ खेती कर लेगा या चनपटिया चौराहे पर पीतांबर साव के बगल में पान की दुकान डाल लेगा, लेकिन जिंदगी में फिर कभी यहाँ कदम नहीं रखेगा। ओह, सात साल कोई कम नहीं होते! हिंदी साहित्य का स्नातक चाहता तो मास्टर डिग्री लेकर किसी कॉलेज में लग गया होता, लेकिन स्टोरी राइटर बनने की धुन ने अब कहीं का न छोड़ा!

कटनी पहुँचते-पहुँचते भूख लग गई। ट्रेन खड़ी हुई तो प्लेटफॉर्म पर उतरा। कुछ अमरूद खरीदे, बोतल में पानी भरा और सीट पर जा बैठा। तभी एक नौजवान अपनी नई-नवेली दुलहन के साथ डिब्बे में चढ़ा। दोनों सामने की सीट पर बैठ

गए। दुलहन घूँघट में थी और कुछ कहना होता था तो अपने आदमी के कान में फुसफुसाती थी। होरिल को याद आया, उसकी लक्ष्मी भी तो ऐसे ही एक दिन घूँघट काढ़े मिली थी। ओह, सिंदूरदान के समय औरतों ने सिर्फ ललाट ही दिखाया था। तब गाँव में जयमाला जैसी रस्में कहाँ होती थीं! विदाई के बाद ही दूल्हा-दुलहन एक-दूसरे को देख पाते थे। मइया की जिद पर शादी तो कर ली, लेकिन फिर कभी गौना कराने पलटकर ससुराल नहीं गया। बीच में जब कभी गाँव जाता, बाबूजी विदाई पर जोर देते, लेकिन यहाँ तो मति मारी गई थी। बंबई का बेताल सिर पर सवार था। और जब अपनी ही सुध न रही तो लक्ष्मी की सुध क्या लेता! लेकिन अब सोच लिया, घर पहुँचते ही लक्ष्मी को विदा करा लाएगा। फिर मन में शंका भी हुई। कहीं ऐसा तो नहीं कि लक्ष्मी के बाबू ने उसे कहीं और विदा कर दिया हो। आखिर इतने दिन कौन बाप बेटी बैठाए रखेगा? आज पहली बार लक्ष्मी की छन-छनकर याद आने लगी। उसके चलते बेचारी ने कितने कष्ट उठाए होंगे! हित-कुटुंब क्या कहते होंगे? और लोक-लाज भी तो कोई चीज होती है! तीज-त्योहार पर दो कपड़े भी तो न भेज सका। याद कर पलकें बोझिल होने लगीं तो आँखें बंद कर लीं। उधर रेलगाड़ी कब की रफ्तार पकड़ चुकी थी!

माधोपुर। बाबूजी दरवाजे पर बैलों को सानी-पानी दे रहे थे। मइया का दमा जोर पकड़ लिया था। दिन-रात खाँसती रहती थी, सो सेवा-टहल के लिए बड़ी बहन बुला ली गई थी। होरिल घर पहुँचा तो बाबूजी को पाँवलगी कर चुपचाप खड़ा हो गया। जब कहने को कुछ था ही नहीं तो कहे क्या! बाबूजी की अनुभवी आँखों को समझते देर न लगी। मुसकराए और बोले, "बेटा, अच्छा किए जो आ गए। अब अपनी माँ को सँभालो। दिन-रात तेरे नाम की माला जपती है।" होरिल भागकर अंदर गया। मइया ने देखा तो फफक पड़ी। माँ-बेटे देर तक रोते रहे। उधर बड़ी बहन ने परात में पानी डाल उसके पैरों को धोना शुरू किया। काश, कुछ रुपए होते तो बहन के आँचल में जरूर डाल देता। बहुत देर तक घर-गृहस्थी, गाँव-समाज का समाचार चलता रहा। शाम को बाबूजी बैठे और समझाने लगे, "बेटा, बात बिगड़ गई है। पिछले कार्तिक बहू को विदा कराने गया था। पूरा गाँव जमा हो गया। लोग तरह-तरह की बातें करने लगे। रामबरनजी से कई बार कहा कि लक्ष्मी को विदा कर दें। लेकिन न माने। इधर सुनने में आया है कि बेटी को कहीं और विदा करने का मन बना रहे हैं। घर से कुछ पैसे ले लो और कल ही लखीमपुर निकल जाओ। किसी तरह समझा-बुझाकर बहू को ले आओ।" वही हुआ, जिसका डर था। किसी तरह रात कटी। सुबह होते ही साइकिल से निकल गया।

ससुराल का सीमाना आते ही सौ तरह के सवाल मगजमारी करने लगे। सारी तेजी जाती रही। अचानक जाएगा तो लोग क्या कहेंगे? वह खुद भी किससे क्या कहेगा? कभी ऐसी ही कैफियत बंबई के बड़े प्रोडक्शन हॉउस में घुसते समय होती थी। देखें, यहाँ क्या होता है? गनीमत रही कि गाँव में किसी ने पहचाना नहीं और एकाध जगह पूछकर ससुराल पहुँच ही गया। दरवाजा खाली था। शायद सभी काम पर गए हुए थे। तभी पड़ोस से एक औरत निकली और अंदर जाने लगी। होरिल ने हिम्मत की और अपना परिचय दिया। औरत ने अचकचाकर देखा और तेजी से भीतर भागी। थोड़ी देर में बात पूरे गाँव में फैल गई। औरत-मर्द का ताँता लग गया। घंटे भर में रामबरन भी पत्नी सहित आ गए। फिर शुरू हुआ सवाल-जवाब—इतने दिन से कहाँ थे? कहीं दूसरी शादी तो न कर ली? भगवान् ऐसा पत्थर दिल दामाद दुश्मन को भी न दे! जो भी आता, कुछ-न-कुछ सुनाता ही। औरतें तो व्यंग्य बाणों से प्रहार कर ही रही थीं, बूढ़े-बुजुर्ग भी कम न थे। कोई चुटकी लेता तो कोई सात पीढ़ी की बखिया उधेड़ देता। एक ने कहा, "लोग पैसा कमाने बंबई जाते हैं, आप बूढ़ा-बीमार बनने गए थे क्या?" बंदा किसका-किसका जवाब दे और क्या सफाई पेश करे? सो सिर झुकाए चुपचाप सुनता रहा। भलाई इसी में थी। जब सबके तरकश के तीर निकल गए तो थोड़ी देर के लिए सभा में शांति हुई। इसी बीच लाठी ठेकते माखन मिश्र आए और बोले, "दिन भर का भूला अगर शाम को सही-सलामत घर लौट आए तो उसे भूला नहीं कहते। दामाद, घर विशेष का न होकर पूरे गाँव का होता है।" फिर रामबरन को इशारा कर कहा, "बाबू, इनकी सही खातिरदारी की जाए।" हफ्ता-दस दिन का समय लेकर लक्ष्मी को विदा कर दो। जब वह सती-सावित्री बन राह निहारती रही, लाख कोशिश हुई, कहीं जाने से साफ मुकर गई तो अब पूरब-पश्चिम देखने से क्या फायदा? माखन मिश्र गाँव के रसूखवाले व्यक्ति थे। कोई उनकी बात से इनकार नहीं करता था। सो भीड़ छँट गई और दामाद के खाने-पीने की व्यवस्था होने लगी।

होरिल सात दिन का समय लेकर उसी दिन वापस हो गया। तिजहरिया ढल रही थी। साइकिल तेजी से भागी जा रही थी। अचानक लखीमपुर मोड़ पर एक औरत ने हाथ के इशारे से रोका। बगल में घूँघट काढ़े एक और औरत खड़ी थी। होरिल ने साइकिल रोक दी। औरत बोली, "बाबू, ये जिद पर अड़ी है। कहती है, साथ जाएगी।" "लेकिन आप हैं कौन? और ये औरत कौन है?" होरिल ने आश्चर्य से पूछा। "आप खुद ही देख लो।" फिर उस औरत ने पास खड़ी औरत के चेहरे से घूँघट हटा दिया। बंदे ने देखा तो देखता रह गया। फटे-पुराने कपड़ों में वह ऐसी लग

रही थी, जैसे गर्दिश के बादलों से चाँद निकल आया हो। होरिल हक्का-बक्का रह गया। "लेकिन यह है कौन और आप कौन हैं?" बंदे ने अचकचाकर पूछा। औरत मुसकराई और बोली, "मैं आपकी सलहज हूँ और ये आपकी ब्याहता लक्ष्मी है। जब से आपको देखी है, जिद धरे बैठी है। कहती है कि साथ जाऊँगी।" होरिल को लगा, अचानक ठंडी हवा का एक तेज झोंका आया और पूरे शरीर को कँपकँपाता चला गया। बड़ी मुश्किल से बोला, "लेकिन लोग क्या कहेंगे?" अब लक्ष्मी के होंठ खुले, "लोग तो सात साल से बहुत कुछ कहते रहे। मैं चुपचाप सुनती रही, लेकिन अब चुप नहीं रहूँगी। आपका क्या भरोसा, फिर बंबई भाग गए तो यह अहिल्या पत्थर बन पड़ी ही रहेगी। कौन उद्धार करने आएगा?" और उसने बच्चों की तरह साइकिल पकड़ ली। सलहज बोली, "बाबू, जो काम सात दिन बाद होनेवाला है, वह आज ही हो जाए तो बुरा क्या है? रही माँ-बाबू की बात तो उन्हें मैं समझा लूँगी।" होरिल को सबकुछ मिल गया। झुककर सलहज के पाँव छुए और साइकिल बढ़ा दी। रास्ते में कोई किसी से कुछ न बोला। हाँ, एक जगह रुककर दोनों ने पानी जरूर पिया। रास्ते में एक दुकान से लक्ष्मी के लिए बढ़िया साड़ी खरीदी और दोनों पहर भर रात गए घर पहुँच गए।

लक्ष्मी ने चंद दिनों में ही घर-गृहस्थी को करीने से सँभाल लिया। बैलों को नई बहुरिया के हाथ का दाना-पानी मिला तो देह पर चिकनाई आ गई। अब बाँसों उछलने लगे। घर-द्वार सुंदर दिखने लगे। सास की बीमारी भी छूमंतर हो गई। होरिल हाड़तोड़ मेहनत करने लगा। नतीजा बेहतर हुआ। धान-मक्के की पैदावार से घर भर गया। एक दिन मइया गई तो सोनार से पायल मोल ले आई। अब दुलहनिया चलती तो रुन-झुन की आवाज मन मोह लेती। सास-ससुर को बड़ी नीक लगता। देखते-देखते दो साल गुजर गए।

चंपारण टॉकीज में नया सिनेमा लगा है। रोजाना तीन शो चल रहा है। तीन-तीन दिन एडवांस का टिकट मिल रहा है। गाँव-के-गाँव टूट पड़े हैं। औरतों की भारी भीड़ देखी जा रही है। जो भी सिनेमा देख लौटता है, वह तारीफ करते नहीं अघाता। खेल ही ऐसा है! ठाकुर महतो का बिगुआ बेटा बड़ा सिनेमाबाज है। आज मैटनी शो के सात टिकट लाया है और फी टिकट अठन्नी बढ़ाकर बेच रहा है। माधोपुर से भी बैलगाड़ी पर सिनेमा देखने औरतें जा रही हैं। कनिया-पुतरिया तो सज-धज के तैयार हैं। मइया के कहने पर लक्ष्मी भी तैयार हुई है। हालाँकि होरिल ना-नुकुर करता रहा, लेकिन बाबूजी डपटे तो तुरंत तैयार हो गया। सभी समय से चंपारण टॉकीज पहुँच गए। बाप रे, भीड़ देख तो लगता ही नहीं कि कोई

सिनेमा देख पाएगा। हाफ पैंट पहने पुलिसवाले लोगों को लाइन में लगा रहे हैं। बड़ी मुश्किल से सभी अंदर जा पाए। अभी ठीक से बैठे भी न थे कि हॉल में अँधेरा छा गया। लक्ष्मी ने डरकर होरिल का हाथ पकड़ लिया। फिर साबुन-सर्फ परदे पर आने लगे। लक्ष्मी ने पूछा, "क्या सिनेमा शुरू हो गया?" होरिल हँसा और समझाया, "नहीं, ये तो अभी प्रचार चल रहा है।" खैर, पाँच मिनट बाद एक लंबी घंटी बजी और सिनेमा शुरू हो गया। सबसे पहले बड़े अक्षरों में फिल्म का नाम आया। फिर वही नाम अंग्रेजी और उर्दू में दुहराया गया। तब नामी-गिरामी कलाकारों के नाम उभरने लगे। अचानक परदे पर कथा, पटकथा और संवाद लेखक का नाम उभरा। देखकर बंदा उछल पड़ा। मोटे अक्षरों में साफ-साफ लिखा था—'होरिल शर्मा!' लेकिन यकीन न हुआ। जब निर्माता का नाम 'आनंद मेहता' आया तो रही-सही शंका जाती रही। होरिल अपनी ही फिल्म देख रहा था। वही फिल्म, जिसे बाबूराव ने रामनवमी मेले का ड्रामा कहा था। निर्देशन किसी नए व्यक्ति ने किया था। मारे कौतूहल के साँसें तेज चलने लगीं। कास्टिंग खत्म होते ही वही दृश्य आया—गाँव की चौपाल, लोगों की बेतहाशा भीड़। सरकारी चापाकल की चोरी हुई मुंडी और बिलखती बुढ़िया··· ! ओह, कुछ भी तो न बदला था! होरिल होश में न रहा। फिल्म चलती रही। लोग हँसते, गाते और मजे करते रहे। जब कहानी का किरदार जेल चला गया तो हॉल में नीरव सन्नाटा छा गया। औरतों का रो-रोकर बुरा हाल था। मध्यांतर हुआ। होरिल ने देखा, लक्ष्मी अब तक सुबक रही थी। प्यार से समझाया, "अरे, ये सच्ची-मुची थोड़े है! इसमें इतना रोने की बात क्या है? देखना न, बुढ़िया का बेटा जेल से छूट जाएगा और फिर सबकुछ ठीक हो जाएगा।" लेकिन लक्ष्मी चुप न हुई। खैर, फिल्म फिर चलने लगी और जब समाप्त हुई तो खेल में सचमुच सब ठीक हो गया। लोगों ने खूब ताली बजाई। लौटते समय स्टूडियो के बूढ़े गेटकीपर की बड़ी याद आई।

आज सोते समय लक्ष्मी बोली, "ऐ जी, आप कैसे जानते थे कि खेल में बुढ़िया का बेटा जेल से छूट जाएगा?" "क्योंकि आज जिस फिल्म को तूने देखा है, उसे मैंने ही लिखा है। मेरा नाम भी तो परदे पर आया था।" गर्व से सीना तान होरिल बोला। लक्ष्मी अपलक निहारती रही। फिर प्यार से बोली, "मतलब, यही सब बंबई में करते थे?" "हाँ रे पगली, देखना अब मुझे भी धीरे-धीरे लोग जान जाएँगे।" आज की रात आँखों-ही-आँखों में कट गई।

दूसरे दिन मेहता साहब का तार मिला, जिसमें बधाई का संदेशा था। होरिल ने दौड़कर बाबू-माई को दिखाया। खैर, खून, खाँसी, खुशी रोकने से कहाँ रुकते हैं!

दसवें दिन दस हजार रुपए मेहता साहब ने मनीऑर्डर से भेजे और बंबई जल्द आने का अनुरोध किया। होरिल अखबार की सुर्खियों में आ गया। देखते-देखते इलाके की इज्जत बन गया। समय बदला तो सबकुछ बदल गया। अब बाबूजी फूले नहीं समाते। मइया लक्ष्मी बहू के कदमों का करिश्मा मानती हैं। और हाँ, अब लखीमपुर वालों को भी दामाद से कोई शिकायत नहीं है… !

□

मलेट्री मामू

श्याम शंकर मिश्र ने मदरसा जाते बच्चे से पूछा, "बाबू, मुझे लियाकत हुसैन साहब के यहाँ जाना है।" नन्हा शागिर्द मुसकराया, "शायद आप नए-नए नूरपुर आए हैं। वो जो सामने पीरबाबा की मजार देख रहे हैं ना, उसके बाएँ जानिब ब्रह्म बाबा का स्थान है, उसके सामने चलते जाइए, आगे सबसे बड़ा दौलतखाना उन्हीं का है।" फिर बाअदब सलाम कर आगे बढ़ गया। चंद फासले पर हुसैन साहब का घर आ गया। घर क्या, हवेली ही कहिए। आम-अमरूद व नीम के पुराने झाखड़ गाछ। शीतल घनेरी छाँव में बहती प्यारी पुरवाई। बैठ जाएँ तो पल भर में ओंघाई आ जाए। कुदरती नेमतों से नवाजी जमीं। हर चीज करीने से सजी हुई। दो जोड़ी बैल, काठियावाड़ी नस्ल की दुधारू गाएँ। गुटर-गूँ करते सैकड़ों कबूतरों का सुंदर आशियाना। आगे बढ़ दरवाजे पर खड़े हो गए। दौड़कर करिंदा कुरसी लाया और बैठने की गुजारिश की। "जी, मुझे लियाकत हुसैन साहब से मिलना है।" सकुचाते हुए मिश्रजी ने बैठना चाहा। "तशरीफ रखें, हुसैन साहब और तमाम घरवाले मसजिद गए हैं, नमाज से फारिग हो तुरंत आएँगे। तब तक हाथ-मुँह धो लीजिए। मैं मौसम के लिहाज से शरबत बनाता हूँ।" मिश्रजी ने सरसरी निगाह दौड़ाई। बीघे भर में फैला मकान नूरपुर का नूर ही नजर आया। मौला की बरसती रहमत देखी। 'जिसका कारिंदा इतना सलीकेदार, उसका मालिक कैसा होगा?' उत्सुकता बढ़ने लगी। लगा, घर से निकलने का मुहूर्त बढ़िया था!

थोड़ी देर में हुसैन साहब मय कुनबा सहित हाजिर हो गए। नन्हे नमाजियों की सलामी समाप्त हुई तो बेटों की बारी आई। फिर हुसैन साहब जिस गर्मजोशी से मिले, वैसी गर्मजोशी तो ईद में ही दिखती है। "आने में कोई दिक्कत तो न हुई, खबर मिलती तो गाड़ी भिजवा देता।" कहते हुए हुसैन साहब ने मिश्रजी को बाँह पकड़

बैठाया। "भाईसाहब, दिक्कत क्या होती, आना था, सो आ गए। यहाँ आकर बड़ी खुशी हुई। जितना सुना था, उससे बढ़कर पाया। वैसे मेरा नाम श्याम शंकर मिश्र है। मैं हनुमानगढ़ी से हूँ।" "तब तो आप मदन मोहन मिश्रजी को जानते होंगे, वही जो ताउम्र सरपंच रहे?" हुसैन साहब ने पूछा। हिम्मत बढ़ गई मिश्रजी की। विनम्रता से बोले, "सरपंच साहब इस नाचीज के बड़े ताऊ हुआ करते थे। अब न रहे।" "ओह, मौला उन्हें जन्नत में ऊँचा मुकाम दे। बड़े नेक इनसान थे। मेरे अब्बू अकसर उनका जिक्र किया करते थे। एकाध बार दोनों का सोनपुर मेले में मिलना भी हुआ था। तब हमारे बैल वहीं से आते थे। चलिए, मौला ने रिश्ते के पुराने दरख्तों के साए तले हमें भी बैठा दिया।" मिश्रजी हाथ जोड़ बोले, "तो फिर क्यों न उन पुराने दरख्तों के साए तले रिश्तों के कुछ नए पौध लगा दिए जाएँ?" हुसैन साहब को मिश्रजी की साफगोई पसंद आई। बोले, "हुकुम हो।" इस बीच कारिंदे ने नाश्ता रखना शुरू किया। मिश्रजी मुखातिब हुए, "दरअसल मैं अपनी कन्या के रिश्ते के सिलसिले में आया हूँ। सुना है, आप निहायत ही फराकदिल इनसान हैं। फर्श की खाक को ललाट का चंदन बनाने की कला बखूबी जानते हैं। बस, ब्राह्मण के कन्यादान को स्वीकार कीजिए और गंगा-स्नान का अवसर दे दीजिए।" कहकर मिश्रजी ने हाथ जोड़ लिये। हुसैन साहब की अनुभवी आँखों ने गौर किया, महानता के मायने में मेहमान, मेजबान पर भारी पड़ रहा था। फिर क्या था, हाथों ने हाथों को थाम लिया। बोले, "आपका हुक्म सर आँखों पर। कहिए, मुझे करना क्या है?" हाजिरजवाब मिश्रजी छूटते ही बोले, "अपने छोटे बेटे का अक्द मेरी कन्या से कर दीजिए। बारात कब आएगी, यह मैं बाद में बता दूँगा।" सब सन्न रह गए। ऐसा मेहमान कभी नूरपुर न आया था। अड़ोस-पड़ोस के लोग जमा हो गए। घर की औरतों ने परदे से कान सटा लिये। मिश्रजी ने बताना शुरू किया—

"महताब सेना में तब सिपाही भरती हुआ था। हसनैन का छोटा साला था वह। हसनैन जब ब्याह कर लौटा तो दुलहन का छोटा भाई महताब भी साथ आया। चार साल का चतुर बालक बड़ा बातूनी था। हसनैन के संगी-साथी मजाक करते तो तौल कर जवाब देता। देखते-देखते सारे गाँव का प्यारा हो गया। छोटे बच्चे मामू कहते। देखते-देखते मोहल्ले का नन्हा बालक सारे गाँव का मामू हो गया। बच्चे क्या, बड़े भी इसी नाम से बुलाने लगे। दौड़कर किसी का कोई काम कर देता। दतुवन तोड़कर ला देता। बड़ा जहीन बालक था वह! मुझे याद है, शायद एक या दो बार ही अपने गाँव गया होगा। बाप तो थे नहीं, जब मइया भी चल बसी तो हमेशा के लिए यहीं आ गया। वह खुद भी कहीं जाना नहीं चाहता था। बहन-बहनोई जान छिड़कते थे।

छोटी भांजी को गोद लिये बकरियाँ चराया करता। तब हसनैन अच्छा राजमिस्त्री था। घूम-घामकर काम लायक कमा ही लेता। अफसोस, सबको पक्का मकान देनेवाला हसनैन कभी अपना घर बनवा न सका। महताब मेरे बच्चों के साथ बहुत घुल-मिल गया। उनकी छोड़ी किताबों के पन्ने पलटता, पढ़ने की कोशिश करता। पढ़ाई की ललक देख मैंने उसे अपने बच्चों के साथ बैठाना शुरू किया। अब मदरसे के बाद रोजाना पढ़ने आ जाता।

"तब सर्दियाँ शबाब पर थीं। दिन कुहासों से ढके रहते। स्याह रातें शरीर सिकुड़ा देतीं। उस दिन सभी घरों में दुबके हुए थे। सुबह हसनैन काम पर चला गया। जब लौटा तो तेज बुखार था। सारा शरीर जकड़ा जा रहा था। उस मनहूस रात को गाँव कभी भूल न सका, जब हसनैन हिम्मत हार गया। महताब की बहन का रो-रोकर बुरा हाल था। तब इसी नन्ही जान ने बड़ी बहन को सँभाला। मासूम महताब ने गुजारे के लिए घूम-घूमकर काम माँगना शुरू कर दिया। बहुत दिन तक नजर न आया। एक दिन शाम को आटे-आलू लिये लौट रहा था। रास्ते में मिल गया। मुझे देखा तो दौड़कर आया। मैंने पूछा, 'महताब, आजकल पढ़ने नहीं आते?' बोला, 'मियाँ-भाई तो मौला के प्यारे हो गए। बहन की तबीयत अकसर खराब रहती है। ऐसे में अब क्या मदरसा, क्या पढ़ाई!' फिर उसने मुट्ठी में रखी किसी चीज को जोर से सूँघा। मैंने पूछा, 'क्या रखे हो, दिखाओ।' उसने मुट्ठी खोली, उसमें दो लेमनचूस थे, जो मुट्ठी की गरमी से आधे गल गए थे। मैंने कहा, 'खाते क्यों नहीं?' बोला, 'बाबूजी, ये मुन्नी के लिए हैं। उसे दे दूँगा। दो पाकर बड़ी खुश होती है। एक दूँगा तो रोने लगेगी। बाद में मुझे भी एक दे देती है।' फिर महताब रुका नहीं, भागता चला गया…!" कारिंदे ने टोका तो सब खुद में लौटे। चाय ठंडी हो चुकी थी। हुसैन साहब व पूरा कुनबा बड़ी तन्मयता से सुन रहे थे। मिश्रजी ने बात आगे बढ़ाई—

"हनुमानगढ़ी के तमाम हिंदू-मुसलिम इस गाढ़े वक्त में काम आए। जिससे जो बन पड़ा, मदद की। मैंने महताब को फिर से पढ़ाना शुरू किया। बहन की तबीयत सँभली तो वह भी काम पर जाने लगी। जिंदगी जी लगाकर जी जाने लगी। समय का सायरन बजता रहा। महताब ने बोर्ड की परीक्षा अच्छे अंकों से पास कर ली। कुछ दिन काम की तलाश में इधर-उधर भटका। फिर एक दिन बताया कि छावनी में सिपाही-भरती के लिए दौड़ कराई जा रही थी। मैं भी दौड़ा और तेज निकल गया। अब आगे की परीक्षा पास होनी है। उस दिन पूरा गाँव खुशी से झूम उठा, जब महताब सेना का सिपाही बन ड्यूटी जॉइन करने जा रहा था। सब स्टेशन तक छोड़ने गए।

"कोई दो साल गुजरे होंगे। एक दिन दो महताब साथ निकले। एक आसमाँ से, दूसरा सरहद से। एक ने ईद बुलाई, दूसरे ने तमाम खुशियाँ लाईं। नन्हा महताब गबरू जवान बन लौटा था। छरहरे बदन पर सेना की वरदी चढ़ी तो नन्हा मामू, 'मलेट्री मामू' बन गया। ईद के दूसरे दिन महताब को लिये उसकी बहन आई। वर्षों बाद उसके चेहरे पर रौनक देखी। महताब ने पैर छू प्रणाम किया और अम्माँ से मिलने आँगन चला गया। मेरी पत्नी को अम्माँ ही कहता था। इस बीच बहन बोली, 'भाईसाहब, बालेपुर हो आते तो एक रस्म-अदायगी हो जाती।' मालूम हुआ कि दरजा आठ तक साथ पढ़ी शमाँ को बचपन से चाहता था। उसके अब्बू-अम्मी भी उसके लौटने के इंतजार में बेटी बैठाए हुए थे। जानकर बड़ी खुशी हुई। तीसरे दिन निकल ही गए। शमाँ को देखा तो आँखें चौंधिया गईं। किसी अँधेरे घर को जिस उजाले की तलाश होती है, वह यहाँ मिल रही थी। सचमुच शमाँ, शमाँ ही थी। तय हुआ कि अगले रमजान में शहनाई बज जाए। मैंने शगुन के सौ रुपए शमाँ के आँचल में डाले और खुशी-खुशी लौट आए। महताब छुट्टियाँ पूरी कर ड्यूटी चला गया।" कहते-कहते मिश्रजी रुक गए। अँगोछे से आँखें साफ कीं। हुसैन साहब ने उत्सुकतावश पूछा, "फिर तो अगले साल मलेट्री मामू की शादी हो गई होगी?" "नहीं, भाईसाहब, शादी न हो सकी।" सभी चौंके, "क्यों··· ?" "इसलिए कि मलेट्री मामू लौटा ही नहीं। खबर आई कि आतंकवादियों से लोहा लेता मलेट्री मामू वीरगति को प्राप्त हो गया।" सब धक से रह गए। वातावरण बोझिल हो गया। मिश्रजी खुद को रोक न सके और बच्चों-से बिलखने लगे। सबकी आँखें भर आईं। एक बार फिर चाय ठंडी हो गई···! हफ्ते भर बाद सेना के कुछ जवान आए। मलेट्री मामू आज भी न आया। सारा इलाका उमड़ पड़ा था। बताया गया कि सैकड़ों फीट ऊँची पहाड़ की चोटियों पर सरहद का सिपाही आतंकवादियों से लड़ते हुए उनकी गिरफ्त में आ गया था। उसके साथ गिरफ्त में आए सूरज नाम के जवान ने जो बयाँ किया, वह रोंगटे खड़े कर देनेवाला था। किसी को काटो तो खून नहीं! मिश्रजी, सूरज से सुनी बातें हूबहू सुनाते गए—

पहाड़ी की यह लड़ाई जमीन के चंद टुकड़ों के लिए नहीं थी। यह लड़ाई थी, हिंदुस्तान की आन, बान व शान की। रेजिमेंट को सूचना मिली कि सैकड़ों की तादाद में आतंकवादी भारतीय सीमा में घुसपैठ कर चुके हैं। अपना ठिकाना उन्होंने पहाड़ की ऊँची चोटियों पर बनाया है। अत्याधुनिक हथियारों से लैस वे वहीं से कहर बरपा रहे हैं। फिर तो बारह रणबाँकुरों की चुनिंदा टुकड़ी निकल पड़ी इतिहास बनाने। तय हुआ कि रात के सन्नाटे में धावा बोला जाए। दो जवान सामने

से अटैक करेंगे। फायर की आवाज सुन दुश्मन उन्हें रेंज में लेना चाहेगा। दोनों तरफ से काउंटर फायरिंग शुरू हो जाएगी। मौके का फायदा उठाकर बाकी जवान पीछे से चोटी पर चढ़ जाएँगे और दुश्मनों के नापाक मनसूबों को नेस्तनाबूद कर देंगे। मेजर की रणनीति फुल प्रूफ थी। लेकिन सामने से अटैक कौन करेगा? इससे पहले कि मेजर किसी जाँबाज का नाम लेते, अपना मलिट्री मामू खुद ही बोल पड़ा, "मैं जाता हूँ साबजी!" इसके बाद तो सब उछल पड़े, "मैं जाता हूँ साबजी, मैं जाता हूँ साबजी।" मेजर मुसकराए। "शाबाश मेरे शेरो, समझो, हमने फतह कर ली।" तय हुआ कि सामने से अटैक महताब करेंगे। उनके साथ सूरज भी रहेंगे। फिर सूरज ढलने के साथ सूरमाओं ने चोटी पर चढ़ना शुरू कर दिया। हाड़ कँपानेवाली बर्फीली हवा को चीरते हुए बहादुरों ने रात के बारह बजते-बजते आधी से अधिक चढ़ाई पूरी कर ली। अब डेंजर जोन शुरू हो रहा था। यहाँ जिंदगी और मौत के फासले सिमट जाते हैं। मेजर ने पूछा, "महताब, आर यू रेडी?" "यस सर!" "कोई दिक्कत?" "नो सर!" मेजर ने आगे बढ़ महताब की पेशानी चूम ली। "शाबाश मेरे जाँबाज, याद रखना—वतन चैन से तभी सोता है, जब सरहद का सिपाही मुस्तैदी से पहरा देता है।" फिर सूरज की तरफ पलटे। देखा, उसकी आँखों में नमी उतर आई थी। मेजर मुखातिब हो बोले, "जज्बाती न बनो जवान! सेना के सलामी बिगुल से हमारी जिंदगी शुरू होती है और इसी बिगुल से खत्म भी होती है। फौज जब वरदी पहनाती है तो आँखों की इस नमी को गिरवी रख लेती है।" फिर तो सूरज की आँखों में चमक उतर आई। मेजर को सलामी दी, फिर दोनों बढ़ चले। आगे सीधी चढ़ाई थी। शरीर का संतुलन साध धीरे-धीरे रेंगना था। कोई सौ फीट की दूरी रही होगी, जब मेजर का सिग्नल मिला। सूरज मुसकराया। महताब ने सामने की चोटी को टारगेट कर ट्रिगर पर पकड़ बढ़ा दी। तड़, तड़, तड़···एक साथ दर्जनों गोलियाँ दुश्मन छावनी से जा टकराईं। भारी खलबली मची। काउंटर फायरिंग शुरू हो गई। घाटियाँ थर्रा उठीं। एक तरफ दो जाँबाज, दूसरी तरफ सैकड़ों आतंकवादी। फायरिंग चलती रही। इसी बीच मेजर ने जवानों के साथ विपरीत दिशा से धावा बोल दिया। गोले, बारूद व लॉन्चर से उठे शोलों ने घाटी में ज्वालामुखी फटने का भ्रम पैदा कर दिया। जब सुबह की सुनहली किरणें निकलीं, तब चोटी पर तिरंगा लहरा रहा था। मेजर ने सलामी दी और जवानों की गिनती की। सभी सलामत थे। न थे तो सिर्फ महताब और सूरज। चारों तरफ चिथड़ों में बिखरी लाशें नजर आ रही थीं। फिर शुरू हुआ उन रणबाँकुरों को ढूँढ़ने का अभियान। सूरज डूबने के साथ सभी उदास मन बेस कैंप लौट आए। तय हुआ कि कल फिर खोजने का सिलसिला जारी रहेगा। हेड

क्वार्टर को सारी सूचना भेज दी गई। दो दिन तक ढूँढ़ने का अभियान चलता रहा। चप्पा-चप्पा छान मारा गया। हेलीकॉप्टर भी लगाए गए, बावजूद बंदे कहीं नजर न आए। तीसरे दिन सूरज लड़खड़ाते हुए आया। हालात बहुत बुरे थे। शरीर पर ढेरों जख्म। तुरंत इलाज शुरू किया गया। जब सामान्य हुआ तो बताना शुरू किया। सुनकर रोंगटे खड़े होने लगे··· !

"हम दोनों दर्जनों दुश्मनों पर भारी पड़ रहे थे। इस बीच मेजर साहब जवानों के साथ चोटी पर चढ़ गए। भागते दुश्मनों ने हमें चारों ओर से कवर कर लिया। फिर हमें साथ लिये नीचे लुढ़कने लगे। वे हमें ढाल के रूप में इस्तेमाल कर रहे थे। जब उन्हें इत्मिनान हो गया कि अब वे सेफ हैं तो हमें राइफल की नोक पर अपने कैंप ले गए। वहाँ हमें बहुत टॉर्चर किया गया। थर्ड डिग्री तक अप्लाई की गई। मैं बेहोश हो गया। जब होश आया तो देखा कि आतंकवादियों का कमांडर कैंप में प्रवेश कर रहा है। मैंने बेहोशी का नाटक किया और चुपचाप देखता रहा। महताब को जंजीरों से जकड़ दिया गया था। कमांडर ने नजदीक आकर महताब की वरदी को गौर से देखा। फिर उसने जंजीरें खुलवा दीं। अपने साथियों से मुखातिब हो बोला, 'बेवकूफो, भेजे में भूसा भरा है क्या, देखा नहीं, बंदा अहले ईमान है! क्यों भाई, महताब नाम है तुम्हारा! जाहिर सी बात है मुसलमान हो।' महताब बोले, 'सरहद के सिपाही से उसका मजहब पूछते हो? अगर ये जानना तुम्हारे लिए बहुत मायने रखता है तो जानो, मैं मुसलमान हूँ।' कमांडर ने पूछा, 'फिर नमाज भी पढ़ते होगे?'

महताब—'पाँचों वक्त।'

कमांडर—'रोजे भी रखते होगे?'

महताब—'तीसों दिन।'

कमांडर—'लाहौल विलाकूवत! नमाज पढ़ते हो, रोजे रखते हो, मुसलमान हो, फिर अपने ही भाइयों को हलाक करते हो? जाकर देखो इन घाटियों में, जिन्हें तूने मारा, वो तेरे भाई नहीं थे क्या? क्या मजहबपरस्ती कोई मायने नहीं रखती?'

महताब—'नहीं, मेरे लिए मजहबपरस्ती से बड़ी चीज वतनपरस्ती है। हमारी बंदूकों से निकले गोले किसी मुसलमान की छाती पर नहीं फटे थे। हमने सिर्फ उन आतंकवादियों को मारा, जिन्होंने हमारी सरहदों को लाँघकर हमारे मादरे वतन को गहरी चोट पहुँचाने की जुरअत की थी।'

कमांडर—'ऐसी भी वतनपरस्ती क्या, जो अपने ही खून को निशाना बनाए? क्या तुम्हें अपने अहले खानदान से कोई निस्बत नहीं?'

महताब—'बेशक, हमारा भी अहले खानदान है, निस्बत हम भी रखते हैं, कोई

तमिल है, कोई बंगाली है, कोई पंजाबी है, मैं खुद बिहारी हूँ। हिंदुस्तान की सवा अरब जनता का एक ही खानदान है।'

कमांडर चीखते हुए बोला—'मालूम हुआ···वतनपरस्ती की आग ने तेरे सीने से कौमपरस्ती को जलाकर खाक कर दिया है। अरे भाई, वतनपरस्त तो हम भी हैं, अपनी सरजमीं से मुहब्बत हम भी करते हैं।'

महताब—'फर्क है, बहुत बड़ा फर्क है, हमारी और तुम्हारी मुहब्बतों में। तुम अपने मादरे वतन से मुहब्बत करते हो, हम अपने खाके वतन की इबादत करते हैं, पूजा करते हैं।'

कमांडर—'जरा ठंडे दिमाग से सोच सिपाही, हमारे जिन सैनिकों को तूने हलाक किया है, क्या वे तेरे हमबिरादर नहीं थे, क्या उनकी बेवाओं की आह पर तुझे तनिक भी तरस नहीं?'

महताब—'इनसानियत के नाते मुझे तकलीफ हो सकती है। लेकिन बहैसियत फौजी मैंने अपने फर्ज को अंजाम दिया है, जिसका मुझे कोई गिला नहीं। रही अफसोस की बात तो वो मैं कर सकता हूँ, तुम नहीं। तुम क्या अफसोस करोगे कमांडर? हमारे वतन में भी ऐसी विधवा माँएँ हैं, जिनकी सूजी आँखें अपने लाड़ले के लौटने के इंतजार में बिनाई खो बैठी हैं। ऐसे बूढ़े अपाहिज बाप हैं, जो सरहद के बेटे की बाट जोह रहे हैं, ताकि सिर्फ एक नजर अपने जिगर के टुकड़े को देख लें और उनकी रूह फना हो सके। क्या तूने उन भाइयों का खून नहीं किया, जिनकी इकलौती बहनें डोली चढ़ने से पहले सिर्फ एक नजर अपने सहोदर को देख लेना चाहती थीं? ये मत भूल कमांडर कि घुसपैठ तूने की है और पहली गोली तेरी मैगजीन से निकली थी।' कमांडर से बरदाश्त न हुआ।' गरजते हुए बोला, 'और तू भी ये मत भूल महताब कि तेरे दिल की धड़कनें इस वक्त हमारी मेहरबानी व मर्जी की मोहताज हैं।'

महताब हँसा, 'हिंदुस्तानी सिपाही के दिल की धड़कनें किसी की मेहरबानी व मर्जी की मोहताज नहीं होतीं। वो अपनी हुबुल वतनी की खुद मुख्तार होती हैं।' कमांडर से बरदाश्त न हुआ। दहाड़ते हुए बोला, 'बकवास बंद कर बदजात, वरना ये घाटियाँ तेरी जिंदगी की कब्रगाह बना दी जाएँगी।' फिर आँखें नचाकर भरमाया, 'अभी भी वक्त है। कुछ नहीं बिगड़ा है। सिर्फ अपना मिलिट्री कोड हमें पास कर दे। फिर खुद को आजाद समझो। लौट जाना अपने वतन। अगर तूने चाहा तो हम तुझे अपने मिशन में आबाद भी कर लेंगे। वैसे भी हमारे मिशन में दौलत की कोई कमी नहीं। तुम्हारी कुरबानी तुझे वीरचक्र के उस अदने मेडल के अलावा कुछ नहीं देगी

या अपनी बेवा को सरकारी पेंशन दिलाना चाहते हो?' ये बात सिपाही के सीने को चीरती चली गई। ललकारकर बोला, 'दूसरों के टुकड़ों पर खुद मोहताज रहनेवाले गद्दार, हिंदुस्तानी सैनिक के ईमान का इम्तहान लेना चाहते हो? हम तुझे अपनी सीमा से खदेड़ने आए हैं, अपनी मातृभूमि के साथ सौदा करने नहीं···!'" सभी सैनिक साँसें रोके सुन रहे थे। मेजर बोले, "फिर क्या हुआ?" "साबजी, कमांडर अपना आपा खो बैठा। मैं तब तक काफी सँभल चुका था। उसने महताब के सीने पर राइफल रखी ही थी कि महताब ने जंप लगा दी। कमांडर इसके लिए तैयार न था, उसका संतुलन बिगड़ा और नीचे गिरा। फिर भाई ने उसी की राइफल से उसे हलाक कर दिया। तब तक उसके दर्जनों गुर्गे टूट पड़े। अब मेरी बारी थी। मैंने भाई को कवर किया। उन्होंने मुझे पीछे हटाया और भागने को कहा, ताकि मैं आपको सिग्नल दे सकूँ। खुद लड़ते रहे। मैं नीचे आया। हाय रे दुर्भाग्य, सिग्नल न मिला। उधर भाई तब तक जूझते रहे, जब तक संगीनों ने साथ दिया। जब मैगजीन खाली हो गई तो···!" सभी चौंके, "फिर??" "फिर भाई ने सैकड़ों फीट गहरी घाटी में छलाँग लगा ली।" मेजर ने खुद की हथेली पर जोर से मुक्का मारा, "ओह···और उस दुर्गम्य घाटी की थाह पाना नामुमकिन है। हमने अपने सबसे बड़े बहादुर को खो दिया···" सबों ने राइफलें उलटी कर लीं। हाथ-पैर व सीने तो सावधान थे, लेकिन आँखें सावधान न रह सकीं। उन्होंने बरसना शुरू किया, मेजर ने अपने आँसुओं को रोकने की नाहक कोशिश की। कहा, "बहादुर रोया नहीं करते।" सबों ने साथ हामी भरी, "हाँ साहब, बहादुर रोया नहीं करते।" ये दिगर बात थी कि सभी रोए जा रहे थे। लेकिन दुहराए भी जा रहे थे, "साहब···बहादुर रोया नहीं करते···!"

मिश्रजी ने पूरी बात बता दी। अब कुछ पूछने की हिम्मत किसी में न रही। फिर मिश्रजी ने घड़ी देखी, शाम के छह बजनेवाले थे। सो बोले, "भाईसाहब, इजाजत हो तो चलें।" लियाकत हुसैन साहब कुछ न कह सके। उनकी अहलिया से रहा न गया। वहीं से बोलीं, "भाईसाहब, फिर शमाँ का क्या हुआ?" "उसने अपने घर लौटने से इनकार कर दिया।" जब घरवालों ने जोर दिया तो मेरे घर आ गई और पत्नी का पल्लू पकड़ बैठ गई, "अम्माँ! मुझे मत निकालो, मैं कहीं न जाऊँगी।" हम भी टूट गए बहनजी! तब से शमाँ मेरी बेटी बन गई। दो बेटी ब्याह चुका हूँ, तीसरी के लिए आया हूँ। हुसैन साहब की बीवी खुद को रोक न सकीं। परदे से बाहर आईं और पान-पानी रखते हुए बोलीं, "भाईसाहब, सारा दिन निकल गया, आपने न कुछ खाया, न एक गिलास पानी ही पीया?" "बहनजी, हम बेटीवाले हैं, जिस घर बेटी देते हैं, वहाँ का अन्न क्या, पानी तक नहीं पीते हैं।" और···मिश्रजी उठ गए, जाने

लगे। हुसैन साहब खुद को रोक न सके। लगभग चिल्लाते हुए बोले, "बारात जाएगी मिश्रजी आपके यहाँ। कबूला हमने शमाँ को अपनी बहू··· !"

समय का सायरन फिर बजा। मिश्रजी कन्यादान कर गंगा नहा लिये।

शमाँ लियाकत हुसैन साहब के घर की बहू बन गई। इधर कृतज्ञ सेना ने एक बड़ा नेक काम किया। गाँव, जो सरही नदी के कारण बरसात में दो भागों में बँट जाता था, जिसके चलते चंद मुसलिम परिवार हनुमानगढ़ी से कट जाते थे, उस पर प्यारा सा पुल बना दिया। अब शाम को लोग उस पुल पर जमा होते हैं। पश्चिम से आनेवाली ठंडी हवा सबको तरोताजा कर जाती है। वृद्ध मिश्रजी लाठी टेकते बिला नागा आ जाते हैं। पश्चिम की तरफ घंटों ताकते रहते हैं—आखिर वह पश्चिम ही तो गया था! भले वह न लौटा, लेकिन उधर से लौटती हवाएँ उसका स्पर्श लेकर आती रहती हैं। फिर बुदबुदाने लगते हैं, "नन्हा महताब अपनी बहन की डोली के साथ आया था। पूरे गाँव का मामू बनकर रहा और मलेट्री मामू बनकर चला गया! जाते-जाते जोड़ गया गाँव को··· !"

□

मातहत का मकान

इधर समय का सायरन बजा, उधर सरकारी कैलेंडर ने काम करने से रोक दिया। शाम के छह बजे थे। चंदेसर बाबू ने फाइल बंद कर लंबी साँस ली। लंच बॉक्स झोले में डाल ऑफिस की सीढ़ियाँ उतरने लगे। सेवा में गुजरे एक-एक साल नयनों में नाच उठे। जिंदगी की गठरी खुल गई, फिर उसे तह-दर-तह निहारा जाने लगा। सैंतीस साल का अरसा कोई कम नहीं होता। तीन बेटियों की ऊँची शिक्षा, फिर बड़े परिवार में शादी! दरमाहे के तिहाई तो किश्तों में कटते रहे। शहर में अपना कोई ठौर-ठिकाना न हो सका। रिटायरमेंट के बाद सरकारी क्वार्टर खाली करना पड़ेगा। पेंशन पास होते-होते दो-तीन महीने लग जाएँगे। अगरचे किश्त टूटी तो बैंक किरकिरी कर देंगे। दारोमदार लक्ष्मी पर था। बेचारी जानती थी, सिद्धांतों के साए जीवन बसर किए पतिदेव अब सरकारी क्वार्टर में हफ्ता भर भी न रुकेंगे। सो दिन-रात एक करके किराए का मकान खोज लिया।

हाथी ने कंधे पर बैठे महावत को धरती पर ला पटका। जब नीचे गिरे तो कर-कुटुंब याद आने लगे। भोला का मासूम चेहरा सामने आया। बूढ़ी काया, जो अपने ही भार से लरजने लगी हो, वह भला भोला का भार कैसे उठाए? काश, भोला कहे पर चला होता! अभागे ने अखाड़े में उतरे बगैर हार मान ली। बिलखते हुए कहा, "अंग्रेजी आँखें दिखाती व हिसाब होश उड़ा देते हैं। भूगोल पर भरोसा नहीं रहा। पहली बार जब फेल हुआ तो सात दिन बाप के सामने न गया। अलबत्ता, माँ के पल्लू पनाह देते रहे। बड़ी मुश्किल से तीसरी बार भवसागर पार किया।" बंदा अब पत्नी संग गाँव में रहता है, खेती-बाड़ी करता है और एक अदद ट्रैक्टर के सपने देखता है।

बढ़ते कदम यादों के साथ हो लिये। चौराहा आ गया। ऑटो में सीट ली और डेरे की राह धरी। अतीत का अक्स साफ था, लेकिन भविष्य पर धुंध की चादर पसरी थी।

डेरा पहुँचे तो लक्ष्मी ने मुसकराकर स्वागत किया। बोली, "देखिए, सारे सामान पैक हो गए हैं। गाड़ी आ जाए तो हम कल ही शिफ्ट हो सकते हैं।" फिर चाय बनाने चली गई। चंदेसर बाबू ने सरसरी निगाह सामानों पर डाली। सामान ही क्या थे, दो चौकी, दो हिलती-डुलती काठ की कुरसियाँ। एक पलंग, जिसे लक्ष्मी के बाबूजी ने दिया था। उन्होंने अनुमान लगाया, एक छोटी गाड़ी काफी रहेगी। फिर चाय पीने लगे।

धर्मपुर वी.आई.पी. कॉलोनी। दिन के ग्यारह बजे थे, जब चंदेसर बाबू मय गृहस्थी समेटे आ पहुँचे। लक्ष्मी ने डोरबेल बजाई। अधेड़ उम्र की महिला ने दरवाजा खोला और मुसकराकर स्वागत किया। सोने के भारी-भारी गहने उम्र को कम करने की कोशिश कर रहे थे। यही मकान मालकिन थी। "चलिए भाईसाहब, अपना फ्लैट देख लीजिए। भाभी तो कई बार देख चुकी हैं।" तीनों सीढ़ियाँ चढ़ने लगे। चढ़ते-चढ़ते लक्ष्मी हाँफने लगी। दमे की रोगी और तीसरा तल्ला! भारी हृदयाघात झेल चुकी थी। बीमारी ने पति के प्रोविडेंट फंड से तीन-चौथाई खिसका दिए थे। चंदेसर बाबू भी थक गए। मालकिन ने फ्लैट का दरवाजा खोलते हुए कहा, "बिल्कुल मॉडर्न स्टाइल का है। वेस्टर्न टॉयलेट, सुख-सुविधा का हर इंतजाम। आप लोग बैठिए, मैं पानी मँगवाती हूँ।" फिर वह बाहर निकल गई। चंदेसर बाबू ने पत्नी से पूछा, "ग्राउंड फ्लोर पर खाली न था?" "था, लेकिन अपने बजट में न समाया।" लक्ष्मी थोड़ी सामान्य हो बोली। "लेकिन चढ़ना-उतरना आसान न होगा।" चंदेसर बाबू ने टोका। मालकिन ने नौकरानी के साथ पानी लिये प्रवेश किया। "भाईसाहब, पानी पीजिए। मेरे पति आते ही होंगे। वे भी दो साल पहले रिटायर हुए हैं। और हाँ, एक बात क्लियर हो जानी चाहिए, किराया नकद देना होगा। पाँच तारीख तक दे देंगे न? निस्संकोच रहिए, इसे अपना ही मकान समझिए। जब तक दिल करे, रहिए। बेटा-बहू आएँगे तो उन्हें अटैच्ड बाथरूमवाला कमरा दे दीजिएगा और आप लोग बाहरवाले में शिफ्ट हो जाइएगा। न्यूज पेपर और दूध के लिए नीचे जाना होगा। हम हॉकर्स को ऊपर अलाउ नहीं करते।" इसी बीच नौकरानी ने आकर बताया कि मालिक आ गए हैं और आप दोनों को नीचे बुलाया है। अजीब अनुभूति हुई चंदेसर बाबू को। ऐसा तो ऑफिस में ही होता था, जब बड़े हाकिम के बुलावे पर संचिका सहित भागना पड़ता था। सीढ़ियाँ उतरने लगे।

लक्जरी डाइनिंग हॉल। सेज, मेज व सोफे करीने से सजे। लखनवी शानो-शौकत की याद दिलाता रिहाइश! देखा तो देखते ही रह गए। सामने मकान मालिक तशरीफ रखे हुए थे। चश्मा हटाकर बोले, "तो आप हमारे नए किराएदार हैं? फ्लैट

कैसा लगा? कोई कमी तो नहीं? अरे बैठिए न, खड़े क्यों हैं?" "जी नहीं, सबकुछ ठीक है। बस वही थोड़ा चढ़ना-उतरना···" बैठते हुए चंदेसर बाबू बोले। "घबराएँ नहीं, दो महीने में लिफ्ट लग जाएगी।" मालिक ने सिगरेट सुलगा एक लंबा कश लिया। ढेर सारा धुआँ फैल गया। फैलते हुए धुएँ में चंदेसर बाबू ने गौर किया। चेहरा जाना-पहचाना लगा। कहीं ये बनवारी लाल तो नहीं? धुआँ हटा तो चेहरा साफ नजर आने लगा।

इसी के साथ अतीत भी झिलमिलाने लगा—कभी बनवारी उनका मातहती था। एकदम काइयाँ···ईमान को ताख पर धरे जिंदगी जीने का हिमायती। कई बार समझाया। अच्छे-बुरे की तमीज सिखाई, लेकिन वह अपनी ही रौ में बहता रहा। नतीजा, दोनों दूर होते चले गए। आज बारह वर्ष बाद बनवारी को देख रहे थे। चौथा कश खींची मालिक ने, "आपने मेरे बारे में न पूछा?" "जी, बता दीजिए।" आँखें जमा दीं चंदेसर बाबू ने। मालिक बोलता गया, "मेरा नाम बनवारी लाल है। मेरे दो लड़के अमेरिका में सेटल हैं। बेटी एम.एस. कर रही है। बड़े शौक से यह मकान बनाया है। मुझे एक ईमानदार किराएदार की जरूरत थी। लगता है, वो आपके आने से पूरी हो गई। बेटे अमेरिका बुला रहे हैं। थोड़े दिन में पासपोर्ट भी आ जाएगा। चलिए, जब तक यहाँ हूँ, आप अच्छी कंपनी देंगे।" ऊहापोह की गुंजाइश न रही। इससे पहले कि बनवारी उन्हें पहचान पाता, चंदेसर बाबू बोले, "देखिए, आपका मकान बहुत सुंदर है, लेकिन मेरी अपनी मजबूरी है। पत्नी दमे की रोगी है और मेरे घुटनों में दर्द रहता है। हम तीसरे तल्ले पर रह नहीं पाएँगे। अगर ग्राउंड फ्लोर का फ्लैट होता तो···!" बनवारी भड़क गया। "आपकी पत्नी से सारी बातें हो गई हैं और तीसरे तल्ले के लिए ही उन्होंने एडवांस दिया है।" दोनों में बहस होने लगी। खीजकर बनवारी बोला, "अगर आप करार का उल्लंघन करते हैं तो एडवांस सीज हो जाएगा।" "कोई बात नहीं।" एक फीकी हँसी होंठों पर आई और चंदेसर बाबू बाहर निकल गए। सामने सरदारजी ड्राइवर खड़े थे। पूछा, "साब, घंटे भर से खड़ा हूँ, कहो तो सामान उतरवा लूँ?" "नहीं, रहने दो भाई, गाड़ी घुमाओ।" चंदेसर बाबू बोले और आगे बढ़ गए। लक्ष्मी कुछ न समझ सकी।

शहर का मुख्य चौराहा आया। चौराहे से लगा उनका ऑफिस था। गुजरते हुए ऑफिस को भर मन निहारा। लक्ष्मी पूछ बैठी, "हम जा कहाँ रहे हैं?" पत्नी से नजरें छिपाए कहने लगे, "शहर से एक सड़क अपने गाँव को भी जाती है। दिन भर चलते रहे तो शाम तक पहुँच ही जाएँगे। वैसे भी शहर में प्रदूषण कुछ ज्यादा ही बढ़ गया है और तुम्हें दमा भी तो है।" गाड़ी बढ़ने लगी। शहर ओझल होने

लगा। खेत-खलिहान नजर आने लगे। सभी खामोश थे। चंदेसर बाबू ने ही खामोशी तोड़ी, "सरदारजी, एक नया ट्रैक्टर कितने में आएगा?" "जी साब, बैंक से फाइनेंस कराओ तो कम-से-कम दो लाख डाउन पेमेंट करना होगा।" चंदेसर बाबू गहरी साँस ले बोले, "सोचता हूँ कि भोला को ट्रैक्टर दिला ही दूँ।" लक्ष्मी ने पति को देखा। वे आँखों में छलक आए आँसुओं को छुपा रहे थे। गाड़ी ने रफ्तार पकड़नी शुरू की। आखिर शाम से पहले गाँव जो पहुँचना था…!

□□□